大畫情聖
十二
傾國一戰
第二輯
上山打老虎 著

大畫情聖
II
【目錄】

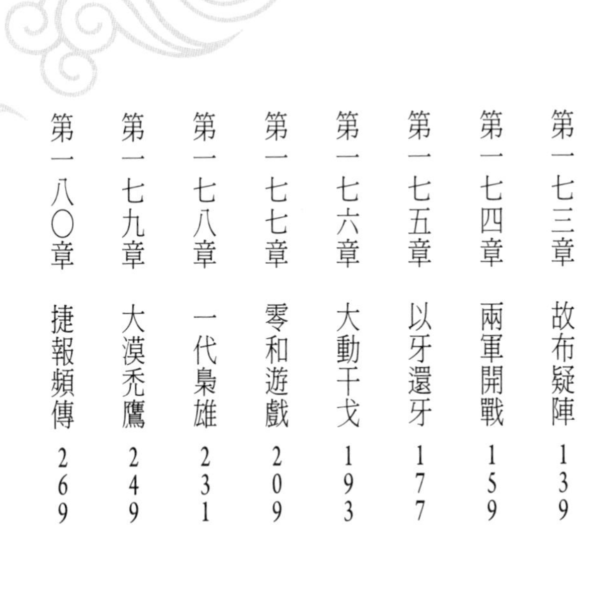

第一六六章 傾國一戰

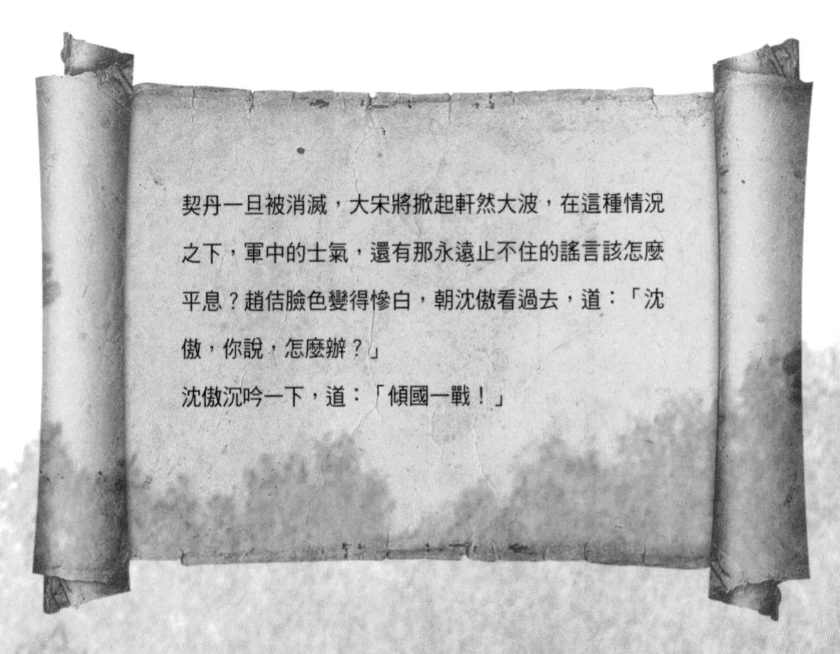

契丹一旦被消滅，大宋將掀起軒然大波，在這種情況之下，軍中的士氣，還有那永遠止不住的謠言該怎麼平息？趙佶臉色變得慘白，朝沈傲看過去，道：「沈傲，你說，怎麼辦？」

沈傲沉吟一下，道：「傾國一戰！」

一艘快船飛速的駛入了海灣，當引水員將船引到了一處棧橋，船上下來一名官員，劈頭就道：「陛下在哪裡，有急報！」

往常的急報，都是由驛卒來送，而今日，卻是一名兵部的官員，這官員問明了行宮所在，叫人牽來一匹馬，飛快趕往海政衙門，剛要進入行宮，便被外頭的殿前衛攔住，他虎著臉，正色道：「八百里加急，不容耽誤，勞煩稟告一聲，下官要立即面聖。」

這樣的狀況，殿前衛極少見到，雖說他們主要負責皇帝的安全，時不時也會有急報送來，可是如此急躁的卻是少之又少。

過了片刻功夫，裏頭有人請這官員進去，一炷香之後，一名內侍飛快出來，在行宮之外大叫一聲：「備馬，陛下有旨意，平西王立即入見，不容耽誤！」

沈傲剛剛用過了午飯，心情平復下來，便聽到旨意來了，叫他立即入宮，滿腹狐疑的道：「出了什麼事，這般心急火燎的。」

他不敢耽誤，立即叫人備馬，飛快到了行宮。等到了趙佶所在的寢殿，便看到一名兵部官員跪在殿下，趙佶則是臉色陰晴不定的喝著茶。

「消息傳到三省，楊大人不敢耽誤，又覺得事情緊急，因此特命微臣前來傳報，便是太后也說了，此事事關我大宋社稷安危，不可造次，請陛下速速回京，安撫人心。」

這兵部官員喋喋不休的繼續道：「汴京已經亂作了一團，謠言四起，更有不少富戶舉家南奔……」

沈傲朝趙佶行了個禮，打斷這兵部官員道：「陛下，微臣來了。」

趙佶苦澀一笑，打起精神道：「來，坐下說話。」沈傲坐下。

趙佶便道：「女真人來了。」

女真人……沈傲頗覺得意外，雖然女真人對遼國的攻勢甚急，可謂勢如破竹，沈傲卻認爲契丹人無論如何也能再堅持一段時間，誰知道，該來的終於來了。

趙佶將事情的經過說了一遍，沈傲才明白了個大概。

原來女真發兵二十萬，一鼓作氣拿下契丹中京大定府，一路南下，已經進抵遼國的都城析津府，遼國的中京道完全淪陷，南京道也只剩下半壁；還有一個西京道雖然完好，卻並不是戰略緩衝，局勢到了刻不容緩的地步。

整個遼國陷入徹底的混亂，大量的敗軍越過邊境向大宋方向逃亡，女真人已經清理掉所有的障礙，只要拿下遼國國都，曾經顯赫一時的契丹大遼將徹底的滅亡。

更重要的是，對遼國人來說，皇都是他們最後一重屏障，可是對大宋，豈不也是如此？一旦女真人徹底滅亡遼國，整個大宋的腹地頃刻之間就會成爲女真騎兵的跑馬場，從遼國的邊境到汴京，沒有任何的屏障，只要女真人願意，三天之內就可以抵達汴京。

這對大宋來說是完全不能接受的，沒有關隘，沒有急湍的河流，強大的女真騎兵完全不必有任何顧忌。

沈傲皺起眉來，事情比他想像中要嚴重的多，援救契丹已經沒有任何意義，天知道女真人什麼時候破城。眼下當務之急，是大宋立即組織起防守。只不過要防守又談何容易，從遼國故地到汴京之間一馬平川，在廣闊的原野上，大宋拿什麼去抵禦數十萬的鐵騎？就算是有辦法，現在也來不及了。

更令人擔心的事，契丹一旦被消滅，大宋也將掀起軒然大波，在這種情況之下，軍中的士氣，還有那永遠止不住的謠言該怎麼平息？

趙佶臉色變得慘白，朝沈傲看過去，道：「沈傲，你說，怎麼辦？」

沈傲沉吟一下，道：「傾國一戰！」

趙佶顯得有些左右搖擺，突然道：「若是放棄遼人，向女真人求和可以嗎？」

這一句話完全暴露出了趙佶的性格，一旦出現了變故，第一個想到的就是逃避，只是他不知道，逃避只會讓麻煩變得更加麻煩。

沈傲深吸了口氣，他知道，這時候若是不能堅定趙佶的信心，局勢將無法挽回。他沉默了一下，厲聲道：「陛下，大宋已經退無可退，女真人欲壑難填，遼國覆亡，下一個就是大宋無疑，絕無僥倖之理，若是求和，勢必要割地、納貢，以我大宋膏腴供奉女真，使其戰馬更加彪悍，刀劍更加鋒利，等到那時候，大宋的宗廟還能夠保全嗎？我大宋有百萬可戰之士，糧草充裕，兵器堆積如山，陛下還有什麼可畏懼的？」

沈傲站了起來，道：「請陛下下旨，與女真人一決死戰，不死不休！」

趙佶臉色陰晴不定，道：「若是敗了呢？」

沈傲擲地有聲的道：「勝了，則國祚延續，四海昇平；若是敗了……」沈傲的眼眸中閃過決然：「不過是微臣陪陛下一道死國而已。」

「死國而已……」沈傲這句話，終於燃起了趙佶的勇氣，趙佶咬咬唇：「那就死戰！」

沈傲鄭重的朝趙佶行了個禮：「臣遵旨！」

趙佶下定了決心，反倒鎮定下來，忍不住朝沈傲深望一眼，道：「女真人若是直取汴京，該當如何？」

沈傲毫不猶豫的道：「所以陛下應該立即還駕汴京，加固防務，勒令各路軍馬抽調精悍敢死之士屯駐於京師，以逸待勞。」

趙佶聽到還駕京師，又變得猶豫起來，道：「朕在這裏下旨也好……咳咳……」

沈傲心裏不禁苦笑，趙佶是個好人，卻絕對不是好皇帝，若是用沈傲的標準，這傢伙實在是個十足的酒囊飯袋。只不過事情到了這個地步，沈傲也不再糾結還駕的問題，汴京確實是凶險萬分的地方，趙佶想留在泉州，誰能勸得住？

廳堂中的氣氛陰沉得可怕，趙佶或許是因爲方才表現出怯弱的緣故，臉色略帶幾分尷尬。沈傲則是將所有的事全部拋到了腦後，一心一意想著解決問題的辦法。

其實辦法只有一個，除了決戰之外，沒有其他的選擇，只是這個消息來得太突然，讓沈傲一時間難以消化。其實擺在趙佶和沈傲面前的，還是一個問題——怎麼辦？

決戰是必須的，可是具體的細節還要探討。趙佶沉默了良久，才道：

「朕意已決，暫時就在泉州歇養，楊戩，你下旨意，讓太子監國吧，太子雖然不中用，可是朕不在汴京，若是汴京出了事，總得有個人能夠坐鎮。」

楊戩應了一聲，沈傲卻是愕然地抬起眸來，太子監國，這和歷史上所寫女真人南下，趙佶禪位是一個道理，果然是江山易改本性難移，他咬著唇：

「陛下，不可，太子監國，若是不給予軍政大權，一旦有事，難免就放不開手腳。可要是放權……」

沈傲最擔心的就是這個，一旦放權，好不容易打倒的趙恆，豈不是一下子又變得炙手可熱？

不過沈傲話說到一半，又沉默了下去，這時已經不是放權不放權的問題了，眼下強敵壓境，風雨欲來，難道還要內訌？既然皇帝打定主意不回汴京，太子不出來，還有誰能挑起這個重擔？所以沈傲只能選擇沉默。

趙佶沉聲道：「太子雖有些心機，可要說他敢做出什麼悖逆之事，只怕還沒有這個膽子。放權就放權吧，楊戩，記著，聖旨裏說明白，是監國，暫領政務，節制京師兵馬，可以便宜行事。」

沈傲默然。趙佶的心思他自然明白，汴京他是寧死也不會回去的，這樣的皇帝對天下人或許是悲哀，可是沈傲無論如何還是要站在他這一邊，便是冒天下之大不韙也在所不惜，無他，只是這聖眷實在無以爲報而已。既然皇帝不回京，女真人隨時南下，放權是必然的事，太子監國，總掌軍政，這就意味著，大宋朝的權力已經交接了一半，雖然只是一半，卻也算非同小可了。

趙佶的目光落在沈傲的身上，道：「朕知道，你對太子不滿，是嗎？」

沈傲搖搖頭道：「臣不敢。」

趙佶吁了口氣，嘆息道：「你不必藏著心事，朕知道的，眼下都是權宜之計，其他的事，以後再說吧。」

沈傲頷首點頭：「若是女真人攻汴京，就請陛下坐鎮泉州，微臣率天下水師，與女真人一決死戰。」

趙佶道：「好，很好。」他像是一下子衰老了許多，整個人顯得無精打采。

沈傲見趙佶不快，心裏反而生出好勝之心，想：他娘的，在西夏時老子尚且不怕女真人，如今在泉州怎麼反而怕了？兵來將擋水來土淹就是！

這樣一想，沈傲又沒心沒肺地變得心情開朗起來，露出誠摯的笑容，朝趙佶道：「陛下，過幾日就是萬國展覽會，陛下既然要在泉州常駐，這盛會當然不能錯過。」

趙佶原本想搖頭拒絕，可是隨即一想，若是此時拒絕，不知道的，還當他是畏懼女真，雖然他心裏確實生出了畏懼之心，可是越是如此，越不願意讓人看穿，便滿口答應道：「好極，朕一定要好好看看。」

沈傲心裏知道，趙佶這傢伙是指望不上的，皇帝靠不住，唯有靠自己了。趙佶草擬了奏疏，飛馬急報汴京，沈傲幾乎可以想像，這份旨意送到汴京之後，會引起怎樣的軒然大波。

一切……只能靠自己！

沈傲心裏劃出這麼一個念頭，隨即，南洋水師的軍官召集起來，一個個肅然地坐在沈傲的下側，所有人都沒有說話，連呼吸都像是靜止的，只有一雙雙眼睛接觸到沈傲目光的時候，表現出了毅然。

沈傲平淡地道：「勞師遠征大越，讓大家受苦了。」

軍官們仍然坐著不動，沈傲在與官員說話的時候，或許還會用討論的口氣，可是在他們面前，是絕對不會讓他們有發言的機會，他們唯一的選擇只有遵命二字。

沈傲繼續道：「可是現在汴京傳來急報，遼國破國在即，女真人磨刀霍霍，隨時可能入侵大宋。」沈傲長身而起，負著手道：「在座的諸位，哪些是武備學堂裏出來的，站出來給本王瞧瞧。」

頃刻之間，半數以上的軍官肅然起立，那些仍舊坐在位上的軍官臉上露出羞愧之色。沈傲掃視了一眼，道：「曾經發過的誓，你們都還記得嗎？」

校尉軍官們一齊道：「以吾之血，定國安邦，以吾之軀，護國安民，克己復禮，永保大宋！」

沈傲臉色平靜，頷首道：「今日，就是你們實現諾言的時候，本王要你們實現諾言，敢不敢？」

「有何不敢？」

沈傲滿意地點頭，道：「很好！」

「從今日起，水師加緊操練，不得有誤！還有，隨時做好戰鬥準備，本王說的是隨時，不管任何時候，本王命令下達，十二個時辰之內，水師的艦船就要開動，全體官兵就必須士氣如虹，明白了嗎？」

「明白！」

沈傲的命令下達出去之後，整個軍港立即沸騰起來，步兵反覆的坐在沙船上操演搶灘登岸，炮兵朝外海不斷的試射，舵手、船工、掌輪亦是不敢懈怠，不斷地演練。

海政衙門的軍令也下達出去，東洋水師、北洋水師奉命北上蓬萊港，在那裏，大量的物資不斷地囤積，巨額的訂單落在泉州、蘇杭的工坊裏，禦寒的軍衣、皮帶、隨軍攜帶的水壺、范陽暖帽、還有大量的箭矢、火藥、備用的帆布、鐵錨、這些訂單，讓商戶們喧囂了一陣。

泉州上下也感受到了這種緊張的氣氛，好在這裏不比汴京，沒有人擔心會出現女真人，再加上對水師的戰力信心十足，照樣還是歌舞昇平，大家的心思都落在了即將開幕的萬國展覽會上。

沈傲顯然沒有這個心思，他正在迎接各式各樣的客人，這些客人多是商人居多，自從不少商戶從水師訂單中分了一杯羹，一些沒得到好處的商人早已急不可耐，走馬燈似地拜訪起這位親王來。

「這樣的弩能射多遠？」沈傲在知府衙門的空地上，手上把玩著一柄精美的弓弩。旁邊站著一個商人，商人肥頭大耳，堆滿笑容，討好之意很明顯。站在商人身後的，則是一個老匠人，這老匠人明顯不太愛與人打交道，所以一直悶著聲不說話。聽到平西王發問，商人立即朝匠人使了個眼色，道：「劉兄，你來說。」

匠人道：「殿下，這弩是小人造出來的，比眼下市面上的弩射程更遠一些。」

老匠人拿到了弩，手腳立即變得靈活起來，指著弩身裏的一處機簧道：「這弩最大的好處就是加了這麼一處機括，彈射時更方便，射程可以到兩百丈，殿下看，這裏還加了一根曲木，用以固定箭矢的，如此一來，更便於調校……」

沈傲認真地聽了這匠人的話，叫來一個校尉，道：「你拿這弩來試試看。」

校尉二話不說，接過匠人手中的弩，直接上了箭矢，朝遠處的院牆方向按了機括射過去。隨即瞇著眼看了看成效，才訕訕道：「便利了許多，眼下軍中的手弩大致能發兩箭，而這把弩應當能發三箭了。就是用的有些手生，射不準。」

沈傲頷首點頭，道：「把這弩送到水師去，讓大家都試一試。」說罷才轉過頭來，對這商人道：「你這弩還成，等消息吧，若是水師用的順手，本王先要五千副。」

商人大是驚喜，千恩萬謝地帶著工匠走了。

這樣的商人當真不少，其實泉州的局面已經打開，各種新奇的事物早就被人接受，譬如紡織機，早就不知被工匠們改進了多少次。所以在各大作坊，都有專門改進機械的匠人，好適應顧客的需求。現在水師大量需要新式武器，幾乎所有人都在絞盡腦汁，想從沈傲的錢袋子裏摳出點錢來。

當然，沈傲的錢也不是這麼容易拿的，說穿了，你得拿出貨來；因此各種改進之後的手弩、火炮、箭矢甚至是皮甲、頭盔都冒了出來，其中有一個製造皮甲的商人，因為改進了皮甲，讓現在軍中的皮甲變得更加舒適和耐磨，立即得到了一筆巨大的訂單，自此之後，這樣的狂熱變得越發不可收拾。

永和四年六月初六，這一日，泉州人起得很早，天剛拂曉，街道就已經擁堵起來了。

在萬國展覽廳，無數的客商在繳納了一定數目的銀兩之後，開始陸續進場。所謂的展覽廳，又分為幾個區域，有專門展示佛像藝術品的，有兜售紡織機的，甚至還有商船、馬車之類的聚集區。不過，這些東西當然不是零售，主要是供給客商訂購，先看了樣品，若是覺得滿意，便可以訂製，繳納了訂金即可。

沈傲與趙佶混雜在人群中，趙紫蘅因為是女眷，有諸多不便，只好安置在一處展館裏讓她待著。

趙佶的心情顯得不是很好，沈傲偷偷瞧他，知道他還在憂心女真的事，反倒自己雖然確實是憂慮了一陣，不過後來反而滿不在乎了，女真人來了打回去就是，想這麼多有什麼用？

這就是沈傲的處世哲學，所以從進入展館，沈傲的心情反而最是輕鬆，各家工坊的展廳都去看一看。

這些工坊爲了接到生意，幾乎使出了渾身的解數，沈傲到了一處製鐵的展廳，看到有一處商家新配置出了精鋼，正大肆宣傳他們的鋼材如何如何好，沈傲饒有興趣地看，趙佶卻拉住他，沉著臉道：「走。」沈傲無奈，隨趙佶到了一處茶座裏歇息。

趙佶沉著臉道：「朕打算將太后、晉王等人迎到泉州來，安寧她們也一道來泉州吧。」

沈傲不由地皺了皺眉，這個決定非要引起天下的恐慌不可，皇帝走了，太后也走了，京中的頂級貴族只怕都要動身，在這種情況之下，留一個太子監國，豈不是說汴京已經不能保全了？

趙佶吁了口氣，道：「朕也是未雨綢繆，這件事就這樣決定。」

沈傲只好道：「陛下放寬心，女真人並沒有什麼可怕的。」

沈傲知道這樣的勸慰其實一點用處都沒有，卻還是忍不住勸說幾句。

這次萬國展覽會收到的效果不錯，幾乎會聚了全天下的商賈，一天的訂單就超過了六千萬貫，如此龐大的交易額，讓所有的商家都鬆了口氣，不過沈傲最後卻是草草隨趙佶在中途退出，他心裏知道，真正的暴風驟雨，隨著這盛會即將來臨了。

門下省。三十名書吏正襟危坐，伏在案牘上無聲的閱覽各地送來的奏疏。兩旁的耳室，再沒有人去喝茶了，自從京察以來，書令史就裁了近一半，大多的罪名都是怠忽職守，在這種狀況之下，誰還敢去喝茶？再加上人手有些緊張，便是站起來伸個懶腰，都怕被人撞見，偷偷去密報。

坐在上首的位置，自然是門下令楊真，楊真反倒顯得精神奕奕，京察有了成效，已經在各地鋪開，眼下一切也步入了正軌，一些不服從的部堂大老被生生打壓下去，整個三省六部完全掌握在楊真的體系之內，雖然這個體系還不穩固，可是命令的傳達卻是出奇的有效。對楊真來說，這就足夠了。

一名錄事飛快跨進檻來，直接到了楊真身旁，神色緊張的耳語幾句。

楊真愕然抬頭，道：「在哪裡？」

錄事立即抽出一份中旨，交給楊真，楊真展開一看，臉色立即變得蒼白，不禁道：「眼下這個局面，陛下居然還要滯留泉州？歷朝歷代，哪裡有這樣的事？」

楊真自覺失言，便不再說下去，只是這份聖旨實在非同小可，讓他這處變不驚的臉色也變得有點兒慌張了。

楊真闔目深思了一下，朝這錄事問：「除了你之外，還有誰看過這旨意？」

錄事躬身道：「暫時只有下官看過，下官也是剛剛從承旨司那邊過來，覺得這事干係實在太大，因此立即送到大人這兒，請大人拿主意。」

楊真鬆了口氣，隨即又苦笑：「事到如今，老夫能拿什麼主意？陛下現在在泉州，誰能奈何？眼下當務之急，一是穩住京畿，其二就是請太子監國。這件事你暫時不要說出去，老夫這就去宮中一趟，覲見太后，請太后娘娘做主吧。」

楊真收拾了一下，拿了旨意，飛快出了門下省，坐了轎子入宮。

轎子落在宮外，足足等了一個時辰，裏頭才叫楊真進去。

太后在景泰宮裏剛剛與人打了幾局葉子牌，心情正好，冷不防卻聽楊真覲見，一時也是摸不透楊真的來意，他一個門下令，來和自己有什麼說的？莫不是出了什麼事？

太后想了想，立即變得警覺起來，叫人收拾了牌，遣散眾人，才設了帷幔，坐在帳後，等待楊真覲見。

楊真進了景泰殿，立即行了禮，道：「臣見過太后娘娘，娘娘千歲。」

「起來吧。」太后語氣平淡。

「謝太后娘娘。」楊真失魂落魄地站起來。

太后便道：「楊大人來後宮見我這婦道人家，莫非是出了什麼事？」

太后微微一笑，繼續道：「哀家只是女人，能有什麼見識？你們男人的事自己處置就是，實在決定不下，大不了派個人送急報到泉州問問陛下的心意，不也成嗎？」

楊真正色道：「太后娘娘，要出大事了。」

他這一叫，太后立即住口，楊真將聖旨拿給一旁的敬德，讓敬德送到帷幔之後的太后手裏，道：「太后娘娘看了就知道。」

太后看了聖旨後，一頭霧水地道：「陛下真不像話，好不容易放他出去玩一趟，他居然先斬後奏，又不肯回來了。只是陛下在泉州多住幾日，也算不得什麼大事，陛下不在，這朝廷不也是挺好的嗎？楊大人危言聳聽，嗟嗟呼呼做什麼？」

楊真道：「娘娘可看到這聖旨之後敕命太子監國嗎？」

太后撇撇嘴，不以爲意地道：「監國就監國，難道太子還能反了不成？」

楊真苦笑道：「太后娘娘有所不知，女真人如今圍了遼人王都，不日破城，從遼國故地到我汴京，不過數百里的距離，女真以鐵騎見長，來去如風，大軍壓境只在瞬息之間，現在京畿已經震動，人心惶惶，陛下在這個風口浪尖上不肯回京，又敕命太子監國，這其中的意味……」

太后嚇了一跳，道：「哀家也聽說過女真人的事，難道事情壞到了這個地步嗎？哼，官家哪裡還有做皇帝的樣子？既然是京畿不穩，他更該坐鎮京中才是，楊大人……我是個婦道人家，許多事都不懂，現在該怎麼做？要不要下懿旨，讓陛下火速回京？」

楊真嘆了口氣，道：「陛下是不會回來的，老臣的意思是，當務之急是穩住陣腳，陛下既然不回京，就只能靠太子殿下了，聖旨裏也說敕命太子監國，不過，太子要監國，非得太后出面不可。」

太后道：「哀家如何出面？」

楊真道：「請太后下懿旨，召喚太子入宮。」

太后遲疑了一下，又確認了聖旨，才定下了神，道：「那麼，就下懿旨吧，讓太子進宮來，哀家有話要對他說。」

敬德道：「奴才這就去。」

楊真側立在景泰殿邊沿，整個人像是了卻了一樁心事，可是又覺得有更多的麻煩湧上他的心頭，他不禁苦笑，選擇了沉默。

東宮。

青燈冉冉，宮燈幽幽。雖是白日，可是這幽暗的寢殿裏卻說不出的昏暗。靠牆是一排排書櫃，書櫃中擺著各種典籍，昏黃的光線下，在墨香之中，坐在椅上的趙恆，陰沉著臉，隨手翻看著書卷。

趙恆已經預感到，太子位離自己越來越遠，雖說還沒有到廢黜的地步，可是宮中許多的動靜都證明了這一點。囚禁在東宮已經有三個月，這三個月裏，他每日都輾轉難眠，夜夜都被噩夢驚醒，醒來時，額角上滿是冷汗。

「沈傲……」一個名字電光石火一樣劃過趙恆的腦海，隨即，他冷冷一笑，這冷笑中既有痛恨，也有一種無力。

「殿下，有懿旨！」外頭的內侍急速的敲打著門，喘著氣道。

趙恆眼眸一閃，嗯了一聲，他弄不清這個時候怎麼會有懿旨，父皇去了泉州，太后尋自己做什麼？莫非……

趙恆心裏生出了些許期待，除非父皇駕鶴西去，他實在想不到更好的答案。

趙恆快速的穿好了朝服，出了寢殿，就看到了敬德皮笑肉不笑的臉，敬德笑道：「殿下，太后召見，快隨老奴速速入宮。」

趙恆不禁道：「發生了什麼事？」

敬德只是道：「殿下去了自然知道。」

宮中的車駕已經準備好了，趙恆被這變故弄得有些措手不及，總算回過神來，坐上車駕。

第一六七章 太子監國

趙恆看到「太子監國、開封牧、總攬京畿軍政事」這
一行字的時候，整個人一下子呆住了。
他心中認定這是父皇試探自己的把戲，跪地哭告道：
「父皇尚在，孫臣豈可監國，這是要將君臣父子置於
何地？孫臣不敢奉詔！」

馬車入宮的時候，宮中並沒有動靜，也沒有披上縞素，這就意味著，父皇仍然安然無恙，這讓趙恆略感失望。

景泰宮裏，天色已經漸晚，門廊上架起了一座座粉紅宮燈，宮中的太后顯得有些不耐煩了，幾次催促，趙恆才急匆匆的過來，當先行禮，重重跪地，朝太后磕頭道：「孫臣見過太后娘娘。」

趙恆二十多年前就搬出了宮，所以與太后的關係有些疏遠，趙恆輕輕的抬起頭，看了帷幔之後的模糊身影，繼續道：「不知太后召孫臣前來，所爲何事。」

「咳咳……」坐在一側的楊真咳嗽一聲，趙恆才發現了他的存在，見當朝首輔也在，趙恆更覺得今日的事實在有些匪夷所思，只是這楊真是沈傲的人是絕沒有錯的，只怕……趙恆生出不好的預感。

太后淡淡道：「恆兒，你這太子做了幾年了？」

趙恆嚇了一跳，不知太后爲什麼這樣問，立即道：「孫臣無德無能，蒙父皇厚愛，敕封爲東宮已有十年。」

「十年……不短了。」太后嘆了口氣道。

趙恆連忙道：「孫臣願做千世萬世的太子。」

這句話的意思是，希望自己的父皇能夠享國萬年。太后卻是冷笑，道：「你這心願只怕是要落空了。」

趙恆大駭，以爲父皇從泉州下達了廢黜太子的旨意，否則怎麼會說太子的心願落空，眼中迸出淚來，連連磕頭，道：「孫臣無能，不配……」

太后卻不理會他，朝楊真道：「楊大人，把陛下的聖旨給他看吧。」

楊真頷首點頭，踱步過去，小心翼翼的道：「請殿下過目。」

趙恆微顫顫的接過聖旨，心裏萬念俱灰，可是看到「太子監國、開封牧、總攬京畿軍政事」這一行字的時候，整個人卻是一下子呆住了。

太后的聲音傳出來：「來人，立即宣文武入宮，覲見監國太子，從此之後，哀家和祖宗的社稷就全部託付給太子了。殿下，還不快起來，準備去見文武百官。」

趙恆這才回過神來，跪地哭告道：「父皇尚在，孫臣豈可監國，這是要將君臣父子置於何地？孫臣不敢奉詔！」

趙恆回答的可謂堅決，他心中認定，這絕對是父皇試探自己的把戲，若是自己奉召，正好讓人有了廢黜太子的藉口，於是又是磕頭，又是涕淚直流，不斷哭告。

楊真在旁勸道：「殿下監國，自是爲父分憂，這是天大的孝心。」

太后卻是急了，大罵道：「你父皇沒有擔當，難道你也沒有嗎？」叫人將趙恆架出去，楊真小跑著跟上。

趙恆只是一味的哭，好幾次差點昏厥過去，也不知是真是假，楊真只好先將他安排在偏殿裏歇息。待趙恆哭聲漸弱，才道：「如今大宋危如累卵，社稷傾覆只在旦夕，殿下若是再如此，只怕連宗廟都不能保全了。」

趙恆被勒令在東宮讀書，哪裡知道外頭發生了什麼事，這時聽楊真的話音有異，立即道：「父皇為何不回京？」

楊真苦笑：「鑾駕尚在泉州，聞知金軍朝夕可至，是以駐留不回。這份旨意，殿下明白了嗎？」

趙恆這才恍然大悟，原來這不是試探，而是父皇聽到金軍隨時南下，已經六神無主，卻將這燙手的山芋丟在了自己手裏。他不自覺鬆了口氣，總算重整了精神，道：「這麼說，這份聖旨是真的了？」

楊真道：「千真萬確。」

趙恆隨即一想，又有些害怕起來：「金軍隨時南下，難道父皇是叫本宮與那金軍周旋嗎？」

楊真道：「事急矣，請殿下振作精神，安撫百官，詔令各路勤王，鞏固汴京防務，與女真人決一死戰。」

「啊……」趙恆露出難色，他與趙佶許多地方個性不合，可是在懦弱這一點卻是一模一樣，聽到金軍即將南下，整個人已是魂飛魄散，期期艾艾的道：「本宮該怎麼辦？」

楊真斬釘截鐵的道：「監國！到時平西王自然領兵來援！」

「沈傲……」趙恆臉色一變，道：「你是說他會帶兵來汴京？」

楊真毫不猶豫的口吻道：「平西王絕不會坐視不理。」

趙恆這時心亂如麻，由楊真安排著去見了滿朝文武，宣讀了趙佶的旨意，一時間，講武殿裏滿殿譁然，誰都不曾想到，皇上居然會懦弱到這個地步，文武大臣們都是一片哀鴻，更有不少人站出來，道：「國之將傾，君王難道不該死國嗎？立即上疏，請陛下回京！」

趙恆只是嚇得瑟瑟發抖，不知該說什麼，倒是楊真大喝一聲：「都肅靜，皇上不在，由太子監國，眼下當務之急，還是請殿下拿主意。」

衛郡公石英等人眼眸中閃過一絲疑竇，相互對視，突然預感到不太對勁，這個消息來的太快，還容不得他們消化。可是這時候，他們也知道，一切已經無可挽回，眼前最重要的，還是解決女真人的問題。

在眾臣的一再催促下，趙恆才期期艾艾的道：「既然如此，那麼立即調兵勤王吧，天下兵馬火速集結汴京，不可懈怠。女真人那兒，是不是也要派個使節過去？若是能言和，自然皆大歡喜……」

楊真原本還以爲趙佶有什麼擔當，聽到「言和」二字，立即怒火攻心，打斷道：「殿下，女真人狼子野心，欲壑難填，契丹人也曾向他們求和，如今是什麼下場？」

不少人也鼓噪起來：「寧願死戰！」

更有個人站出來道：「偷安一時，遺恨千古禍事，天下有宋無金、有金無宋，殿下何出此言？」

站出來的，是太常少卿李綱。李綱這一叫，滿殿又傳出一陣陣喧囂，連石英、周正都不免站出來，一齊道：「女真人何足爲患，當年平西王以寡擊眾，重創十萬女真鐵騎，殿下爲何不能？請殿下勿言求和事，振作精神，挽狂瀾於即倒，扶大廈之將傾，則蒼生涕零，感恩不盡。」

趙佶被這些人嚇了一跳，再不敢言和，只好道：「那派一使節，且看女真人態度如何，刺探女真人軍情可以嗎？」

他既然這般說，倒是無人有異議。

之前說話的李綱道：「殿下，女真人既然早晚要來，我大宋不得不早作準備，臣懇請殿下立即下詔，修繕工事，加固城防，令禁軍日夜巡守，放出斥候，隨時與邊鎮聯絡。再有，官府應將壯丁登記造冊，一旦有事，可以立即徵募民丁。更何況天下兵馬雲集，糧草卻非清查不可，否則到時城中無糧，禍事就大了。」

趙恆見他條理清晰，一時又茫然，只是點頭道：「就這麼做，你說的很對，從即日起，授你為兵部侍郎，專門督察這些事。」

講武殿裏總算是安穩下來，不管怎麼說，現在局勢總還沒有壞到山窮水盡的地步，女真人會不會南下還是未定的事，朝中又有人不斷建言，大家才安下了心。

李綱授了兵部侍郎，繼續道：「殿下何不如再召平西王回京，與他商議抗金之事，如此，汴京就可以高枕無憂了。平西王南征北戰，屢戰不敗，據說金人對他聞之喪膽……」

李綱的話一說出來，趙恆卻不禁皺起眉，可是他也知道，沈傲固然是他的死敵，可是女真人卻是要他命的，便打斷道：「就這麼辦，立即傳詔令，速令平西王率水師北上勤王。」

趙恆從殿中下來，還是一副渾渾噩噩的樣子，他還沒有適應過來這角色的轉換，想回東宮去，卻被人攔住，請他暫時在宮中安住，趙恆哪裡敢？再加上宮中到處都是趙佶的耳目，多有不便，便堅持要回東宮。

宮中只好為他準備車駕，又將他送回去。趙恆的腳落到了東宮的門前，才總算是舒展了一口氣，隨來的殿前衛已將整個東宮嚴密保護起來，趙恆看到這些魁梧的羽林禁衛，心裏才踏實了一些。

「恭賀殿下。」迎出來的是一個老太監，也是趙恆最親近之人，是東宮的掌事，叫開福，他也是剛剛聽到的消息，想到太子終於監國，時局撥雲見日，自然要來賀喜一番。

趙恆卻是板著臉，訓斥道：「何喜之有？你不要胡說。」說罷，瞥了那些禁衛一眼，快速進了東宮，在一處偏殿裏坐下歇息，叫人斟了茶，才道：「把舍人叫來，本宮有事和他商量。」

所謂舍人，就是東宮的屬官。這太子舍人叫程振，與程江是同胞兄弟，否則那程江也不會如此受趙恆信任。只是比起程江來，程振的性子顯得要恬然得多，雖然死心塌地地效忠太子，卻再三請太子不要去滋事，小心供奉宮中，更不要招惹平西王。

他的提議當然讓趙恆不滿意，因此許多事都不與他商量；如今程江已經成了庶民，趙恆環顧四周，再難發現可以託付的人，這才與程振又親近了幾分。

程振是大儒出身，帶有幾分書卷氣，這時表現出了出奇的淡然。他進了偏殿，朝趙恆行了禮，趙恆朝他笑道：「程舍人不必多禮，坐下說話。」

程振頷首點頭，道：「恭賀殿下。」

趙恆這才露出喜色，道：「程舍人也聽說了？」

程振嘆口氣，道：「是聽說了，陛下……哎……」又是嘆了口氣，才道：「太子殿下，眼下當務之急，是坐鎮京畿；既然如此，爲什麼太子不在宮中住下，反而回東宮來？」

趙恆道：「本宮怕有人逞口舌之快，引起小人的猜忌。」他見程振糾纏於這個問題，心中怫然不悅，便道：「本宮其實力主議和，無奈滿朝文武大多主戰，須知女真人朝發夕至，汴京無山水阻隔，哪裡是女真人的對手？本宮心中甚是憂慮，程舍人怎麼看？」

其實趙恆的意思，還是主和。以他的膽量，哪裡敢去和女真人決戰？他的父皇不敢，自己這做兒子的難道就敢？趙恆本就不是什麼有魄力的人，一想到一夜之間數十萬女真人出現在城外，他便魂不附體，更不必說去決一死戰了。

只是朝中無人支持趙恆，趙恆才不敢提出這個主張，而這位東宮舍人程振就不同了，他曾歷任過國子監司業，德高望重，若是他肯站出來提議，局面必然改觀。

誰知程振雖然一心輔佐太子，聽到趙恆說議和二字，臉色立即變得無比駭人，厲聲道：「殿下何出此言？女真，豺狼也，凶險狡詐，與禽獸無異。下官讀了這麼多書，從未聽說過君子與禽獸媾和的事。殿下是儲君，如今奉旨監國，更該以江山社稷爲重，發憤圖強，驅逐豺狼，豈能與賊私通？」

趙恆聽了這話，立即就沒了興致，心裏想，若是程江在，本宮何必受他奚落？想著，趙恆臉上露出不悅之色，佛然道：「程舍人教誨，本宮知道了，本宮現在乏了，你下去吧。」

程振見趙恆不悅的態度，只好下去。

趙恆臉色陰晴不定地坐在椅上，對一邊伺候的開福道：「這算什麼監國？連一個舍人都不肯聽從本宮的話，哼！」

開福笑吟吟地道：「殿下，這是因爲您沒有親信之人的緣故，若是程尙書還在，何至於如此？」

趙恆道：「這倒是真的，程江和李邦彥二人若在，定然知道本宮的心意，無奈何父皇已經褫奪了他們的官職，令他們致仕，否則……」

開福猶豫了一下，笑嘻嘻地道：「如今是殿下監國，這裏的事還不是殿下說了算？」

趙恆雙眉沉下去，猶豫道：「父皇剛剛革了他們的職，現在再請他們回來，只怕很是不妥，到時候若是有人借此攻訐，豈不是……」

開福與那程江關係莫逆，因此極力唆使道：「殿下，眼下國難在即，自然該人盡其用，若是不用這二人，滿朝上下都是平西王的黨羽，有誰肯真心為殿下奔走的？」

趙恆立即想起在朝廷裏，楊真和李綱二人左一句平西王右一句平西王，心中也生出怒氣，道：「你說的是，父皇既然將社稷和宗社的安危託付給了本宮，本宮難道就一點主也做不得？這樣吧，你立即去奔走一下，尋個言官，許諾他一些好處，告訴他，給本宮上一道奏疏來，起復李邦彥和程江。」

開福應了。

趙恆像是鬆了口氣，便道：「去吧。」

眼看就要過秋，汴京卻是亂糟糟的，各種流言流傳在街頭巷尾，不少富戶已經舉家南走，原本還以為是歌舞昇平，現在看來，連皇上都走了，自己還留著不是找死？

太子監國，沒有人彈冠相慶，倒是恐慌不斷的蔓延，這時，有人想起了沈楞子的好來，沈楞子雖然人品差了那麼一點，還經常做些莫名其妙的事，總是讓大家心驚肉跳，可是誰也不會忘記，那遠從西夏傳來的捷報，只要平西王在，時局也不至於亂到這般地步。

朝中亂象也顯現出來，有言官上疏，請太子起復李邦彥、程江二人，奏疏剛剛遞上去，立即引起軒然大波，楊真當即反對，至於石英、周正等人，也都站出來。也有一些首鼠兩端的，心裏猜測這多半是太子的主意，眼下太子監國，豈不正是投機取巧的時候？便也有人支持，聲稱二人並無大過，值此國難的關頭，何不起復二人，令二人將功補過，爲國效力。

一連幾日，滿朝都在相互攻訐，爲了這件事，爭得火熱。最後趙恆站出來，安撫楊真等人，說這二人皆是罪臣，豈可起復？卻又道不過本宮看他們頗有些才幹，暫時啓用，進東宮闢爲太子舍人罷。

太子舍人不過是七八品的小官，這般做，頗有些和稀泥的味道，卻讓楊真等人一時尋不到漏洞，又念及到這個時候把精力拿去爭兩個犯官，根本沒有必要，因此最終選擇了沉默。

程江、李邦彥的起復，也讓不少人明白了趙恆的意思，就在起復的第二天，程江上疏，俱言女真人強盛，不可力敵，既然女真人已經取契丹人而代之，那麼大宋就應該遵循祖制，按對付契丹人的辦法去對付女真人。

這篇奏疏可謂是曲線救國的典範，恬不知恥的把祖制都搬了出來，意思是說大宋的先皇帝們既然可以屈身去向遼國求和贈送歲幣，爲什麼現在反而不可以向金國議和呢？這是大宋的光榮傳統，是堅定不移的國策，誰要是反對，就是不敬祖宗，不遵祖法，是別有用心。

朝中譁然了！

這份奏疏遞到門下省的時候，據說楊真不顧規矩，直接將程江的奏疏撕成了兩半，當場大罵：「誤天下蒼生者，必此人也！」

不止是楊真，石英等人也紛紛跳了出來，開始對程江進行圍剿，在他們看來，這份奏疏陰險到了極點，一旦不能將程江打壓下去，那麼勢必會有更多的人嘩眾取寵，到時候莫說是同心協力抗金，只怕這朝廷不知要花費多少時間去用在戰和之爭上。

而這時候，趙恆的態度十分曖昧，事情過了三天，他沒有表露任何的態度，便是朝議之時，也是無動於衷，既不支持，也沒有明確的反對。

程江毫髮無損，雖然被無數人抨擊，卻仍然是太子舍人，甚至是朝議之後，趙恆突然叫過新任吏部尚書，向他徵詢：「程江以疏忽職守戴罪請辭，大人認同嗎？」

認同不認同，反倒問起別人了。可是傻子都知道，太子這是告訴大家，他不認同，程江無罪！

爭端到了這裏，遠遠沒有結束，程江的奏疏雖然沒有起到效果，可是也告訴了許多人，談論議和是沒有罪的，太子不會見怪。

接著，第二個跳出來的是李邦彥。

李邦彥遞上了奏疏，這老辣的權臣手段明顯更加高明，奏疏中並沒有論及到任何戰和的問題，而是說，老臣聽說太祖皇帝在的時候，曾與契丹人交戰，糜費國庫巨萬，卻難以取勝，結果不得不與契丹人議和，稱為兄弟，自此，宋遼雖時有交惡，卻多是相安無事，這樣的情況已經有百年之久了。老臣近來讀了許多書，書中都說，那些喜好彰顯武力的君主，就算是在戰爭中獲得了勝利，最後也往往糜空了國庫，使得人民變得困苦，民生維艱，天下的百姓都變得窮困潦倒，國家雖然擴大了疆土，結果卻得不償失。因此，老臣不由發出感慨，好戰者，必亡也。而今天下在陛下的治理下，人民殷富，安居樂業，這使老臣很是憂心，若是有好大喜功的人，不去珍惜現在的太平，而去追求那些不切實際的豐功偉績，太平還能夠維持嗎？百姓還能夠安居樂業多久？

夠狠！這份奏疏可以算是指桑罵槐的典範了，以一種憂國憂民的口吻，處處針對當下主戰主和的爭議，冠冕堂皇，直接將主戰的臣子暗喻為好大喜功、不體恤民間疾苦的人，從而襯托自己的憂國憂民。

李邦彥的上疏，算是真正拉開了主戰主和爭端的序幕，一連數日，朝廷連日朝議，都花費在這些口水之爭上，先是主戰派一面倒的斥責程江、李邦彥，接著是一部分臣子突然以主和派的面目出現。到了第三天，主和派居然人數越來越多，甚至連刑部尚書這樣的大老居然也加入其中。

楊真乏力了，他的頭髮不知生出了多少霜華，整個人幾日之間便蒼老了十歲，以他的智慧當然明白，議和派會讓兩個小小的東宮舍人扭轉，成爲足以與主戰派分庭抗禮的聲勢，無非是在他們的背後，站著監國的太子。

又是一日毫無意義的口舌之爭後，楊真微顫顫地從殿中走出來，整個人顯得無比的孤獨。

「楊大人。」周正見他走得急，心中一動，立即快步追上來，道：「楊大人留步。」

聽到有人在身後叫喚，楊真停住腳。

周正追上來，雙眉緊鎖，與楊真邊走邊寒暄，一直出了宮，直到周遭沒有了人，周正才道：「大人，只怕要出大事了。」

楊真道：「國公何必危言聳聽？」

周正吁了口氣，道：「現在議和的倡議聲勢這麼大，爲什麼？還不是太子心中支持議和？莫說是太子，就是這官司打到泉州去，打到陛下那裏，多半陛下也不會力排眾議與女真人決一死戰的。可是一旦議和，必然影響軍心民氣，給了女真人借機步步緊逼的機會，這般下去，待女真人欲壑難填之時，而我大宋已經國庫耗之一空，那就是覆亡的時候了。」

楊真沉默著，並不發表意見，猶豫再三，才鄭重其事地道：「戰可勝，和必亡。誰主和，天下人人得而誅之。」

周正知道楊真的秉性，這位老頑固一旦激起了性子，便會什麼都不顧，和沈傲倒是有些相像，周正苦笑道：「可是太子……」

楊真目光幽幽，眺望遠方的霞雲，負著手道：「平西王絕不會容許有人媾和，便是太子也不成。」

周正若有所思，沉吟道：「太子素來與平西王不睦，如今監國……」

楊真打斷周正道：「放心，平西王比你我聰明，這些跳梁小丑……老夫倒是要看看，待平西王回了京，他們怎麼說？」

楊真頓了一下，憂心忡忡地道：「朝中爭議了這麼久，各部各司都沒有心思安撫百姓，現在流言四起，再這樣下去，便是摒棄了議和，只怕……」

周正與楊真相視苦笑，這時，衛郡公石英從宮門那邊出來，含笑與楊真打了招呼，楊真向二人作揖道：「楊某還有公務，暫先告辭了。」他朝周正看了一眼，道：「眼下全看平西王了。」

蜿蜒千里的水道運河上，緊靠著常州的一處渡口，幾艘漕船穩穩停靠在岸邊，放了纜繩，點了燈，水手們下船去採購東西，在這寬敞的船艙裏，沈傲穩穩地坐在椅上。坐在沈傲下首的，正是陳濟。

其實太子的詔令還沒有到泉州，沈傲就已經動身返京了，趙佶可以留下，可是他不成，趙佶可以懦弱，他沈傲卻不能。

動身時，沈傲已經給陳濟來信，陳濟二話不說，立即坐了漕船南下，與沈傲在常州會合。

陳濟顯得有些疲倦，眼袋漆黑，唯有一雙眼眸還算炯炯有神，面如止水之中，又隱含著幾分克制，這種克制，像是身體之內有一團火要噴薄出來，卻又被理智壓著隱忍不發。

沈傲先是在書案前仔細翻閱了陳濟送來的各地密報，等拿到汴京的密報時，眉頭不禁壓了下來，一雙眼眸如刀般閃爍一下，隨即慢悠悠地靠在椅上，把密報隨手拋在一邊。

沈傲闔著眸，整個人像是一尊雕塑，隨著搖椅的搖晃，紅燭的光澤讓他的臉上更顯得陰晴不定，他突然張眸，眼睛落在陳濟身上，道：「國之將興，必有妖孽！」

陳濟哂然，淡淡道：「殿下，是興是亡還未可知吧。」

沈傲道：「國之將亡也有妖孽，因爲妖孽禍國。國之將興，也是如此，只是在這個時候，會有一個英雄，手持三尺劍，斬盡妖魔，如此，天下就太平了。」
沈傲說起道理來，一套又一套，可是他這句話也有道理，陳濟道：
「時局到了這個地步，太子監國，卻一心想著與女真人媾和，這樣的人，不堪為君。更何況太子監國當政，早晚要與殿下為難，一旦太子為君，殿下難道不該為自己打算嗎？歷來英雄都不拘小節，唯有在國難之時，才扶大廈將傾，挽狂瀾而不倒……」
沈傲打斷他道：「陳先生，慎言為好。」
陳濟卻固執地搖頭道：「事情到了這個地步，殿下難道就真的不曾想過嗎？」
沈傲沉吟了一下，道：「陛下待我恩重如山，只這一條，我就只能做一個周亞夫、竇嬰。」
陳濟臉上浮出一絲輕蔑的冷笑，道：「殿下可不要忘了，周亞夫、竇嬰是什麼下場！」
沈傲默然，隨即一笑，道：「現在不是時候。」
陳濟卻是步步緊逼，道：「此時正是天賜良機，天下已經謠言四起，百姓恐慌不安，急盼殿下站出來，維持大局。」
沈傲躺在椅上，嘆了口氣，忽而笑起來，道：「我這一趟入京，就是主持大局，可是你方才的話，往後就不要再說了。」

陳濟舔舔嘴，淡淡道：「好吧。」

雖是不再爭論，可是陳濟心裏卻不以為然，平西王還是太天真了，眼下不管是海政還是武備學堂，甚至還有相當一部分舊黨，之所以能夠得勢，能夠順風順水，全憑的是沈傲的護翼，一旦新君即位，沈傲為趙佶制定的國策必然傾覆，而到了那時，會有多少人失意？又會有人多少人輾轉難眠，害怕新舊接替的那一日？

平西王要是忠臣，自然會有人逼著去做他不想做的事，在平西王之下，一股龐大的勢力早已興起，那些軍中的……除非廢黜太子，另立新儲。

陳濟調轉話題，道：「只是眼下朝廷爭論不休，殿下打算如何解決？」

沈傲從搖椅上坐起來，身體微微前傾，端了桌几上的茶盞，道：「一切都等到了汴京再說。陳先生，你一路過來也是辛苦，先到艙中歇一歇，錦衣衛這麼大的架子，總要你來掌總，不要累壞了身體。」

陳濟不禁苦笑，站起來道：「老夫吃了殿下這麼多糧，也該是盡一些微薄之力的時候了。」說罷起身告辭，出了沈傲的船艙。

在冉冉的燈火之下，沈傲整個人又變得陰晴不定，或許是近來的壞消息太多，讓他獨處時總是有些煩躁。他隨手撿起一份密報，認真地看起來。

錦衣衛在天下各府路將無數消息匯總起來，信息量之大非同小可，江北這邊消息最多，多是人心惶惶，市價開始出現波動，富戶大量逃亡之類的消息。

單一個汴京，南渡的世家大族就超過了七百餘戶。南渡……南渡……沈傲喃喃念著這兩個字，眼眸一閃，瞳孔微微收縮一下，略帶妖異。

第一六八章 敲山震虎

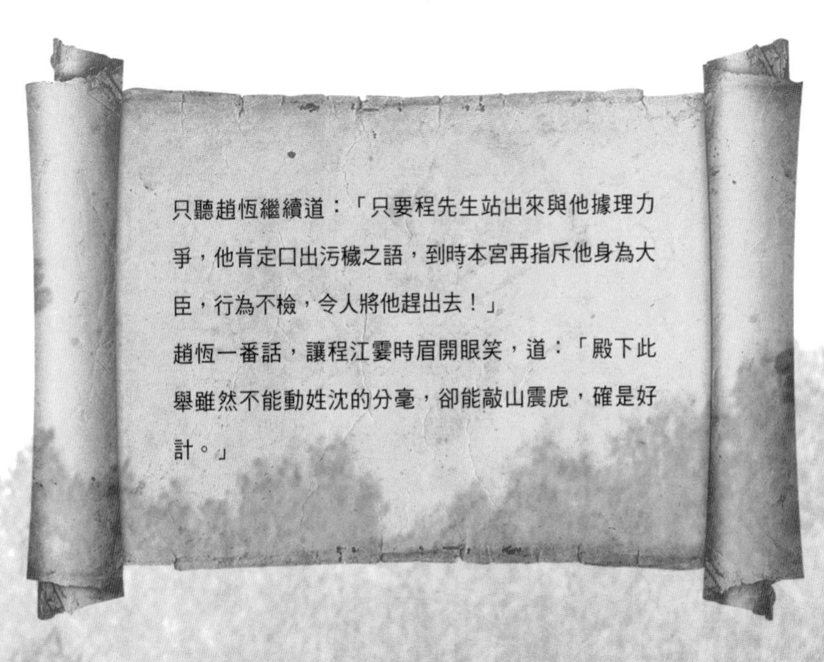

只聽趙恆繼續道：「只要程先生站出來與他據理力爭，他肯定口出污穢之語，到時本宮再指斥他身為大臣，行為不檢，令人將他趕出去！」

趙恆一番話，讓程江雲時眉開眼笑，道：「殿下此舉雖然不能動姓沈的分毫，卻能敲山震虎，確是好計。」

漕船一路北上，抵達汴京的時候，已經到了七月初，這個時節原本是汴京最熱鬧的時候，只是事隔半年回京，沈傲發現，許多東西已經物是人非了。

那熱鬧非常的場景顯得蕭條了不少，連碼頭處停靠的船隻也變得稀疏了，當漕船靠了棧橋，以楊真為首的官員們紛紛前來迎接，人群中並沒有看到太子的蹤影。

沈傲從棧橋過來，楊真迎面而來，見了沈傲，連忙深深作揖道：「殿下果然來了。」

沈傲呵呵一笑，將楊真扶起，道：「果然二字是什麼意思？難道還怕本王不回來了？」

楊真挽著沈傲的手，嘆息道：「其實說句心底話，老夫還真怕殿下不回來。」他滿是皺紋的臉上總算露出幾許笑容，隨即爽朗笑道：「如今殿下回來了，老夫心裏的大石也能落地了，今夜總算能睡個好覺。」

他壓低聲音，繼續道：「老夫累了。」

沈傲側目看了滿是白髮蒼蒼的楊真一眼，見他的背略帶些佝僂，整個人像是隨風即倒一樣，忍不住道：「汴京最近又有什麼消息？」

楊真冷笑道：「還能有什麼消息？先是爭議和，現在又是爭京察，哼，一群蛇鼠小人。」

沈傲愕然：「京察？」

「是，有人上疏，說是國難在即，爲了令朝廷上下一心，京察不能再繼續下去，否則群臣相互猜忌，反倒誤了大事。所以非但要暫停京察，還要將一些被革職的官員重新起復，讓他們戴罪立功。殿下，背後指使人上疏的，不必老夫說，你也知道的。」

楊真的聲音越來越冷淡，最後壓低聲音道：「監國，監國，什麼監國，無非是要掌握權柄而已，要讓那些失意的人重新入朝，好給他去抬轎子。」

楊真的話已經涉及到大逆不道了，沈傲不禁爲楊真的耿直嚇一跳，隨即又想，京察是楊真的命根子，現在太子要弄京察，不就是要他的老命？這老傢伙惹起了性子，當然什麼話都敢說。

過了棧橋，到了碼頭，六部各司的官員紛紛過來行禮，沈傲回了禮，朝大家打了招呼，大家見沈傲回京，都覺得大石落地，總覺得有了點依靠。原本還以爲那太子能力挽狂瀾，可是太子監國之後做的這些事，實在讓人寒透了心，眼下這個局面，除了平西王，放眼宇內，還有誰可以獨當一面？

這時，一名內侍騎著快馬過來，官員們見了，知道是太子帶話來了，紛紛讓出路來。這內侍是東宮裏的內侍，從前聲名不顯，如今太子監國，身分地位自是不同，更何況帶著太子的口詔，頗有幾分如太子親臨的架勢。

大搖大擺的下了馬，朝著人群大叫一聲：「誰是平西王？」

眾官員停止與沈傲寒暄，沈傲淡淡一笑，道：「本王就是。」

內侍昂首道：「太子有口詔，平西王到京，立即覲見，不得有誤。」

沈傲卻充耳不聞，朝身邊的楊真道：「楊大人，今日有廷議嗎？」

楊真道：「今日廷議已經散了，就算有事，那也是明日再說。」

內侍見沈傲不理會自己，便放開喉嚨，高聲道：「平西王殿下，太子有請，不要耽誤。」

沈傲連看都不看他一眼，笑吟吟的對楊真道：「明日廷議，是誰要通賊媾和。」

內侍見狀，臉色變得又青又白，心想，我帶著太子口詔過來，平西王不來理會，咱家怎麼回去覆命？到時候肯定說我辦事不利，這罪名可擔待不起。他猶豫片刻，高聲道：「監國太子殿下有令，平西王還不速速入宮？」

沈傲才注意到這內侍，兩側的官員一時鴉雀無聲，沈傲慢慢踱步過去，眼眸閃過一絲冷冽，朝這內侍道：「你叫什麼名字？」

內侍見沈傲的眼色駭人，不禁身體微微向後傾了些，吊著嗓子道：「奴才來喜。」

沈傲輕蔑的看了他一眼：「你還知道自己是奴才，一個奴才，也敢用這種口氣和本王說話？」

內侍嚇了一跳，想求饒，又覺得自己是太子的人，丟了太子的臉，回去肯定要被責打，只好硬著頭皮道：「奴才不過是奉太子之命……」

沈傲揚手狠狠打在來喜的左臉頰上，啪的一聲，來喜後頭的話就被截斷了，他連忙捂住火辣辣的臉，期期艾艾的道：「殿下……殿下……」

沈傲惡狠狠的道：「太子又是什麼東西，他叫本王回京去見他，本王就去見他？」

來喜被打矇了，更沒想到沈傲說出這種話，不止是他，連一旁的官員都覺得這句話犯了忌諱，不管太子有沒有監國，畢竟還是儲君，一句太子是什麼東西，不是大逆不道是什麼？

沈傲卻是按著腰間的尚方寶劍，一動不動，一雙眼睛直勾勾的看著來喜，嚇得來喜後退一步，沈傲道：「你就是站著和本王說話的？」

來喜徹底被打服了，忙不迭地跪下磕頭，道：「殿下饒命，殿下饒命……」

沈傲居高臨下的冷眼看他，淡淡的道：「回去告訴太子，本王沒功夫，就算是有功夫，到了這汴京，第一個要去見的也輪不到他。」沈傲朝身後的校尉吩咐一聲：「備馬，進宮，本王要覲見太后她老人家。」

說罷，回頭朝諸位大人拱手：「多謝諸位盛情，明日大家講武殿裏見吧。」

來喜跪在沈傲的腳下，一看沈傲抬腿，立即側過身去。

這些文武官員一開始還覺得平西王膽大包天，可是聽了後頭的話，又不得不佩服平西王的智慧，太子當然不算是東西，也確實不配讓平西王剛剛抵京就去拜謁，因爲在汴京，真正至高無上的，確實輪不到監國太子，而是太后。在太后面前，說太子是什麼東西，誰又敢說什麼？

只不過道理歸道理，平西王當著這麼多人的面，打了這來喜的臉，所謂打狗還要看主人，這等於是沈傲徹底將自己的立場擺了出來，他和太子……沒完！

楊真闔著眼，看到沈傲帶著校尉騎馬朝宮中方向過去，若有所思的捋著白鬚，朝身邊幾個要好的官員道：「明日廷議，只怕有樂子瞧了。」

沈傲徑直入宮，叫人先尋了敬德通報，敬德笑吟吟的迎了沈傲，道：「殿下怎麼這麼早就回來了，回來就好，回來就好。」

沈傲笑吟吟的道：「太后這時候在做什麼？沒人陪她打葉子牌嗎？」

敬德道：「太后心情不好呢，聽……聽說陛下不還駕……」敬德聲音越壓越低。

沈傲頷首點頭：「請敬德公公幫個忙，去通報一聲，就說沈傲回京來遲，令太后受驚，實在萬死，今日特來請罪。」

敬德按著沈傲的原話去稟報。

聽到沈傲回來，太后不禁吁了口氣，道：「總算他還有擔當，沒有把官家的毛病都學了去。叫他進來，去，上武夷茶來，哀家知道他喜歡武夷茶。」

沈傲進來，誠惶誠恐的樣子道：「微臣護駕來遲，罪該萬死。」

太后這時更加念起沈傲的好來，這傢伙平素雖然瘋瘋癲癲，可是關鍵時刻總還算頂用，至少還記得在這汴京，還有她和晉王這孤兒寡母。看到沈傲回來，心事放下了一半，烏雲密佈的臉雨過天晴，道：「你能回來，哀家很高興，哀家與晉王盡皆託付給你了。」

沈傲道：「陛下不日就要傳來旨意，請太后娘娘移駕泉州去。」

聽了這話，太后若有所思的道：「看來官家還沒忘了哀家，只是……」她繼續道：「哀家也知道汴京現在不太平，只是聽宮人們說，陛下不肯回京，百姓已是議論紛紛，若是哀家也去了泉州，豈不是要天下大亂嗎？哀家是太后，承蒙先帝垂青，敕爲國母，豈可罔顧非議而獨自逃命，這件事……萬萬不成的，要走，就帶晉王走，你的家眷也一併帶去。」

沈傲想不到太后雖然是個女人，卻有幾分膽魄，臉上露出幾分敬意，道：「太后娘娘聖明。」

太后搖頭嘆道：「有什麼聖明，哀家年紀大了，要死，也要陪著先帝的陵寢，死在大宋的宗社裏。逃出汴京，固然能苟且偷生，又能偷個幾時？就是晉王，哀家最是不放心，索性去見他的皇兄吧。」

太后想了想，繼續道：「哀家聽說，現在外朝有人提出與女真人議和，這種事哀家也不懂，不知這議和到底是好是壞，沈傲，你給哀家說說看，若是咱們大宋與金人議和，他們肯同意嗎？」

沈傲斷然道：「金人自然同意。」

太后臉色舒緩，道：「若是能和睦共處，這也是一樁美事。」

沈傲卻是搖頭道：「契丹天祚帝在的時候，也曾向女真人提議議和，金人向遼人索要財物、軍馬，遼人如數奉上，不出一年，遼都臨璜府便被金人攻破，而金軍的戰馬箭矢卻大多是遼人奉送的，所以，微臣以為，若是我大宋向金人議和，金人必然慨然准許，向我大宋索要錢糧，可是我大宋雖然富甲天下，也會有滿足不了金人胃口的一天，到了那個時候，金人攻宋，大宋國力已經力竭，又該如何抵擋？所以倡議議和的，要嘛是受人蒙蔽，要嘛就是別有用心。」沈傲語氣堅定的道：「雖萬死也不足惜。」

太后其實也是茫然無策，太子雖然經常來問安，卻總是閃爍言辭，今日聽了沈傲這一席話，又知沈傲素來忠心耿耿，心裏自然信了。便道：「可要是與金人打仗，咱們大宋能有幾成把握？」

沈傲道：「若是現在這個樣子，朝中相互攻訐，緊要關頭居然還在爭議議和之事，不能下定決心，只怕連一成的把握都沒有。可要是我大宋眾志成城，人人皆有與女真人死戰之心，則以逸待勞，坐擁汴京城池，左右又有各路勤王軍馬，女真人若是敢來，微臣有十成把握，教女真人討不到一丁點便宜。」

沈傲的話十分明白，太后哪裡聽不懂，只沉默了片刻，太后抬眸，面若寒霜的道：「那就戰，誰再言及議和之事，哀家來治罪；誰要是敢倡議與金人媾和，沈傲就代哀家收拾他們，刺配、罷官由著你，我大宋也是馬上得來的天下，便是先帝在的時候，也從不畏與西夏交戰，到了今日，卻爲什麼獨獨怕一個女真？」

沈傲心中大定，道：「若是有太后支持，臣行事就方便多了，太后聖明，微臣嘆服。」

太后見沈傲不慌不忙，在這內朝外朝都如熱鍋螞蟻的時候鎮定自若，不覺將他當作了倚靠，心情也略好了些，道：「嘆服？你沈楞子原來還曾嘆服過人嗎？不是都說，你眼高於頂，見了人都是眼睛看著房梁的？」

沈傲好不容易正經了這麼幾天，差點兒被太后這句話噎死。

庭院下大槐樹下，夏日炎炎，樹蔭總算帶來了幾分涼爽，樹下是一張棋盤，趙恆深瑣著眉頭，舉棋不定。
坐在趙恆對面對弈的，則是捋鬚含笑的程江。
程江顯出幾分得色，雖說罷了尚書，受了驚嚇，可是如今總算是撥雲見日，莫看現在只是起復做了個東宮舍人，可是只要太子仍然監國，異日登基，莫說是尚書，便是進三省也是遲早的事。
不勝而勝，其實就是這個道理，明明輸得一場糊塗，可是只要太子還在，只要太子仍然倚重，就算是一個草頭百姓，早晚也有飛黃騰達的一日。
程江看著深瑣眉頭的太子，心裏不禁想，那沈傲又有什麼了不起？無非是聖眷在身而已，他受皇上信重，老夫受太子信重，異日，這天下還是老夫揮斥方遒的。
趙恆顯然已經技窮，搖頭苦笑，推了棋道：「平西王來得真快。」
程江原本想安慰趙恆幾句，聽趙恆談及正事，立即肅然道：「殿下，老夫聽說，那平西王還未接到殿下的詔令就已經動身了。」
「哼！」趙恆冷哼了一聲，抱起茶盞喝了一口道：「本宮也聽說，今兒一早，朝中不少大臣都去碼頭處接他，連坊間都有流言，說是能力挽狂瀾的，唯有他平西王了。」
程江雙目一闔，冷笑道：「正是如此，所以議和之事非要竭力促成不可。殿下，若是開戰，縱觀朝中上下，除了沈傲，誰可以掛帥？就算殿下不肯，楊真他們難道會甘休？要是點了頭，敗了社稷傾覆，就算是勝，天下人也都只會稱讚平西王，反倒將殿下看輕了。可若是議和……」程江冷冷一笑，道：「若是議和能夠成功，就沒有他平西王的事了，只要保全了宗廟，大家豈不是都稱讚殿下神來一筆，化干戈爲玉帛？」

趙恆本就畏戰，聽了程江的話更覺得對自己的脾胃：「再者說，真要讓他沈傲掛帥，本宮也不放心，還是議和的好。」他抬起眸來，繼續道：「怎麼那平西王還沒來？」

程江訝然道：「怎麼？殿下還要召見平西王？」其實對沈傲，程江雖然背後說起他的是非不覺得有什麼，可真要面對他，反倒有些心虛了，便道：「早知如此，老夫就不該打攪殿下，現在還是先回避一下的好。」

趙恆卻是搖頭，道：「他第一日抵京，本宮當然要見一見他。程先生也不必回避了，今時不同往日，本宮既是監國，他沈傲難道敢在本宮面前放肆？」

正說著，卻是那傳詔的內侍來喜飛快疾奔過來。

趙恆劈頭便問：「本宮的詔令帶到了嗎？」

來喜雙膝跪倒，立即哭告，扯著嗓子道：「殿下，帶到了，那平西……不，姓沈的……」

趙恆性子有些不耐煩，尤其是對沈傲的消息更是沒有耐性，忍不住踢了他一腳，道：「撿重要的說。」

來喜可憐巴巴地道：「那姓沈的說，太子算是什麼東西？還當著眾多人的面，打了奴才一巴掌……」

趙恆呆滯了一下，隨即一屁股坐在石墩上，整個人失魂落魄地道：「他怎麼敢如此無禮？」

程江勃然大怒道：「打狗尚且還看主人，監國太子的詔令，他也敢不遵嗎？好大的膽子，沈傲這賊是存心要在殿下面前耀武揚威了。這件事，非徹查不可，殿下何不立即下詔，責問平西王，若是他說不出個道理來，正好趁著今日，直接命殿前衛去拿人，治他一個犯上之罪。」

趙恆狠狠地將石桌上的棋盤推開，手倚在石桌上，森然道：「他這是自己要找死，本宮好歹是監國，是汴京牧，總掌軍政，就是這一次拿了他治罪，父皇也無話可說。來喜，那姓沈的現在在哪裡？」

來喜跪在地上道：「進宮面見太后去了。」

聽到太后兩個字，趙恆先前的怒氣一下子化爲烏有，叫囂著要治罪的程江也一下子啞然，太子算是什麼東西，接下來一句話，沈傲就可以說，本王當然是面見太后要緊。這個藉口，冠冕堂皇，便是趙恆要追究，太后會怎麼想？你一個孫臣，膽大包天了不成？難道認爲在太后面前，當真算什麼東西？大宋朝以孝義治天下，太后雖然垂簾的少，可是地位卻是崇高無比，便是皇上也要唯唯諾諾，更何況是一個監國的太子了。

這樣一來，原先的罪名自然不能成立，沒有讓人信服的藉口，叫殿前衛去拿姓沈的，可不要忘了，沈傲身邊也是有校尉的。到時候這官司打起來，還不是一場糊塗？

趙恆冷哼，朝來喜大罵：「狗東西，本宮要你做什麼？這樣的事都辦不好，滾，滾出去！」

來喜嚇了一跳，心裏直叫冤枉，卻又不敢說什麼，連滾帶爬地出去。

程江知道，太子現在是一肚子的火氣無處發洩，沉聲道：「殿下，沈傲這般做，是擺明了要讓天下人知道他要與殿下誓不兩立了。」

趙恆冷笑道：「本宮是監國，他就算位極人臣，難道還想反天不成？等著瞧，明日廷議，本宮非要治他一治不可。」

程江道：「殿下有了主意？」

趙恆畢竟吃了這麼多虧，別的沒學會，這忍氣吞聲的功夫總算還學到一些，轉眼之間，臉上的怒容就消失得無影無蹤，淡淡道：「其實也簡單，明日廷議，姓沈的必然堅持主戰，到了那時，就要有勞程先生了。」

程江一頭霧水，只聽趙恆繼續道：「沈傲一向桀驁不馴，只要程先生站出來與他據理力爭，挑起他的性子，他肯定要口出污穢之語，到時本宮再以這個藉口，指斥他身為大臣，行為不檢，喝令人將他趕出去，姓沈的狗賊一向跋扈，本宮給他一點顏色，也讓滿朝文武們看看，這汴京城，誰才是一言九鼎，更讓人知道，平西王再如何跋扈，終歸還是臣屬，是我趙家的家奴！」

趙恆一番話，讓程江雯時眉開眼笑，道：「殿下此舉，雖然不能動姓沈的分毫，卻能敲山震虎，確是好計。」

趙恆負手站起來，看著這行將落葉的槐樹枝椏，眼看初秋就要到了，天氣雖然炎熱，風卻是不小，吹拂的槐樹沙沙作響，落葉紛紛，趙恆觸景生情，道：「你看，葉子都要黃了，再過幾日，秋風掃過的時候，這枝繁葉茂就要變作蕭瑟。」

他舔舔嘴，眼眸中閃過一種奇怪的神色，繼續道：「本宮做了這麼多年的太子，如今已到了壯年，苟活了大半輩子，從來沒有隨心所欲過。從前頭頂上有個父皇，如今，父皇遠在天邊，原以為能鬆一口氣，可是……」

趙恆冷冷一笑，語氣變得激烈起來，道：「可是本宮發現，這監國的太子還是處處受人掣肘，舉步維艱，為什麼？是因為這朝中有人引為朋黨，自以為結交了一個親王，就可以放肆，可以和本宮頂撞，本宮難道還要受他們擺佈嗎？程先生，明日這個時候，就是你我揚眉吐氣之時，要讓他們知道，讓天下人知道，本宮臨危受命，如今就是這汴京的主人，誰敢不從，便罷他的官，治他的罪。就是沈傲，也是一樣！」

程江被趙恆一番話激得胸腹之中翻江倒海，鄭重其事地道：「老夫願效死力。」

趙恆語氣又冷淡下來，道：「今日為何獨獨不見李先生？」

程江露出厭惡之色，道：「李舍人說他病了。」

「病了？」趙恆舔舔嘴，道：「叫他好生將養吧，本宮還有倚重他的地方。程先生，門下省送來的奏疏早就到了，你陪我一道兒去看，本宮剛剛署理政務，許多事還要請程先生見教。」

沈傲昨天回到汴京，立即見了太后，隨後便回家，叫安寧等人連夜收拾好行囊，準備隨時動身前去泉州。在沈傲看來，讓他拋了自己的性命去盡自己的責任，這是理所應當的事，可是他絕不會讓自己的妻兒置身於險境，他可以死，但是他的家族必須延續下來。

這一夜話不盡的別離，等到天剛拂曉，沈傲從安寧的榻上起來，換了簇新的尨服，戴了梁冠，便出了門。

今日的廷議自然重要無比，不管是太子還是沈傲，都可以預見，在講武殿裏，將會有一場唇槍舌戰。

沈傲打馬到了正德門的時候，已經有許多大臣陸續入宮了，楊真站在宮門外徘徊，顯然在刻意等待什麼，看到沈傲過來，臉上露出笑容，朝沈傲招招手。沈傲慢慢踱步過去，笑道：「楊大人好。」

楊真苦笑道：「殿下笑容滿面，倒像是有什麼喜事？」

「是嗎？」沈傲訕訕一笑，道：「喜事是沒有，不過倒是想給人辦辦喪事而已，楊大人站在這裏，是有什麼話要和本王說？」

楊真鄭重點頭，捋鬚道：「議和的事已經不能再爭論下去了，所以今日廷議至關緊要，平西王可想到了摒棄議和的辦法嗎？」

沈傲淡淡一笑，道：「走一步看一步吧。」

楊真見沈傲漫不經心，手捏著鬍子不禁搖頭，道：

「殿下，這件事事關重大，絕不能掉以輕心，難道殿下看不出，議和其實就是太子的主意，現在太子監國，若是有人借機鼓噪，太子再拍板下來，大宋的宗社怎麼辦？我們食君之祿，有些事縱然不可爲也要去做，有些話不可說也是要說。」

沈傲沉吟了一下，道：「太子監國，是不是說在這汴京，他可以一言九鼎？」

楊真頷首道：「正是，陛下的旨意很清楚，總攬軍政。」

沈傲撇撇嘴，很不以爲然地道：「那本王今日就告訴他，他便是監國，便是總攬軍政，這麼大的事也輪不到他說了算！」

說罷，沈傲不理會楊真，抬頭看著天，陡然道：「沒有房梁，看的真不自在，楊大人，本王先行一步。」

楊真見沈傲去看天，又說什麼房梁，忍不住朝天空看過去，只見天色晴朗，萬里無雲，似乎也沒什麼可看的，一頭霧水地呆了一下，冷不防身後一個官員走過來，也學楊真朝天上看，口裏問：「楊大人是晝觀天象嗎？怎麼？莫非有什麼怪象？」

就在薄霧騰騰的時候，趙恆已經先行入宮，孤零零地在講武殿裏，榻上金殿，觸手可及是那貼了金帛的御椅，御椅長一丈，兩側有扶柄，身後是盤龍金縷坐靠，這樣的椅子，雖然金燦燦的，其實坐得並不舒服。

趙恆伏在御椅上，卻不敢坐，沉默了良久，才吁了口氣，叫人搬了個錦墩來，擺在御椅的左下首位置，屈身坐下；放眼望去，在這金殿上，講武殿一覽無餘。

這樣的感受很奇怪，明明殿上和殿下的距離不過幾步臺階，卻又像是遠在天邊，遙不可及；只是幾台玉階，就像是萬仞深淵。而現在，趙恆終於踏前了一步，有了步上金殿的資格。

已經不再是遙不可及了，趙恆帶著火熱的目光看向御座；從步步維艱、如履薄冰，到現在監國，趙恆感覺就像從深淵升到雲端，若是在半月之前，哪裡會想到會有今日？

朝臣們魚貫進來，安靜地等候廷議開始，等到程江進來的時候，不少人笑吟吟地迎上去。

外頭的日頭已經冉冉升起，炙紅的光線灑落在講武殿屋脊的琉璃瓦上，折射出暈紅的光暈，深紅的宮牆，端莊肅穆，令人生畏。

沈傲按著尚方寶劍踱步進殿。殿上的趙恆瞥了他一眼，冷冷一笑，淡漠地打量殿中已經到齊的文武大臣，咳嗽一聲，道：「本宮奉旨監國，今日可有何事要奏的，立即呈報上來，若是無事，便退朝吧。」

趙恆戲弄似地想看看沈傲的「醜態」，今日他居高臨下，以真正儲君的身分俯瞰他這臣子，心中油然升起幾分得意，誰知眼睛掃過沈傲時，發現沈傲抱著手，一隻腳踮著，像是街頭的痞子，眼睛看著殿梁，薄唇撇起，像是低吹口哨一樣。

「放肆！」趙恆心裏大罵一句，好心情一掃而空，滿腹積壓著一股急欲噴薄而出的怒火。

第一六九章 代天行道

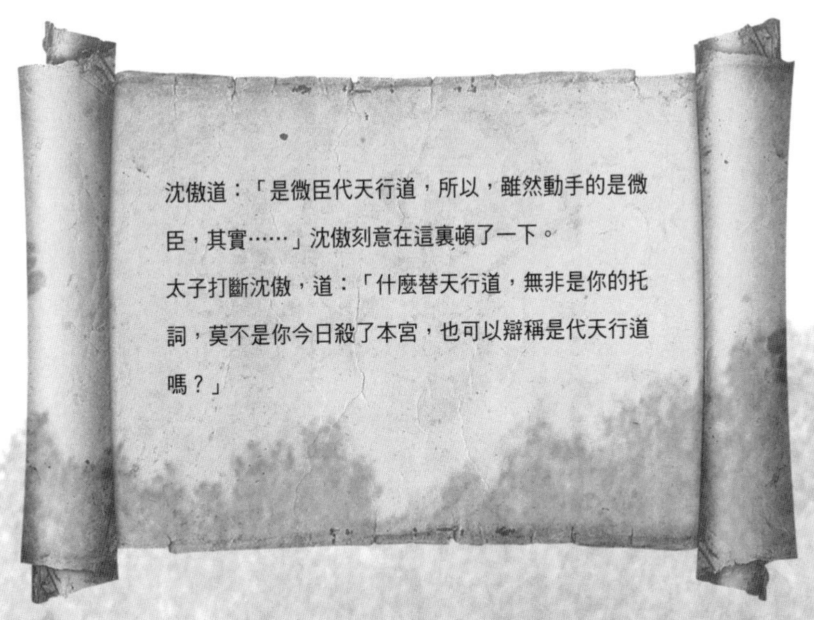

沈傲道：「是微臣代天行道，所以，雖然動手的是微臣，其實……」沈傲刻意在這裏頓了一下。

太子打斷沈傲，道：「什麼替天行道，無非是你的托詞，莫不是你今日殺了本宮，也可以辯稱是代天行道嗎？」

「殿下，臣有事要奏。」趙恆話音剛落，率先站出來的是兵部侍郎李綱。

李綱雖然不過小小一個侍郎，卻是主戰派中最頑固的人物，他生得很是魁梧，頭戴著翅帽，帽下的額頭光潔，雙眼深凹在眼窩裏，顯得有些疲倦，不過那一隻眼睛，卻如星夜辰芒一般閃閃生輝。

「殿下命臣督促防務，臣不敢懈怠，發現汴京城牆有幾處竟是滲水，東勝門外的甕城竟有幾處牆垛坍塌，更有甚者，原本屯駐禁軍的甕城卻是雜草叢生，營務荒廢，城外的下馬林原設哨崗一百三十六座，這本是太祖時的規矩，可是現在，也盡數荒廢。臣本要整飭，奈何兵部沒有專項的錢糧，請殿下及早調撥銀錢五十萬兩，以作修葺之用。」

趙恆如今滿心希望議和，對防務的事反倒不太熱衷了，只是淡淡地道：「本宮再思量思量。」

誰知李綱本就是不依不饒的性子，正色道：「汴京防務已經到了令人髮指的地步，重新修葺，屯駐軍馬刻不容緩，豈能再思量？否則等到女真人進犯之時，再亡羊補牢就爲時已晚了。」

「放肆！」程江見趙恆踟躕，立即站出來，冷冷道：「李侍郎未免也太危言聳聽了吧，什麼令人髮指？什麼刻不容緩？一派胡言。」

李綱看向程江，卻是平淡地道：「程大人說說看，老夫哪一句可曾說錯了？」

程江冷笑，朗聲道：「你說汴京防務荒廢已久，這是什麼居心？當今皇上乃是當世明君，一向看重武備，李侍郎的意思莫非是說，皇上識人不明，被下頭的人蒙蔽了嗎？」

李綱道：「老夫沒有這樣說過。」

程江步步緊逼，道：「哼，既然沒有這樣說過，那就更奇怪了，當今皇上賢明，百官們也忠勉，爲什麼會防務荒廢？會觸目驚心？依我看，李大人這是嘩眾取寵，故弄玄虛！」

李綱火起，怒道：「國難當頭，誰和你做口舌之辯？」

程江卻是洋洋得意地道：「不辯何以明真僞？難道任由李侍郎蒙蔽太子嗎？依我看，所謂整飭防務，實在是荒誕無比，我大宋有雄兵百萬，富可敵國。女真人固然凶惡，可是我卻聽說，早在建中靖國四年的時候，他們就派出了使節，欲與我大宋修好，可見女真人並非是窮凶極惡，也是知道禮數的，只可惜當時陛下誤信奸佞之言，摒棄議和，才有今日之禍。李侍郎方才說的也對，亡羊補牢，現在還不晚，若是這時候，我大宋派出使者，與金人修好，從此化干戈爲玉帛，和睦共處，又何必要動槍兵？李侍郎一心要修繕防務，還提議徵募壯丁，難道不知道，一旦起了戰事，有多少人要生靈塗炭？」

楊真不冷不熱地接了程江的話，諷刺道：「這麼說，程大人是要向金人卑躬屈膝了？」

程江慨然道：「兩國修好，利在千秋，何來卑躬屈膝？」

剛剛是李綱打了頭，如今，才幾句話功夫雙方就圖窮匕見，楊真沒有石英這樣的耐心，最聽不得議和之詞，率先站出來，道：

「女真人狼子野心，昭然若揭，程大人要與虎謀皮，到底是什麼居心？」

程江道：「老夫確實有居心，這居心就是天下安泰，不受刀兵之禍；這居心就是四海昇平，與鄰結好，老夫這居心，難道楊大人看不出？倒是老夫要問，楊大人一心要求戰，又是什麼居心？」

楊真笑得更冷：「奸賊誤國！」

程江的口舌倒是厲害，讓楊真一時詞窮，這時氣憤到了極點，忍不住咒罵一句，誰知涉及到了人身攻擊，講武殿裏立即就譁然了，不少人站出來，道：

「楊大人，誰是奸賊？既是廷議，便該暢所欲言，奸賊二字從何說起？」

還有人道：「程江就是奸賊！」

「楊大人口出污穢之語，請殿下治罪！」

坐在殿上的趙恆一言不發，將自己置身事外。每次這個時候，他都有一種暢快淋漓的感覺，下頭的人在彼此攻訐，攻訐的越凶，就越需要自己這監國太子做主，他手倚在膝上，眼睛看向沈傲，沈傲卻是呆若木雞一樣，不發一言。這不免讓趙恆有些急躁，這個傢伙，又在打什麼主意？

「住口！」趙恆終於發話，這一句話聲音不大，卻極有威嚴，殿下鬧哄哄的爭吵立即壓了下去，趙恆才淡淡道：「諸位都是國家棟梁，這般亂哄哄的做什麼？」

楊真鐵青著臉道：「殿下，程江胡言亂語，奢談議和，實則是狼子野心，心胸險惡。老夫身為首輔，今日有些話不得不說。大宋已到生死關頭，殿下奉旨監國，自然該當發憤圖強，修兵戈，練軍馬，以防生變，否則事到臨頭，老臣要問，殿下該怎麼辦？宗社該怎麼辦？」

趙恆陰沉著臉，淡淡道：「楊大人說的也有道理，不過，正如程舍人所說，一旦動了刀兵，難免會生靈塗炭，仁者愛人，本宮豈能坐視？所以議和之事，還可以再商量商量。」

楊真大怒道：「商量？殿下是要搪塞老夫，搪塞滿朝文武，搪塞天下嗎？是戰是和，請殿下定奪，否則殿下如何服眾？」

趙恆這時也是大怒，楊真的脾氣他知道，只是不曾想到這老兒居然敢當著自己的面逼迫自己表態，趙恆霍然而起，道：「本宮要是不呢？」

楊真眼中閃出絕望，道：「那麼老夫只能請辭告老！」

在這個節骨眼上，楊真要請辭，必然又是一場人事地震，趙恆卻是淡淡一笑，道：「楊大人確實老了，若是心力不濟，本宮自然不能強留，請辭的奏疏，擇日送上來吧。」

原本只是一句負氣的話，誰知趙恆卻是順著杆子往上爬。聽到趙恆說出這句話，又是滿朝譁然，不少人站出來：「請殿下收回成命。朝廷無一日離得開楊大人。」

也有不少人臉上露出喜色，心想，這楊真果然是個蠢物，說出這句話來，當真以為太子少不得他？現在看他如何收場！許多人看向沈傲，楊真轉眼就要負氣而去，平西王難道能無動於衷？

沈傲臉色恬然，微微一笑，站了出來，道：「楊大人不能請辭！」

這句話聲音不大，卻是振聾發聵，以平西王今時今日的地位，在這殿上哪怕是說一句「紅燒雞翅膀我喜歡吃」，大家都得乖乖聽得，不但要聽，還要分析出雞翅膀背後的玄機，雞翅膀到底是意有所指，還是暗藏機鋒？更何況，這一句話再直白不過，通俗到了極點。

沈傲按著尙方寶劍，下巴微微抬起，眼睛看向金殿上的趙恆，道：「首輔的任免，還輪不到監國太子說了算，除了陛下，誰也不能擬准，太子殿下以爲呢？」

燙手的山芋拋到了趙恆手上，原本趙恆想就坡下驢，既然楊真說要請辭，那就乾脆讓他滾蛋，可是現在沈傲這句反問，殺機就很明顯了，除了皇上，誰也不能任免首輔，太子敢說一個不字嗎？

趙恆心中惱怒到了極點，卻不得不鄭重其事的道：「平西王說得不錯，這樣的大事，豈是本宮能做得了主的，楊大人要請辭，自然是送到泉州，請父皇恩准。」

滿朝文武都沒有想到一個看上去無解的問題，最後居然輕巧的化解，都在琢磨沈傲方才的一番話，若有所思。

沈傲撇撇嘴，繼續道：「非但楊大人不能請辭，本王還有一句話要說……」

沈傲的口吻沒有一絲的矯揉造作，低沉的聲音發出來，滿殿都是鴉雀無聲。

沈傲繼續道：「誰議和，誰就是本王的死敵，本王與他不共戴天！」他一雙眼睛，如刀一樣掃向金殿上的趙恆，一字一句的道：「就是太子殿下，也是如此！」

所有人都在倒吸涼氣，這一句話實在太不客氣，可是……沈楞子說話不是一向都是這種風格?當著滿朝文武，當著監國太子的面，這不啻是向所有人宣布，要嘛做我的朋友，要嘛就做我的敵人！

趙恆的臉色如豬肝一樣鐵青，攥著拳頭，身軀顫抖起來，監國太子的威嚴，居然被這般的無視，那一句「就是太子殿下也是如此」，擺明了是向他的挑釁。

趙恆的眼睛與沈傲對視，兩個人的目光交錯在一起，一個憤恨，一個冷冽，一個醞釀著滔天怒火，另一個如碧波汪洋一樣幽邃。

良久……

滿朝的文武，誰也不敢說話，平西王的話鋒已經直指了太子，太子會如何應對？這二人如今都是大宋舉足輕重的人物，在這講武殿裏，是絕不容許後退的。

「哼！」程江身為太子心腹，知道這時自己應該站出來為太子解圍，冷哼一聲，滿是嘲諷道：「平西王殿下好大的威風，殿下可不要忘了，監國的不是平西王，而是太子！」

沈傲看都不看他一眼，冷笑道：「太子決斷是太子的事，本王不管，可要是議和，本王就非管不可了。」

「平西王！你竟敢威脅太子殿下！」程江大叫一聲，道：「你這無君無父之徒，難道連上下尊卑都忘了！」

沈傲笑起來，下巴微微抬起，用一種讓人心悸的口吻道：「忘了上下尊卑的，是你這狗才，你算什麼東西，六七品的東宮舍人，狗都不如的戴罪之臣，也敢這樣和本王說話？」

論起口才，程江豈是沈傲的對手，程江冷哼一聲，道：「既是廷議，自然是暢所欲言。」

沈傲含笑道：「這就是了，本王暢所欲言自己的，你暢所欲言你的，本王說什麼，和你有什麼關係？本王便是說太子爛屁股，難道也和你有關係嗎？」

撲哧……有人忍不住一口氣沒忍住，噴笑出來。

程江氣得直跳腳，道：「那老夫要說議和，又與殿下有什麼干係？」

沈傲板起臉來：「你再說一遍！」

箭在弦上，哪有引而不發的道理，程江道：「平西王好大喜功，一心要與女真人打仗，可是老夫以為，戰端一起，誤國害民。老夫聽說，平西王與女真人仇深似海，可是平西王與女真人的仇，和我大宋有什麼干係？」

沈傲的手搭在了劍上，冷冷道：「那程舍人的意思是倡議議和了？」

程江見沈傲一副殺氣騰騰的樣子，心裏有些怕了，可是這時候自己若是龜縮，難免被人笑話。再說這裏畢竟是講武殿，歷朝歷代，還沒有人敢在這裏舞刀弄槍，他不相信沈傲敢在這裏對他動手。

程江鼓起勇氣，冷笑連連：「對，老夫就是倡議議和！」

沈傲走近一步：「那麼……」唰的一聲，尙方寶劍抽送出來，青芒閃閃。

殿中人見了，紛紛發出一陣驚呼，有人道：「平西王這是要做什麼？講武殿豈容你這般放肆。」「殿下住手，有話好說！」

趙恆氣得牙關咯咯作響，怒吼一聲：「放肆！」

程江後退一步，眼中也閃出了恐懼，高叫道：「平西王反了！」

沈傲朝他獰笑：「反的就是你這議和的狗賊！」長劍化作驚鴻，狠狠刺向程江的前胸，第一下沒有刺中，程江躲得快，心有餘悸之餘，兩條腿一下子沒有了力氣，癱倒在地。

沈傲踏前一步：「既然要和金人議和，就是金狗，本王豈能容你？」長劍狠狠斜下，刺入程江胸膛，程江發出慘呼，殷紅的血從他的胸口流出來，衣襟處立即被染紅了一大塊，喉結滾動，道：「你……你這反賊……」

沈傲看都不看他一眼，拔劍出來，程江已是死透了。

與此同時，數十名殿前衛發現了殿中的異樣，駭然無比，紛紛帶刀湧到了殿門，眼睜睜看到這一幕。只不過無人傳喚，他們還不敢進殿。

滿朝的文武有驚呼的，有大叫平西王造反的，有一下子癱倒在地的，一下子亂成了一鍋粥。

大宋立國百年，還從來沒有講武殿中格殺大臣的先例，莫說是大宋沒有，便是歷朝歷代也是鮮見，士大夫們一見到血，哪裡吃得消，一個個四散開來，驚恐到了極點。

沈傲手裏提著劍，像是個雕塑一樣一動不動，在無數驚恐的目光中，淡淡道：「叫什麼，都給本王肅靜！」

這句話像是生了魔力一樣，所有人都不動了，喉頭要發出來的驚叫一下子噎了下去。

沈傲旁若無人，將劍插回鞘中去，淡淡道：「東宮舍人程江，妖言惑眾，通敵賣國，罪無可恕，本王飽受皇恩浩蕩，更有御賜尚方劍在身，斬殺他一個小小的東宮舍人，誰有異議？」

「沈傲！」趙恆看到那倒在血泊中的程江，整個人氣得瑟瑟發抖，他無論如何也想不到，沈傲竟然膽大包天到了這個地步，居然當場殺戮大臣。他……他是要造反嗎？

趙恆怒火積壓到了極限，道：「你放肆！來，來人！」

「在！」外頭的殿前衛一齊呼喝一聲。

他怒氣沖沖的道：「還愣著做什麼，快把這反賊拿下，拿下！」

殿前衛二話不說，紛紛帶刀蜂擁進來。殿內的文武又是雞飛狗跳，這講武殿何其神聖，現在又有人殺人，又有武夫帶刀進殿，眼前發生的一切，都超出了他們認知範疇。

數十個殿前衛，在一名虞候的帶領下，將殿中的沈傲團團圍住，其中一個禁衛走到程江的屍首前蹲下身去，用手探了探鼻息，道：「程舍人已經死了。」

「殿下，得罪了。」爲首的虞候露出爲難的樣子，朝沈傲抱抱手，道：「末將奉太子之命……」

沈傲反而鎮定自若，呵呵笑道：「怎麼，要拿本王？以你一個小小的虞候？」

虞候不禁後退一步，咬咬牙道：「末將職責所在，請殿下恕罪。」虞候招招手，正要招呼同伴們一擁而上。

可是，沈傲卻笑了。

正在這時，外頭傳出一陣呼聲：「太后娘娘駕到！」

講武殿裏劍拔弩張，幾十個殿前衛抽出了腰刀，文武大臣們立即退了開去，趙恆惡狠狠地盯著殿中的沈傲，而一聲太后駕到，讓所有人都呆滯了一下，趙恆眼中閃過一絲疑竇，可是太后二字實在重若千斤，只好走下金殿來。

殿前衛聽到太后來了，當然也不敢再動刀兵，紛紛將腰刀插回刀鞘去。其餘的文武百官隨著趙恆，一齊朝殿門注目。

當先跨入殿檻的，是太后的隨侍太監敬德。敬德眼睛左右張望一眼，隨即退到一旁，之後，是披著鳳霞戴著彩冠的太后方步進來。

太后一身正裝，說不出的肅穆，緊繃著的臉看不出任何表情，一雙眸子直勾勾地落在殿中的趙恆身上。

趙恆立即拜倒在地，朗聲道：「孫臣見過太后娘娘。」

文武百官也紛紛跪倒，齊聲道：「恭迎太后鳳駕。」

講武殿裏頓時安靜下來，數百人一片片跪下去，低垂著頭，一動不動。大宋以孝義治天下，皇室更是要作出表率，因此太后的地位最是崇高。更何況，當今皇上也是純孝之人，對太后這嫡母可謂恭順到了極點。如此一來，誰敢在太后面前放肆？

那些殿前衛，已經乖乖地退到了一邊去。

「唔……」太后一步步朝講武殿深處走過去，恬然地道：「好端端的廷議，怎麼鬧成這個樣子？死的是誰？太醫看過了嗎？」一邊說，一邊將眼睛落在沈傲的身上。

趙恆生怕沈傲惡人先告狀，便膝行過去，道：「死的是孫臣的舍人，平西王膽大包天，公然在講武殿中行凶，刺殺大臣，威脅孫臣。這樣的事，真是前古未有，還請太后為孫臣做主。」

太后沒叫趙恆起來，所以趙恆仍舊是跪著說話，他心裏滿是疑竇，怎麼太后突然來了？而且如此趕巧？

太后卻不理會趙恆，一雙鳳眸端莊得體地打量著沈傲，道：「平西王，太子說的對嗎？」

沈傲不慌不忙地道：「太子說錯了，並不是微臣殺了程舍人。」

「胡說！」趙恆大叫一聲，顯然已是氣極，怒吼道：「這麼多雙眼睛看著，你還要抵賴？莫非是要效仿趙高指鹿爲馬嗎？」

太后雙眉蹙起，略帶不喜，沉聲道：「太子急什麼？哀家現在在問平西王。」

沈傲淡然地道：「殺程舍人的確實不是微臣，請太后明察。」

太后眼睛落在沈傲的劍鞘上，劍鞘上染了不少血色，莞爾一笑，道：「好，那你來說說看，這程舍人是誰殺的，又是誰敢在講武殿中行凶？」

沈傲正色無比地道：「殺程舍人的是先帝！」

先帝……大家都知道這沈傲一向不按常理出牌，也知道他一向喜歡東拉西扯，歪理無數，可是自己殺了人，居然怪到先帝頭上，就實在有那麼點兒不太厚道了。滿殿跪著的文武大臣，不管是不是沈傲一黨的，心裏都不免嘀咕：先帝若是知道平西王在這裏這般編排，非氣昏了頭不可。

「先帝……」太后當然知道，沈傲口中的先帝是神宗皇帝，神宗皇帝大行已經有二十年，這種話說出來，誰肯信服？

不過話說回來，沈傲說到先帝兩個字的時候，所有人都不敢反駁，生怕跟這沈楞子一爭，不小心言語忤逆到神宗皇帝。反而讓沈傲有了侃侃而言的機會。
沈傲端正無比，滿是敬仰地道：「正是先帝沒有錯。」
太后淡淡道：「好，你說，爲何是先帝殺了他。」
沈傲道：「程舍人身爲大臣，食的是朝廷俸祿，如今國難在即，居然奢談議和，其心可誅，難道不是欺天嗎？」
太后滿是狐疑，道：「那又如何？」
沈傲道：「當今皇上乃是天子，而陛下的生父乃是神宗先帝，神宗皇帝就是天，所謂天網恢恢疏而不漏，程舍人裏通外國，妖言惑眾，自然是天誅地滅，不得好死！」
這一番歪理說出來，許多人還在琢磨，總感覺有那麼點不對勁，可是明明不對勁，卻又不能反駁，沈傲說神宗皇帝是天，可你總不能說神宗皇帝和天有個屁的關係。誰若是這樣說，那當今皇上還是天子嗎？這種話，委實有點大逆不道，所以，要反駁沈傲，就必須先駁斥他的立意，也就是他的這一套理論，偏偏這一套理論是萬萬不能駁斥的，莫說是滿朝的文武，就是太后、太子，若是說了個不字，那也是犯忌諱的事。
太后冷淡道：「對，神宗先帝確實是天，可是又如何殺了程舍人？」
沈傲道：「是微臣代天行道，所以，雖然動手的是微臣，其實……」沈傲刻意在這裏頓了一下。

太子打斷沈傲，道：「什麼替天行道，無非是你的托詞，莫不是你今日殺了本宮，也可以辯稱是代天行道嗎？」

沈傲目視著太子，喝道：「本王就是代天行道，這把御劍乃是天子親賜，如天子親臨，一個小小的東宮舍人，難道陛下不能叫他血濺丹犀之下嗎？」

太后怒道：「不要爭了。」

沈傲立即閉上嘴，太子則是跪在地上磕了個頭，道：「孫臣請太后做主。」

太后道：「哀家只是要問，這程舍人到底犯了何罪？」

沈傲道：「裏通外國，妖言惑眾，倡議與金人媾和。」

太子連忙道：「程舍人不過是效仿當年與契丹人的先例。」

太后在殿中踱了幾步，放緩身形，旋身道：「哀家明白了，程舍人是要議和了？」

太子道：「孫臣不敢欺瞞太后，金人早在數年之前，就曾提議與我大宋締結盟約，對我大宋一向以禮待之，如今他們取契丹人而代之，我大宋按常理，也該……」

「不必再說了！」太后的臉色突然變得冷若寒霜起來，一雙鳳眸惡狠狠地剜了趙恆一眼，道：「這麼說，你也是同意議和的？」

趙恆立即感覺有些不對頭，期期艾艾地道：「議和對我大宋……大宋並無壞處……」

「夠了！」太后居高臨下地看著趙恆，咬牙切齒道：「趙家的子嗣果然與眾不同，做皇帝的躲在泉州，做太子的一心要和我大宋的敵人媾和，你們就是這樣治國平天下的？」

趙恆嚇得再不敢說下去，重重磕頭道：「孫臣萬死。」

太后鐵青著臉道：「就是市井中的尋常百姓，尚且知道女真人狼子野心、貪欲無度，難道太子就不知道？依哀家看，太子不是不知道，只是和你的父皇一樣，只求一時的苟安，早就將祖宗的社稷宗廟拋了個一乾二淨。」

趙恆這時候算是明白了，太后也是主戰的，自己千算萬算，居然算漏了這一條。他哭喪著臉道：「孫臣只是……」

太后道：「你不必再解釋，我大宋國力殷富是沒有錯，武備荒廢也沒有錯，可是做君王的，就該有做君王的樣子，豈有未戰先和的道理？你做太子的，難道就沒有人教導過你這番話嗎？」

趙恆面如死灰，唯唯諾諾地道：「孫臣知錯。」

太后的臉色緩和了一些，道：「你也是臨危受命，一時受小人蒙蔽也怪不得你，知錯能改，善莫大焉，議和的事，哀家就不再追究了。可是自此之後，朝中再有人奢議議和，哀家決不寬恕，知道了嗎？」

趙恆只好道：「孫臣知道了。」

太后露出和煦的笑容，上前一步一把將趙恆扶起，慰勉道：「如今天下的干係都託付在你身上，你更該盡心用命才是。」

趙恆道：「孫臣敢不盡心竭力。」

太后的突然出現，讓整個形勢逆轉，太子這時哪裡還敢追究程江的事？一身冷汗浸濕了衣衫，膽戰心驚，生怕觸怒了鳳顏。只是今日倒是讓滿朝文武們見識到了太后的手腕，雖是女人，可是一言一行，都帶有一種不容侵犯的威儀。

這時候誰也不曾有太后干政之類的腹誹，一是大宋朝也不是沒有太后干預政事的先例，其二就是當下主少臣疑，確實應該讓太后站出來說幾句話，安撫人心。

太后顯得有些疲倦了，鳳眸落在沈傲身上，道：「平西王……」

沈傲道：「臣在。」

太后嘉許地看著他，道：「這程舍人殺得好，下次再敢有誰欺蒙太子，也不必客氣。」

沈傲汗顏，拱手作揖道：「太后嚴重了，微臣哪裡敢冒功？這人，八成是先帝殺的，微臣不過是奉天應運，舉手代勞而已。」

太后不禁莞爾，道：「是你殺的又有何妨？你讀了這麼多書，未必有哀家有見識，不過有句話說嗎，逆賊人人得而誅之，這程舍人誤國害民，要陷太子於不義，今日在講武殿中殺了，權當是以儆效尤。」

她朝敬德瞥了一眼，敬德會意，小心翼翼地走過來攙扶她，太后才道：「你們接著廷議，哀家是個婦道人家，你們男人的事，還是少管為妙。」

滿殿的文武目瞪口呆地目送著這「婦道人家」款款而去，待太后消失得無影無蹤，才面面相覷，有人相視苦笑，有人目光中閃出激動的光澤。倒是趙恆，這時候臉色壞到了極點，一肚子怨氣又無法發洩，只好坐回金殿上，再沒有什麼心情去體驗那金殿之上的快感。

沈傲這廝當眾殺人，事後居然沒有一點情緒波動，看趙恆坐定了，才朗聲道：「方才太后說，像程江這樣的逆賊人人得而誅之，本王心中感懷萬千，太后果然聖明，實乃天下楷模。既然太后說這程江是逆賊，當然是死不足惜，不過本王以為，應當割了他的首級，將他懸於午門，令人觀瞻，如此，才能顯示太子殿下摒棄議和的決心！」

沈傲的用意簡直再明顯不過，就是要給趙恆臉色看，殺程江若算是狠狠搧了趙恆一巴掌，這番話就等於是反手再一巴掌刮上去。趙恆臉色蒼白，念及程江對自己的好處，咬著唇不說話。

殿中的群臣心中此時卻如明鏡一樣，什麼監國太子？連自己的親信都保護不了，被人殺了，還要被定性是逆賊，可見這太子監國，其實也不過如此。跟著太子會有性命之憂，跟著平西王雖然不一定能飛黃騰達，總不至於被定性爲逆賊，到底誰的腰桿子硬，已經不辯自明了。

於是許多趨炎附勢的人紛紛道：「平西王說的極是，程江言行令人髮指，其心可誅，請殿下下令，割了他的首級懸於午門，以示朝廷決心。」

一下子，講武殿裏人聲鼎沸，一個個義憤填膺的朝臣站出來，指摘程江的過失，熱鬧非凡。

這些指摘程江的言語，不啻是指摘趙恆一樣，趙恆咬著唇，卻又發作不得，眼看參與進來的人越來越多，心知今日若是不能答應沈傲的要求，只怕不能善了，只好咬咬牙道：「准平西王所奏！」

「太子殿下英明！」沈傲不失時機地大聲道。

「太子殿下英明！」

這聲音呼啦啦的，都是拖長了尾音，衝出講武殿，直入雲霄，扶搖九天之上。

第一七〇章 君子報仇

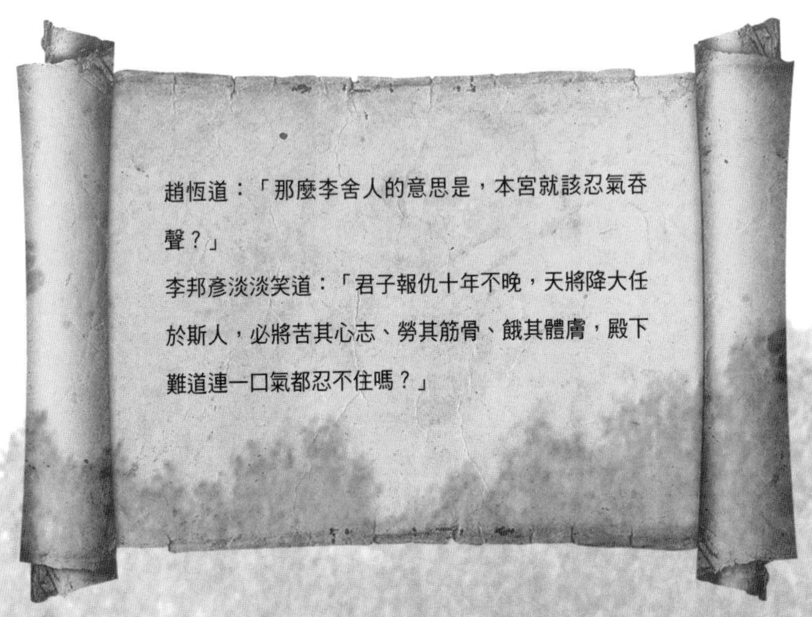

趙恆道：「那麼李舍人的意思是，本宮就該忍氣吞聲？」

李邦彥淡淡笑道：「君子報仇十年不晚，天將降大任於斯人，必將苦其心志、勞其筋骨、餓其體膚，殿下難道連一口氣都忍不住嗎？」

景泰宮裏。

太后抿了抿茶，小心翼翼地將茶盞放回榻上的小几，盤腿坐在榻上，眼睛半張半闔，若有所思。

過了一會兒，敬德快步進殿，朝太后行了個禮，道：「太后娘娘，廷議還沒結束。」

「還沒有？」太后道：「現在議的是什麼？」

敬德躬身道：「議的是鞏固我京畿防務的事，還有讓戶部勒令今年的糧食及早通過漕運運抵入庫，以備不測。太子殿下很是贊同，已經責令門下頒佈詔令，不得有誤，太子殿下還說，爲了顯示抗金決心，決意將那程江的頭顱懸於午門，令天下人看看誤國佞臣的下場。」

太后笑起來，道：「這便好，看來太子也是有擔當的，知錯能改，好得很。」

敬德笑吟吟地道：「可不是嗎？平西王和文武百官都在稱頌太子殿下聖明呢，那聲響差點把講武殿都要掀起來了。」

太后先是笑，隨即又顯得有些不悅，撇撇嘴道：「這些話，還是少說爲妙，官家不是還在嗎？一個監國太子這般聖明，這是要將他的父皇置於何地？官家平素性子是孱弱了一些，可若是聽到這些話，心裏會怎麼想？」太后瞇起眼來，繼續道：「哀家的意思也不是說孫子不好，只是就猶如手心手背都是肉；太子是做兒子的，還是監國太子，下頭就這樣鼓噪，這不是讓他的父皇難堪嗎？」

敬德不敢接話，只是唯唯諾諾地道：「太后老人家所謀深遠。」

太后吁了口氣道：「平西王也是個好事的人，他要主戰，哀家是鼎立支持的，都說我大宋孱弱，可是孱弱也不能議和，當年太祖皇帝在的時候，也是與遼人打了之後才締結和議的，未戰先去求饒，不說列祖列宗們臉上黯淡無光，女真人見我大宋軟弱可欺，豈不是更加肆無忌憚？所以這一仗非打不可。勝負還是小事，最緊要的，是如沈傲所說的那樣，要有寧爲玉碎不爲瓦全的決心。勝了，固然是天大的喜事，可是敗了呢？」

太后冷笑道：「就是敗了，也要讓女真人知道，我大宋並不是好惹的，讓他們生出忌憚。」

敬德不曾想平素在深宮中閉門不出的太后突然對政事如此熱衷起來，連聲道：「太后說的極是。」

「所以呢。」太后含笑道：「所以今日哀家非要爲平西王出這個頭不可，要抗金，沒有平西王是不成的。再者說，晉王這一脈，如今延續到了沈傲身上，哀家若是不偏著他一點兒，誰給他做主？」

敬德心裏釋然，其實太子監國之後，敬德心中不禁忐忑，在太子眼裏，自己可是鐵悍的平西王黨，到時若是太子打擊報復，可不得了。如今看來，平西王雖然在汴京沒有皇上撐腰，可是還有太后，只要太后依然念著晉王，就不可能置身事外，這汴京的水渾著呢，監國的未必能做主，做親王的也未必要言聽計從，如今太子和平西王，不是東風壓倒西風就是西風壓倒東風，平西王的勝算也未必會小。

正說著，外頭有內侍通報，道：「太后，平西王覲見。」

「啊……」太后不自覺地端了茶來喝，道：「廷議結束了?叫他進來吧。」

沈傲大喇喇地進來，含笑道：「太后娘娘好。」

太后就笑起來，道：「廷議結束了嗎?」

沈傲正色道：「已經結束了，太子殿下聖明，當機立斷，已經確定了抗金的大略，滿朝文武俱都歡欣鼓舞。」

太后莞爾，道：「這就好，不過抗金的事還得你來掌總，太子畢竟是初涉國政，許多事都不明白，沒你攬著全局是不成的，哀家雖是說把社稷託付給太子，其實真正能依仗的還是你這傢伙。」

前頭的話還中聽，後頭一個傢伙，讓沈傲樂呵呵的笑容一下子又收斂得無影無蹤，露出苦相道：「微臣便是拚了性命不要，也要保全汴京。」

太后欣賞地看了他一眼，道：「你和官家、太子最大的不同，就是有擔當，擔當二字說起來容易，真要做起來卻是奇難無比，哀家歷經三朝，所聞所見，像你這樣的人鳳毛麟角，哀家的這個孫女婿倒是選得不錯。」

太后喝完了一口茶，用濕巾擦了嘴角的茶漬，道：「所以你儘快放開手來做，不必有什麼顧忌，哀家自然給你做主。」

沈傲稱了謝，太后話鋒一轉，又把話題轉到一部分國戚南渡去泉州的事，道：「有職事的一個都不能走，沒有職事的家眷就不必禁錮了，隨他們去。晉王和安寧他們，可以派五百禁衛隨扈過去，策應安全。海路畢竟還是風險大點，就讓他們走陸路吧，雖然遠了些，卻讓人放心一些。」

沈傲陪著太后說了些閒話，把她的吩咐應承下來，突然覺得肚子餓了，才發現已經過了午時，太后要留他在宮中用膳，沈傲心裏想，吃人嘴短，你老人家的便宜，我可不敢占。便肅容道：

「微臣還是告辭的好，不敢打攪太后進膳，再者說，待會兒在宮外還有許多事要做，實在不敢久留。」

太后也就放沈傲出去，沈傲從宮裏出來，感受這涼爽的秋風，深深吸了口氣，心情好極了。

來喜站在儲宮外頭長廊的屋簷下，整個人嚇得瑟瑟作抖，他本是太子的隨侍太監，上一次去傳詔，被平西王狠狠地打了一頓，回來之後又受了太子的責罵，原以爲這事也就完了。誰知今日太子殿下從宮裏回來，當即便將自己叫來，甩手就給了他幾個巴掌。

太子的臉色可怖到了極點，來喜嚇得連叫喚都不敢，鼻青臉腫之下，等太子進了儲宮，他又不敢走，只好在屋簷下候著。

裏頭傳出劈里啪啦的聲音，不知是不是打破了瓷罐，那儲宮裏的器具都是太子的珍愛之物，今日也不知太子生了誰的氣，居然這般糟蹋。

來喜伺候了太子這麼多年，只看太子今日的樣子，便知道肯定出了大事，他嚇得站又不是，又不敢進去勸慰，整個人如熱鍋上的螞蟻，渾身不自在。

東宮的內侍、宮女聽了這邊動靜，都不敢過來，儘量繞著道兒走，就連太子妃那邊也一點動靜都沒有。

有兩個從長廊下繞路走的內侍低聲說著話，鑽入了來喜的耳朵裏，說是什麼程江程舍人被平西王殺了，非但如此，還被平西王譏諷嘲弄。來喜嚇了一跳，監國太子都降不住那姓沈的，也難怪自己上次在碼頭挨了打，這姓沈的未免也太跋扈了。

正在胡思亂想的功夫，總算看到有人來了，是主事的太監開福。

開福碎步過來，見了來喜，朝他招手，來喜立即小跑著過去，開福淡淡看了他一眼，問：「太子爺還在生氣？」

來喜道：「是，發了好一通脾氣，奴才伺候了太子十年，也不曾見太子這般失態過。」

開福看了來喜青腫的臉，這臉上的掌印恰好印證了來喜的話，開福皺起眉，道：「太子妃不曾來勸說嗎？」

來喜苦笑道：「太子妃娘娘估摸著也是怕碰釘子，要不然，開福公公去看看？」

開福臉上閃露出冷笑，道：「咱家去有什麼用？眼下當務之急，是要有人給太子拿主意。咱家其實也聽到了風聲，太子雖然監了國，可是上頭還有個太后，那平西王又專門與他作對，至於朝廷裏，以楊真、石英爲首，又都是平西王的人，殿下現在是看上去光鮮，卻是有力使不上來，被這些人這般玩弄，勃然大怒也是理所應當的。」

開福吁了口氣，繼續道：「現在程舍人不在了，要拿主意就非李舍人不可，去，把李舍人請來。」

來喜愕然道：「李舍人不是稱病告假了嗎？」

開福冷笑道：「你當真以爲他病了？這大宋朝最滑不溜秋的就是他，他在這個節骨眼上稱病，只怕早就感覺到什麼風聲，才不願蹚這趟渾水，否則今日死在講武殿裏的，八成就是他李邦彥了。不過話說回來，要躲，他能躲到什麼時候？他現在與太子榮辱與共，不管怎麼說，現在太子非要倚重他才不可。你去叫吧，就說大事不妙了，李先生再不出山，東宮不保，他李邦彥難道想獨善其身嗎？」

來喜期期艾艾地道：「可是……太子殿下……」

「叫你去就去，太子問起，咱家自然會給你告假。」

來喜二話不說，應了一聲，飛快地去了。

廷議剛剛結束，與此同時，一封救援的文書投遞到了鴻臚寺，鴻臚寺立即呈上了三省。半個月之前，孤軍困守祁津府的遼軍早已人困馬乏，城外二十萬金軍日夜輪戰，破城已經可以預料了。

遼主耶律大石巡城時受了箭傷，奄奄一息，禪位太子為帝，自己則躲在宮中以太上皇的身分居中調度。

事情壞到了不能再壞的地步，雖然祁津府雄偉高聳，護城河湍急，這幾年又不斷加固甕城，工事完備，糧草充足，更有十萬遼軍做最後的抵抗，可是金軍也意識到絕不能讓遼軍有喘息之機，於是傾國而出，二十萬女真鐵騎在側圍打，除此之外，又勒令遼東、大漠、高麗各部族舉兵十萬餘人圍城，製造石炮，箭矢，徹夜不休地對祁津府擺出最後一戰的架勢。

耶律大石無奈之下，終於發出了告急文書，請求大宋增兵爲援，傾囊相助，並且表示了願意稱臣納貢的願望。

向大宋求援實在是迫不得已，且不說這所謂的盟約水份有多大，眼下女真人勢大，宋人會不會拋棄遼人還是兩說的事，更別提出兵救援了，明知完全沒有希望，卻還是將告急的文書送了來，言辭也甚是恭謙，可見這一次，遼人不過是抱著抓住最後一根救命草的心思。

告急的文書送到了門下省，楊真看了之後，叫來三省六部的官員商議，現在太子既然已經定下了調子，發兵救援倒不是不可以，不過兵部尚書立即提出了反對，無非是說現在大宋已經無可用之兵，要救援，拿什麼救？

這倒是一句實在話，禁軍不能動，廂軍不能動，邊軍也不能動，拱衛大宋才是根本，拿去救遼國孤城，實在沒有必要。

樞密院也是同樣的態度，那樞密使乃是殿前衛太尉劉勘。劉勘沉著臉道：「唯一能動的，也只有三邊的邊軍，童貫確實帶了兵回師，不過話說出來，京畿的城防本就空虛，朝廷還指著他們拱衛汴京，豈能輕出？」

楊真沉默了一下，才道：「這麼說來，咱們大宋也是無米下鍋了，可是守住了祁津府，就等於是給我大宋多了一層屏障，若輕易放棄，一則失信於人，二則助長了賊勢，這件事還是去和平西王商量著辦。」

正說著，外頭有人道：「什麼事要找本王商量？」

沈傲剛剛從宮裏出來，在家用罷了午飯，原想來和楊真商量一下備戰的事宜，看到門下省外頭擺滿了各部堂的轎子，便知道門下省早就關起門來議事了，叫門口的書令史不要通報，自己踱步過來。

滿屋子的官員又敬又畏地看著沈傲進來，只見沈傲已經換了一身衣衫，負著手，笑容滿面，如沐春風，眼睛在這屋堂裏朝幾個熟識的人轉動，不斷地頷首點頭，算是打了招呼。

大家連忙給沈傲讓了個位置，楊真將契丹人的告急文書遞過去，道：「這件事，非平西王決斷不可。」

沈傲看了告急文書，顯得並不驚訝，反而道：「這麼晚才送來，這契丹人都要見棺材了，居然還能好整以暇，這倒是有些意思。」

楊真苦笑道：「殿下以爲當救嗎？」

沈傲隨手將告急文書丟在一邊的桌几上，見大家都翹首以盼地等自己拿主意，含笑道：「你是首輔，怎麼反倒問起本王來？再者說，現在是太子監國，大家又都說太子英明，這件事當然是先問太子的意思才對。」

這廝一口一句太子英明，譏諷的味道十足，沈傲看太子不順眼也不是一天兩天了，撞到了機會，就少不得嘲弄一下，如今眼看有變成口頭禪的趨勢。

可是沈傲這麼說，大家卻不是這麼想，什麼太子監國？今日大家算是明白了，這汴京城裏真正說話管用的是平西王。

眾人見沈傲「謙虛」，便紛紛道：「當然是殿下做主。」

沈傲也就不客氣了，一副不容置疑的口吻道：「既然抗金，那契丹人非救不可，調集大軍龜縮在京畿附近是沒用的，要主動出擊，趁著女真人無暇與我大宋糾纏，狠狠地給女真人一點顏色，才是正理。」

「可是……」那太尉劉勘為難地道：「只怕不妥吧，京畿的防務不容出些許差錯，再者說，女真人鐵騎無雙，救兵遠去，一無山川之險，二無江河為屏障，若被女真人圍住……」

倒是兵部侍郎李綱道：「不如讓邊軍佯動一下，讓女真人生出顧及之心？」

沈傲搖頭，知道李綱會錯了他的意思，正色道：「不必出動禁軍、邊軍，本王早已下達了調令，三洋水師齊聚蓬萊，要救，就用水師去救。」

「水師……」所有人大跌眼鏡，歷來水師這東西只是作為護翼助攻的，還從來沒有誰拿水師去當主力軍，南洋水師征大越，那是因為大越國畢竟只是個小小藩國，實力也懸殊，可是拿水師去和女真人開戰，一個是日行數百里的鐵騎，一個是遊弋波濤的舟船，這怎麼個打法？

沈傲卻是無比認真地道：「這一戰不但關係著遼人，更關係著我大宋的軍心民氣、京畿的安危，所以本王當仁不讓，自然要總攬全局，誰有異議嗎？」

能坐在三省裏的，都是身經百戰的官僚，沈傲折騰了不知多少次都能屹然不動，當然知道該怎麼說，一個個道：「絕無異議。」

沈傲淡淡道：「怕就怕太子殿下有異議，太子雖然聖明，可畢竟是第一次擔當大任，我們這些做臣子的，當然要盡心輔佐他，若是他犯了什麼錯，更該鼓起勇氣來制止。」

有人明白了，平西王這是要鼓動大家給他做馬前卒，坐在角落裏的禮部左侍郎一拍大腿，義憤填膺地道：「平西王說的極是，咱們大宋朝多的是諍臣，太子若是被蒙蔽，自然是要據理力爭的。」

沈傲含笑，不禁多看了這左侍郎一眼，心裏想，這傢伙倒是識趣得很。便打了個哈哈，道：「事情就是這個樣子，該怎麼上疏是諸位大人的事，本王就懶得寫奏疏了，這件事，就這麼辦！」

楊真皺著眉道：「祁津府並不傍海，出動水師，似有不妥吧。」

沈傲笑道：「楊大人，軍伍的事，本王倒是知道些，那祁津府當然不傍海，可是楊大人豈不聞圍魏救趙嗎？女真人傾國南下，本王就索性也給他來一次趕盡殺絕，水師過處，叫他們片瓦不存。」

楊真還是覺得有些冒險，想要勸說，可是見沈傲主意已定，也就將話都吞回了肚子裏。苦笑道：「殿下既要遠征，老夫也幫襯不到什麼，不過這上疏的事，就交給老夫和袞袞諸公們來辦吧。」

沈傲點了頭，道：「立即給契丹人傳消息，二十萬援軍隨後就到，讓他們固守住祁津府，否則城破之日，這祁津府上上下下必然雞犬不留！既然城破是死，那就給本王好好地吸引女真人大軍，死也死得有用一些。這群狗契丹人，平時耀武揚威不可一世，見了女真人就像是老鼠撞到貓一樣，若是連守城都不會，本王只好給他們燒紙了。」

楊真正色道：「這個好辦，門下省可以立即斟酌下措辭，到時八百里加急送過去，激勵一下遼人。」

沈傲頷首點頭，索然無味地道：「諸位大人繼續商量吧，本王還有事，告辭了。」

大家一起站起來，要起身相送，沈傲擺了擺手，快步出去，從門下省出來，外頭的校尉立即給沈傲備了馬，其中一個校尉道：「陳濟先生送來了急件，請殿下過目。」

沈傲頷首點頭，待那校尉拿出一份急報，沈傲接過來撕開封泥端詳了一下，只見這信箋中寫著寥寥一行字——李邦彥入東宮。

在這汴京城，幾乎每個重要人物都在錦衣衛的監視之中，而這李邦彥更是重中之重，任何風吹草動都會第一時間送到沈傲手裏，沈傲看了，隨後將信箋撕了，朝一旁的校尉道：

「有人要耐不住寂寞了，可惜啊，在講武殿時，沒有將他一併解決了，這傢伙爲什麼總是滑不溜秋，總是不給本王了斷他的藉口。」

李邦彥的轎子穩穩地停在東宮下的牌樓下頭，這位李舍人從轎中鑽出來的時候，一點也看不到病容，反而是神采奕奕，精神颯爽。

門房有個小內侍過來扶他，李邦彥淡淡道：「太子如何了？」

東宮已經催了李邦彥幾次，李邦彥到了傍晚才遲遲動身，現在天色已經黯淡，淡月行將升起，最後一道日頭落在天穹，霞光綻放，五光十色，照得李邦彥更加神采奕奕起來。

「回李大人的話，殿下的氣還沒消呢，不過，方才門下省送了奏疏過來，殿下正在看奏疏。」

「哦。」李邦彥漫不經心地點點頭，才又道：「去通報一聲，就說老夫求見。」

李邦彥在門房只等候了片刻，就有內侍過來道：「殿下請李大人進殿。」說罷，領著李邦彥一路穿過重重樓閣。

李邦彥腳步穩重，完全是一副處變不驚的樣子。他和程江不同，畢竟爲官數十年，吃過虧也賺過便宜，有光鮮也有落魄，磨礪了數十年，早就出落得宛若卵石，既無稜角又滑不溜秋。

其實沈傲回到汴京，進宮探視太后的時候，李邦彥就察覺到了異常，可是這些話他不能說；不管怎麼說，太子對他總有那麼點兒若即若離，再加上還有個一直警惕著的程江，若是太早說出來，說不準還要被人誤會。

李邦彥索性就告假請病，反正這一趟渾水，他是絕不蹚的，人家沈傲早就布好了套，就等著人來鑽，自已做這馬前卒，豈不是送死嗎？如今，程江死了，太子眾叛親離，那些個朝中官員紛紛避之不及，表面上是監國，可是但凡有平西王在，這個國就不可能監得了。

「現在，殿下只能倚重老夫了吧。」李邦彥心中這樣想，臉上雖然波瀾不驚，可是心裏頭卻是翻江倒海，有程江在，他放不開，太子也不能給予倚重；現在不同了，太子已經手忙腳亂，不靠他李邦彥，靠誰？

雖然東宮再三催促，李邦彥來遲的原因只有一個，就是要讓太子嘗一嘗四面楚歌的苦頭，只有這樣，他李邦彥才能顯得愈發重要。

漫步到了儲殿，屋簷下已經點起了星點宮燈，一排的宮燈架在簷下，發出深紅的光線，殿內也點起了燭火，光芒透出紙糊的窗格，灑落出一片餘暉。

李邦彥跨入殿中時，殿裏已經收拾乾淨了，穿戴著團領尨服的趙恆正伏在案上，臉上陰晴不定地看著奏疏，驚聞到腳步聲，有些風聲鶴唳地抬起眸來，看到是李邦彥才臉色緩和了些，道：「李舍人，請坐。」

李邦彥看趙恆一副受了驚嚇的樣子，心裏反覺得好笑，論起來，太子實在不是個雄主，監國時躊躇滿志，稍遇挫折便又如此，這樣的人，怎麼能擔得起大任？

趙恆今日對李邦彥尤其的客氣，放下手中的奏疏，坐直身體先叫人去斟茶，轉而問李邦彥道：「李舍人的病好了嗎？要不要請御醫看看？」

李邦彥欠身坐在椅子，恭謹地回答道：「殿下美意，老夫感激不盡，這都是老夫的舊疾，吃了藥也就轉好了，倒是勞煩殿下掛心。」

趙恆頷首點頭，道：「這便好，這便好。」隨即吁了口氣，黯然道：「今日的廷議，李舍人想必已經知道了？」

李邦彥道：「老夫也是方才才知道，殿下，平西王詭計多端，稍有不慎，就有可能落入他的圈套。」

趙恆的臉上隱現出怒色，道：「他不是詭計多端，他這是犯上，講武殿上，他敢殺戮大臣；本宮面前，他敢仗劍殺人，這樣的人還能留嗎？這是謀逆造反！哼，若不是太后護著他，本宮定讓他殺人償命！可恨，可恨！」

李邦彥很是從容地笑了笑，道：「殿下，眼下當務之急不是報仇，如今平西王占盡天時地利，殿下自信能與他分庭抗禮嗎？」

趙恆不由默然。

李邦彥繼續道：「殿下是儲君，如今又是監國，只要爭取住時間，早晚有一日要登基爲帝的，到了那個時候，局面又是不同了。所以殿下眼前要做的，應當是設身處地保全自己，而不是與那平西王爭這義氣，殿下越是如此，反倒中了沈傲的奸計。」

趙恆道：「那麼李舍人的意思是，本宮就該忍氣吞聲？」

李邦彥淡淡笑道：「君子報仇十年不晚，天將降大任於斯人，必將苦其心志、勞其筋骨、餓其體膚，殿下難道連一口氣都忍不住嗎？」

趙恆的臉色陰晴不定，最後嘆了口氣道：「本宮不過是不平而已。」說罷拿起一份奏疏道：「這份奏疏是楊真剛剛送來的，李舍人來看看。」便將奏疏拋在李邦彥身上。

李邦彥接過，展開來看，是懇請救援遼國的奏疏，連戰略都已經詳盡，水師齊聚蓬萊，一路北上，自祁津府一帶登陸，掛帥之人自然是沈傲。

趙恆道：「看到了嗎？這沈傲羞辱了本宮一頓，如今又打起了北伐的主意，二十萬水師悉數都在他的掌握之中，本宮豈能不提防？這份奏疏是不是該回絕掉？只要本宮咬著牙不擬准，看他們能如何。」

李邦彥將奏疏放下，道：「殿下不擬准，自然會有皇上和太后擬准。與其如此，倒不如殿下來做個好人。」

趙恆鐵青著臉道：「這奏疏雖是楊真上的，可這背後，必然有沈傲慫恿。他要掛帥救援遼人，敗了，是我這監國共同承擔干係；就算是勝，那也是他沈傲的功勞……」

李邦彥苦笑道：「太子現在還不明白嗎？這一戰，太子斷不能勝！」

趙恆一頭霧水，眼中閃出狐疑。

李邦彥坐定，輕輕咳嗽一聲，眼眸中閃出狡黠的光澤，淡淡道：「殿下，此戰若勝，太子必然被黜。」

「啊……」趙恆被李邦彥這句危言聳聽的話嚇了一跳，驚駭地道：「這又是為什麼？」

李邦彥嘆了口氣，道：「殿下莫要忘了，殿下是監國太子，此戰若勝，便是太子殿下聖明，滿朝上下齊聲稱頌，到了那個時候，殿下能享受多大的盛譽？」

趙恆道：「這難道不好嗎？」

李邦彥冷笑道：「好，自然是好，國有大患，陛下巡幸泉州而不敢回，殿下在這緊急關頭欽命監國，重挫女真，天下人會怎麼說？」

李邦彥舔舔嘴，學著第三者的角度陰陽怪氣地道：「多半會說皇上不堪爲君，而太子殿下聖明仁武，可以擔當大任。」

趙恆臉色霎時變得蒼白，期期艾艾地道：「父皇若是聽到這些話，只怕……只怕……」

李邦彥頷首點頭，道：「就是這個道理，這些話一定會傳到皇上的耳中，若是沒有平西王倒也罷了，皇上遠在泉州，而殿下眾望所歸，皇上便是心中不悅，多半也是無可奈何。可是有沈傲在朝，事情就不同了，到時候沈傲要迎皇上回宮，殿下該怎麼辦？」

趙恆豈能不明白自己父皇的爲人？父皇最是好大喜功，有時雖是懦弱，可是在權柄上一向都不肯輕易放手的。若是自己的威望超越了父皇，父皇回了汴京，再加上沈傲挑撥，結局會怎麼樣？趙恆幾乎已經可以想像了。

其實做太子的，一向都是如此，做得差了，要被人瞧不起；做得好了，卻又功高震主，引起宮中猜忌；所以每一步都是舉步維艱，到了趙恆身上，那就更不必說了，簡直就是步步驚心，一個不好就要踏空，落入萬丈深淵。

李邦彥一提醒，趙恆立即醒悟，急切道：「敗又不能敗，勝又不能勝，本宮應當如何？」

李邦彥眼中浮出冷意，淡淡道：「其實這個簡單得很，先敗後和。」

趙恆的嘴唇哆嗦起來，李邦彥的話，他豈會不懂？可是先敗再和……哪有這般容易？

李邦彥繼續道：「殿下應該立即擬准楊真的奏疏，讓平西王整肅三洋水師，北上救援遼人，再暗暗派出使者，洩露水師行蹤，讓女真人早有提防。水師作戰，講究的本就是出其不意，只要女真人稍有提防，水師必然大敗。」

趙恆深吸了口冷氣，二十萬水師可是大宋的命根子；李邦彥卻教自己去與女真人暗通款曲，葬送大宋的艦隊。他不由怒道：「李邦彥，你好大的膽子！」

李邦彥卻是氣定神閒，淡淡笑道：

「殿下何不先聽老夫把話說完。水師若是大敗，平西王能不能活命還是未知數。就算他能活著回來，殿下也可以以喪師辱國之罪將他收押起來，女真人對沈傲恨之入骨，殿下先與他們通了氣，再將沈傲送去，派遣一名能言善辯的使者，向女真人求和，如此一來，金人多半是准允的，到時候，無非是讓我大宋遵從與遼人的舊制而已。而殿下一面剷除了沈傲，一面又讓宮中不能生出猜忌之心，保全了我大宋的宗社，如此一來，便是皇上心中佛然不悅，又能如何？」

趙恆鐵青著臉，道：「你這是要陷本宮於不忠不孝嗎？」

李邦彥語速卻比趙恆還快，放肆地道：「殿下，事急從權，事到如今，殿下除了這個選擇，還有其他的辦法嗎？」

趙恆啞然，一雙眼睛又是驚懼又是不安地瞪著李邦彥，心裏卻在說服自己，李邦彥說的確實一點都沒有錯，自己輸不起，也贏不起。輸了，女真人會要自己的命；贏了，父皇和沈傲會要自己的命。先敗再和，敗是爲了剷除沈傲，並且與女真人搭上關係；和能保住大宋的宗社，這辦法雖然膽大到了極點，卻也不是完全沒有商量的餘地。可是當著外人的面，趙恆怎麼能欣然點頭？這件事干係太大了，大到趙恆的腦子嗡嗡的亂響，整個人呆若木雞。

李邦彥道：「老夫話已說盡，請殿下決斷吧，可是殿下不要忘了，不除沈傲，殿下便永遠都是龍游淺水、虎落平陽，老夫奉勸殿下不要與沈傲起意氣之爭，可是若有一擊必殺的時機，就萬萬不能放縱，否則今日殿下是太子，明日要做階下囚也未必能如願。」

趙恆聽到李邦彥談及沈傲二字，狠狠地一巴掌擊打在桌案上，咬牙切齒地道：「這都是沈傲逼本宮的！若不是他，本宮又怎麼會做這等對不起列祖列宗的事！」

第一七一章 同室操戈

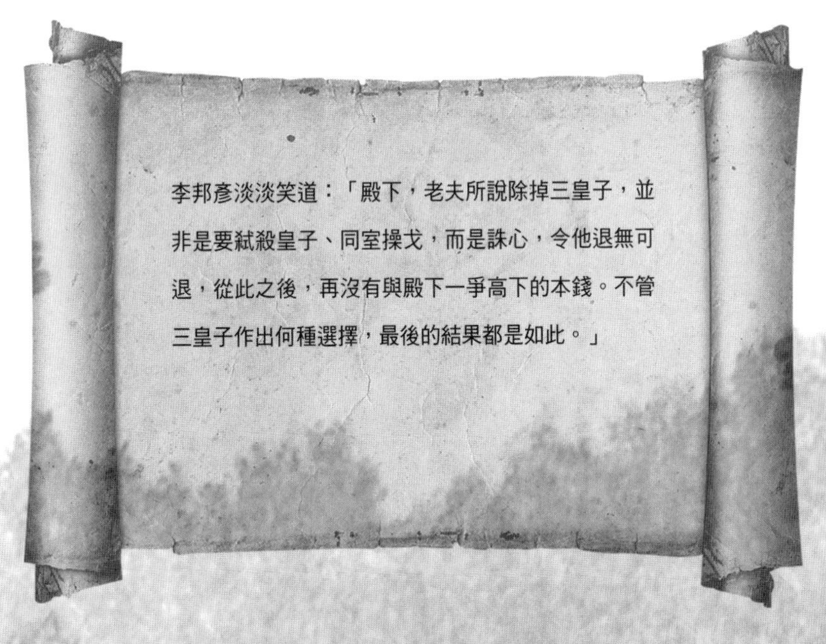

李邦彥淡淡笑道：「殿下，老夫所說除掉三皇子，並非是要弒殺皇子、同室操戈，而是誅心，令他退無可退，從此之後，再沒有與殿下一爭高下的本錢。不管三皇子作出何種選擇，最後的結果都是如此。」

夜已經深了，秋風正急，吹在殿外呼呼作響。

趙恆的臉色隨著燭火的搖曳忽明忽暗，一隻手搭在案上，眼睛死死地盯著坐在下首位置看似好整以暇的李邦彥。

良久……趙恆長吐出一口氣，幽幽道：「若是事情敗露，怎麼辦？」

這才是趙恆最擔心的問題，方才什麼列祖列宗，什麼大宋的社稷，其實都是其次，最重要的是自己的身家性命，走到這一步，趙恆膽戰心驚，同時仍然懷著一絲希望，現在的他，退一步就是粉身碎骨，踏前一步就是君臨天下，趙恆當然不願意拿自己的身家性命去豪賭，他賭不起。

私通女真，這件事若是傳揚出去，必然是軒然大波，太后饒不了，趙佶也饒不了，就是天下的百姓，滿朝的文武，也絕不可能接受。若是說傾向議和是態度問題，那麼向女真人洩露水師行蹤，便是他這監國太子也擔不起這干係。

李邦彥闔著眼，在太子面前並沒有顯出奴顏之色，雙手搭在膝上，短暫的猶豫之後，才道：「殿下，箭在弦上，不得不發；水師不覆沒，殿下必死無疑，與其如此，倒不如放手一搏，若是將來事洩，老夫大不了與太子一起赴死又如何？」

趙恆嘆了口氣，黯然失神地道：「事情怎麼會到這個地步。」

李邦彥心裏卻是冷笑，這個地步不是你自己惹起的嗎？不得罪平西王，怎麼會有今日？人已經得罪了，卻又謀而不斷，這般兒女姿態算什麼太子？李邦彥從心底深處對趙恆的舉動鄙夷到極點。只是他很清楚，眼下他與太子已經密不可分、與沈傲已經不共戴天；若說在講武殿裏和沈傲磨嘴皮子，李邦彥是萬萬不會去做的，只有程江那種蠢物才會做這樣的出頭鳥；可若是當真有一擊必殺的機會，李邦彥就絕不會放過，只要水師覆沒，李邦彥已經可以料定，沈傲必死；而沈傲一死，他李邦彥便有重整旗鼓的一日。

這一天，李邦彥已經等得太久，所以當他說出自己意圖的時候，心裏居然沒有一丁點的害怕，有的只是一種隱隱的心悸，體內壓制已久的欲望彷彿一下子要噴薄而出。

趙恆終於痛下了決心，道：「就這麼辦，不過要聯絡女真人，自然要信得過的人才好，還要能有人牽線搭橋，李舍人可有人選嗎？」

李邦彥道：「小人倒是認得一個人，此人是懷州商賈，曾與女真人打過交道，精通女真語言，更為難得的是，上一次沈傲大肆牽連懷商，此人的父親便被武備學堂的校尉拿了，至今還死無見屍，殿下若是請他去，一定馬到成功。」

趙恆深望了李邦彥一眼，話裏有話地道：「原來李舍人早有準備。」

李邦彥淡淡笑道：「殿下言重了，老夫也不過是未雨綢繆而已。」

趙恆想了想，又道：「既然此人與沈傲有殺父之仇，本宮自然不會猜忌，你且稍候，為取信女真人，本宮這便修書一封，其餘的事，就悉數託付給李舍人了。」

趙恆叫人拿來文房四寶，又將人遣出去，移來一盞宮燈，提筆略一沉吟，終於落筆。待洋洋灑灑寫了數百字之後，趙恆查驗了一下，才拿出自己的隨身印信沾了封泥，蓋在末尾處。

李邦彥湊過去看了看，含笑道：「殿下的行書倒是不錯，頗有皇上的風采。」

趙恆哂然道：「李舍人拿去吧，行藏要小心一些，不要大意。」

李邦彥吹乾了墨跡，才將書信貼身收好，又坐下來與趙恆寒暄了幾句，眼看天色越來越晚，趙恆臉上帶著倦意，便起身告辭出去。

從儲宮走到停轎子的牌樓下，李邦彥鑽入轎中，趁著月色，淡淡地朝轎夫吩咐道：「回府，再叫人把劉文靜尋來，告訴他，老夫有大事要交代。」

轎子在昏暗的燈火中漸漸行入漆黑的巷子裡，在黑暗之中，幾雙眼睛閃動著妖異的光芒。

郭家莊，這座看上去荒蕪的宅子裏，便是尋常的行人都不敢靠近，此時汴京的郊外被秋風一掃，林莽的枝葉立即化作了金黃，老樹昏鴉，落葉紛飛，很是慘然。

晨曦初露的時候，這所看上去幽深的大宅裏的人卻起得異常的早，或者說，這宅子裏的許多人其實壓根就沒有睡過，熬了一夜的書吏還在燈下梳攏各地送來的消息，不時有傳遞消息的人進進出出。

靠近裏屋一些，裏頭的燈火添得更明亮，只見陳濟和著衣，盤膝坐在裏屋的榻上，一旁幾個人正在候命，時不時遞上茶水，或者等陳濟要動筆時爲他磨墨。

雄雞打鳴的時候，拂曉仍然不見光亮，曙光似乎躲藏著不出來。陳濟揉了揉通紅的眼睛，手中捧著一份密報，呆了呆。

李邦彥去了東宮，一共待了兩個時辰零一刻，時間不多不少，可以做許多事，也可以說很多話。此後李邦彥的轎子出了東宮，卻有個隨轎的侍從飛快去了彩衣坊，尋了個人連夜趕去李府說話。

從李邦彥的作息習慣查看，李邦彥雖是浪子，可是作息還算規矩，夜半三更是不會見客的，而且從以往的資料中看，這彩衣坊裏的人平素與李邦彥並沒有多少來往。那麼，彩衣坊裏的人是誰？李邦彥與太子商量了什麼？爲什麼連夜要急不可耐地叫此人去府上？

「這裏頭一定有隱情！」

這是陳濟作出的判斷，事實上，接觸情報工作越久，陳濟就越知道錦衣衛回報的蛛絲馬跡極爲重要，每一個不尋常的動作，都極有可能是事發的先兆。

他心不在焉地將資料放下，隨即喝了口茶，打起精神，對身邊的人道：「探查的人

還沒有回來嗎？」

「回陳公的話，已經放出去許多人打聽搜集了，消息應該很快就來。」

陳濟頷首點頭，吁了口氣，道：「那老夫就再等等。」

陳濟擰著眉，裝模作樣地去看其他的奏報，偶爾會換一下坐姿，只是那一雙眼睛或許是被油燈熬得太久，總是濕漉漉的，害他不得不拿濕巾去擦拭。

又過去半個時辰，外頭一個書吏進來，低聲道：「陳公，寅年天字甲辰號的消息打探來了。」

「噢？」陳濟舉眉，像是鬆了一口氣，坐直身體，忍不住去揉揉酸麻的腿，道：「念。」

書吏拿出一份新近送來的消息紙片，念道：

「彩衣坊裏的人名叫劉文靜，懷州河內縣人，父祖皆是商賈，其父劉曾養曾與鄭國公有舊，後來太原案發，被緝拿歸案。劉文靜是讀書人，建中靖國時曾經中過秀才，此後一直沒有從商，所以太原的事並沒有牽涉到他，不過據說此人爲人頗爲精明，喜好四處遊訪，曾去過幾次契丹、西夏，極有可能還出過大漠。其父案發之後，劉文靜便在彩衣坊裏尋了一處小宅院，只雇了幾個家僕深居簡出，平素也不與人交往。不過昨天夜裏，李邦彥叫他去府上時，他動身倒是快得很，想必他與李邦彥之間，關係一定非同小可。」

陳濟眼眸中閃出亮光，忍不住道：「四處遊訪，還和那些懷商有關係？還有呢？」

書吏繼續道：「劉文靜是在戌時三刻進的李府，子時一刻從裏頭出來，大致待了一個時辰，出來時顯得心事重重，回家之後當即睡下，今兒一大清早就醒了，叫了僕役備好車馬，說是要去遠遊，據說還邀了一些好友；不過到底是去哪裡，暫時還沒有偵知。」

書吏補充一句道：「不過應當是向北前行，因爲外頭的行囊裏似乎有不少皮裘棉衣，想必是用來禦寒的。」

「向北？」陳濟闔起眼睛，慢吞吞地道：「北邊就是西夏和大遼，西夏那兒天氣尚可，現在這時候還不必穿冬衣，那麼唯一的可能就是遼國了。」

那書吏道：「這也未必，或許這一去要數月功夫才能回來，到時候天氣轉寒了也有可能。」

「嗯。」陳濟頷首，道：「這個人至關緊要，傳老夫的吩咐，給老夫好好地盯著，一絲一毫都不能放鬆，他遠行時碰到了什麼人，與什麼人交談，在哪裡停留，這些都要查清楚，不能遺漏。還有，若是有機會，可以安插幾個人進去，且看看他招募不招募馬夫或者護衛，記住了，不要被對方察覺，可也不能跟丟了；不管他有什麼動靜，老夫要你們隨時快馬傳報，不許耽誤。」

「是，陳公。」書辦毫不猶豫地應承下來。

陳濟打了個哈哈，已經吃不消了，繼續道：「這件事交給一隊去查，沿途的樁子都要隨時幫忙掩護。去吧。」

遣散了眾人，已經疲倦到極點的陳濟卻又忍不住再看了一次先前那份奏報，眉頭深深皺起，喃喃自語地道：「這個人，一定不簡單！」

永和四年七月初九，滿朝的文武官員紛紛坐了轎子出現在東華城門，附近的街道已是堵得水泄不通，其實來的不止是官員，更有士紳和不少百姓，大家一起伸長了脖子，似乎早已有了默契，專候車駕過來。

沿途的樓宇欄杆後也倚著不少人，不少人望眼欲穿，議論紛紛。

「平西王今日出征，為何現在還沒有到？」

「說不準是監國太子親自送出城去，這一趟事關我大宋安危，非平西王不能做這頂天梁柱了。」

有人唏噓道：「水師救契丹，勝了，自然是好，可要是敗了，就不知是什麼光景，皮之不存，毛將焉附，如今大宋與遼人脣亡齒寒，我聽人說，一旦女真人拿下了祁津府，就可以策馬飛驅汴京城下，到那時，就真是天災滅頂了。」

論及到當下的時局，所有人都顯得憂心忡忡。如今整個汴京，以至於整個河北，都將希望寄託在平西王身上，平西王允文允武，欽命剿過教匪，殺過海盜，蕩平西夏，大破女真鐵騎，這天下除了他，還有誰能奢談與女真人一決雌雄？

昨天，太子殿下已經頒佈了詔令，擬准平西王督師水師，救援遼國，而平西王府也傳出風聲，因事情倉促，三大水師已經齊聚蓬萊港，平西王殿下今日清早就要動身，與水師會合。

這消息傳出來，整個汴京幾乎是萬人空巷，湧到東華門來，不管是曾經痛恨還是擁戴這楞子的人，今日都出奇地保持著一個心情，那就是希冀平西王殿下出師大捷，建立不世功業。

可是現在時間已經到了辰時，平西王還沒有動靜，也沒有看到由校尉拱衛的車駕，這不免讓人心中暗暗揣測了，有人認為是太子殿下要親自相送，有人認為平西王要與家眷話別，還有的暗暗揣測平西王是不是身體有恙。

只有極少數人才知道，沈傲其實是睡過頭了，太陽上了三竿，沈傲才慢吞吞地爬起來，換了衣衫，洗漱之後，腦袋仍是昏沉沉的，恰在這個時候，陳濟趕來，與沈傲二人在書房裏閒扯了半個時辰，才臉色沉重地出來。

沈傲朝他作揖含笑道：「陳先生，後會有期，汴京城的事，一切託付給先生了。」

陳濟搖頭苦笑道：「殿下珍重。」

沈傲翻身上了早已準備好的馬，帶著數百校尉，一路絕塵，朝東華門過去。

到了東華門，看到人山人海的場景，無數人一齊大喊「殿下來了！」沈傲嚇了一跳，人頭攢動，烏壓壓看不到盡頭的場景令人震撼，他不禁勒住了馬，放緩馬速，身後的校尉也紛紛警惕起來，手不禁搭在了刀上。

周恆打馬上前一步，低聲道：「殿下，你是不是欠了誰的銀子？」

沈傲知道他想說什麼，抖擻精神道：「不要胡說。」

人群開始攢動了，不少人高呼：「殿下千歲，旗開得勝！」

京兆府和城門司的差役已經急得滿頭大汗，連殿前衛也都一隊隊調來，總算是清理出了一條道路。

在萬千的歡呼聲中，沈傲聳聳肩道：「壓力很大啊。」

其實這些歡送的人群，也有人生出疑竇，心想，太子殿下爲何不來？平西王爲國征戰，十有四五要馬革裹屍，這一切不都是爲了大宋的宗社嗎？堂堂監國太子，理應出來相送一下，現在卻是一點動靜都沒有，實在叫人心寒。

沈傲到了門洞，官員們圍攏過來，人潮開始屏住呼吸，似乎是想聽沈傲說些什麼。

爲首的楊真先向沈傲行禮，說了幾句吉祥的話，才道：「殿下出師北伐在即，可有什麼話要交代？」

沈傲知道，自己在這裏的一言一行，只需三天就可以傳遍天下，見諸史冊，心裏不由想，此時不說，將來哪裡還有這樣的好機會？清咳一聲，猶豫了片刻，才正色無比地道：「爲國從戎，無非一死而已。死則死矣，何懼之有？本王不怕死，唯獨害怕身死之後，宮中不恤。」

說罷，翻身上馬，呼喝一聲，絕塵而去。

這番話隨著那揚起的馬蹄塵土立即傳遍出來，前頭的話自然是豪言壯語，可是後頭的話是什麼意思？許多人不禁咀嚼起來，身爲平西王，聖眷優渥，居然還怕身死之後，宮中不恤？未免也太荒唐了一些。

不過很快有人就解讀出來，這個宮中，指的並不是皇上，而是太子，如今太子監國，說宮中也未嘗不可，莫非是這太子因爲與平西王不睦，而暗中做小動作？

「太子殿下只怕未必寬厚，今日平西王遠征，既不相送，多半背後還使了什麼手段。」

流言蜚語傳遞開去，議論洶洶，許多人提及到監國太子時，語氣都不免帶著幾分冷漠。

東宮。

沈傲出城時，李邦彥也到了東宮，他的臉上並沒有畏懼，更多的反而是一種難以掩飾的悸動。

趙恆卻是沉眉不語，自從做出了這個決斷，他已經連續幾日都輾轉難眠，不止是害怕事情洩露，更多的是有一種不安。

見了李邦彥來，趙恆打起精神，劈頭蓋臉便道：「沈傲在城門口的話，李舍人聽說了嗎？」

李邦彥苦笑道：「聽說了。」

「哼！」趙恆氣得臉色脹紅：「他這話是什麼意思？宮中不恤，現在全汴京都在議論本宮薄涼，再者說……」趙恆臉色變了變，慢吞吞地道：「會不會是姓沈的發現了什麼端倪？李舍人，那個劉文靜一定可靠吧？」

沈傲突然冒出那麼一句話，趙恆免不得有點兒做賊心虛，宮中不恤可以是說怕將來太子秋後算賬，也可以說是怕太子趁他沈傲在前方拼命的時候在背後打黑槍。這黑槍，莫非已經被沈傲偵知了？

趙恆最擔心的就是這個，一旦事洩，所引起的後果絕不是他能承受得起的，李邦彥畢竟不是程江，趙恆總覺得李邦彥有自己的打算。

李邦彥正色道：「殿下勿憂，劉文靜絕對不會洩露消息，老夫敢以性命作保。再者說，劉文靜早在前日就出了京，往祁津府去了，若是當真洩露了什麼，平西王早就鬧開了，又何必在這裏說什麼陰陽怪氣的話？依老夫看，平西王這一番話，純粹是欲陷太子於不義，借機誹謗，殿下不必理會。」

趙恆聽了李邦彥的解釋，臉色才緩和了一些，嘆道：

「這樣便好，這樣便好，李舍人，爲了提防水師大敗，本宮是不是要預先做個準備，沈傲若是戰死在沙場倒也罷了，到時候本宮做個樣子，好好地給他送葬，再優加撫恤，可要是他這敗軍之將逃了回來，自然免不得要加罪的。」

李邦彥心裏好笑，覺得這趙恆實在是糊塗了，眼下除了等待，還要做什麼準備？準備得越多，越容易讓人看出端倪。

李邦彥沉吟了一會兒，才道：「殿下，眼下當務之急不是計較水師的成敗，還有一個人，殿下是不得不防的。」

趙恆驚愕地道：「還有誰？」

李邦彥一字一句地道：「三皇子！」

趙楷……

趙恆深吸了口氣，隨即臉色變得猙獰起來，這三弟在趙恆的心裏，未必比沈傲要好到哪裡去，同樣是皇子，一個天生下來便飽受優待，而他這太子反而是裏外不是人；趙楷文采斐然，書畫雙絕，而趙恆卻是資質平庸，素來不受趙佶寵愛。幾十年來，趙恆一直生活在趙楷的陰影之下，這時候想到三弟，趙恆的臉色也有些不善了。

趙恆道：「本宮的這個三弟近來倒是深居簡出，哼，不知背地裏又在打什麼主意。」

李邦彥語氣平淡地道：「三皇子不能留了。」

趙恆抬眸，一臉狐疑地看著李邦彥，他恨趙楷沒有錯，可是在這節骨眼上，卻說三皇子不能留，豈不是貽誤了自己？

趙楷是趙佶的愛子，如今趙佶令他趙恆監國，本是一件令人鼓舞的事，可是這時候若是除去自己的皇弟，自己還有命嗎？

趙恆恢復了冷靜，淡淡地笑道：「李舍人有話但說無妨，何必要拐彎抹角？」

李邦彥喝了口茶，清了清嗓子，才道：「老夫的意思並不是說讓殿下除去三皇子，而是讓三皇子自己跳出來。」

趙恆凝眉道：「你繼續說。」

李邦彥道：「眼下城中不少清貴人家已經準備南渡，這件事整個汴京都知道，各家的國公，還有散職的官員，或早或晚，想必都會前去泉州。」

趙恆頷首點頭，這件事，他是知道的，宮裏並沒有反對，連晉王都動身了，那姓沈的家眷也是和晉王一道走的，本來他那父皇滯留泉州不歸，正好給不少人南渡的理由，現在但凡是散職的勳爵、官員，動身的也不是一個兩個。

李邦彥繼續道：「只是可惜，別人能走，偏偏宗室們不能走。大宋的祖制裏早就明言，宗室非奉召不得擅離汴京半步。殿下，老夫聽說，不少宗室們都急得成了熱鍋螞蟻是不是？」

趙恆撇撇嘴道：「這倒是真的，聖旨裏只說晉王等人可以動身，其餘的沒有專旨，只能困在汴京，本宮的幾個皇弟也都來求過，想讓本宮擬出一道詔令，讓他們好遠離這是非之地，不過話說回來，這件事做得好了，自然是說我這兄長呵護子弟，可要是有人捏了把柄，豈不是說本宮違逆了祖制？」

李邦彥狡黠地笑起來，道：「要除三皇子，靠得就是祖制。」他捋鬚慢悠悠地道：「陛下有子嗣數十人之多，其中親王七人，郡王十三人，國公二十四人，這麼多人，哪個在宮裏沒有母妃的？他們盤根錯節在一起，在這汴京跺跺腳，保準地皮都要顫一顫的，現在南渡的人越來越多，宗室們也急著要走，可是正是因爲祖制，現在反而沒有異姓們方便。走又走不脫，留又留不得，殿下能體會他們現在的處境嗎？」

趙恆哂然一笑，道：「他們走不脫，難道本宮就走得脫了？」

李邦彥吁了口氣，道：「老夫說的是他們此刻最留心的事，若是這個時候，殿下突然頒出一道詔令，就說汴京危在旦夕，各處防務疏漏不小，女真人隨時可以抵達城下，爲顧全宗室，放大家出京，結果會如何？」

趙恆心裏卻滿是不願意，自己這監國太子是肯定不能走的，憑什麼自己要留在這裏擔著干係，他們卻是大難臨頭各自飛？

趙恆臉色又青又白地道：「李舍人的意思是……」

李邦彥正色道：「大家自然巴不得立即收拾了細軟去泉州隨侍皇上，心裏也會感激殿下對他們的庇佑之心，如此一來，誰能不感激殿下對他們的好處？可是……」李邦彥的眼眸一閃，掠過一絲冷冽，冷冷道：「三皇子絕不會走！」

趙恆深吸口氣，霎時明白了什麼，道：

「本宮有些明白了。趙楷那廝一心要和本宮爭寵，想取本宮代之，他頗受父皇寵愛，大臣之中也有不少人擁戴他，聲望在士林清議中極好，若是本宮廢黜，他是最適合的人選。正是因爲如此，他才不能走，本宮留在汴京監國，他卻逃之夭夭，置江山社稷和滿朝文武而不顧，他若是走了，滿朝文武會怎樣看他？士林會怎樣看他？百姓會怎樣看他？更別提太后了。」

李邦彥微微一笑，道：「要整三皇子，此時不就是最好的時機嗎？只要殿下的詔令放出去，若是三皇子走了，在這緊要關頭，誰還會認可他？便是陛下決心易儲，天下的非議也絕不會讓陛下得逞。只要他離開汴京一步，便永遠都不能和殿下爭奪儲位。」

趙恆不自覺地頷首，道：「對，你說的有道理，可要是他不走呢？」

李邦彥笑得更是詭異，雙目半張半闔，迸出一線精光，道：

「他若是不走，就一定要上一道奏疏，說明不走的理由。這理由當然是身為皇子，天潢貴胄，應當與宗社同休共戚，與社稷共存亡。可是殿下想想看，若是這道奏疏遞上來，其他的皇子會怎樣想？」

趙恆終於明白了李邦彥的居心，看向李邦彥的眼神不禁多了幾分崇敬，從一開始，這就是一步死局。放趙楷走，趙楷就永遠不可能成為東宮的競爭者；可要是趙楷不走，只怕想要抽身也沒這般容易，想想看，宗室們都歡天喜地地準備了行囊，這個時候，有人卻站出來說自己不能走，要承擔起皇子的責任，槍打出頭鳥，你讓這麼多宗室怎麼好意思走？最後的結果幾乎可以預料，一個皇子得罪了整個宗室，就算是趙楷得了民心，又能如何？

李邦彥淡淡笑道：「殿下，老夫所說除掉三皇子，並非是要弒殺皇子、同室操戈，而是誅心，令他退無可退，從此之後，再沒有與殿下一爭高下的本錢。不管三皇子作出何種選擇，最後的結果都是如此。」

趙恆臉上煥發出笑容，連聲道：「李舍人說的對，此計甚妙，本王這便頒佈詔令，看他趙楷如何應對。」

李邦彥好整以暇地端起茶盞，輕飲一口，心裏卻想，今日替你除了自家兄弟，沈傲能不能除掉，就全憑你這太子了。異日你若是登基為帝，還能少了老夫的好處？

趙恆此時對李邦彥的話言聽計從，激動地搓著手，立即叫人頒佈了詔令。

這一道詔令出來，立即引來不少宗室的叫好，一時之間，各家王府、公府如蒙大赦，開始準備行裝了。

三皇子那兒卻是出奇的沉默，兩日之後，終於遞上了奏疏，正如李邦彥所料，是冠冕堂皇拒絕去泉州之詞。

這份奏疏，一時之間讓宮中不安生起來，老三不走，大家走又不是，不走又不是，於是不少人言語尖刻起來，流言蜚語到處都是，連太后那兒也不免聽到一些牢騷話。

第一七二章 誰是魚肉

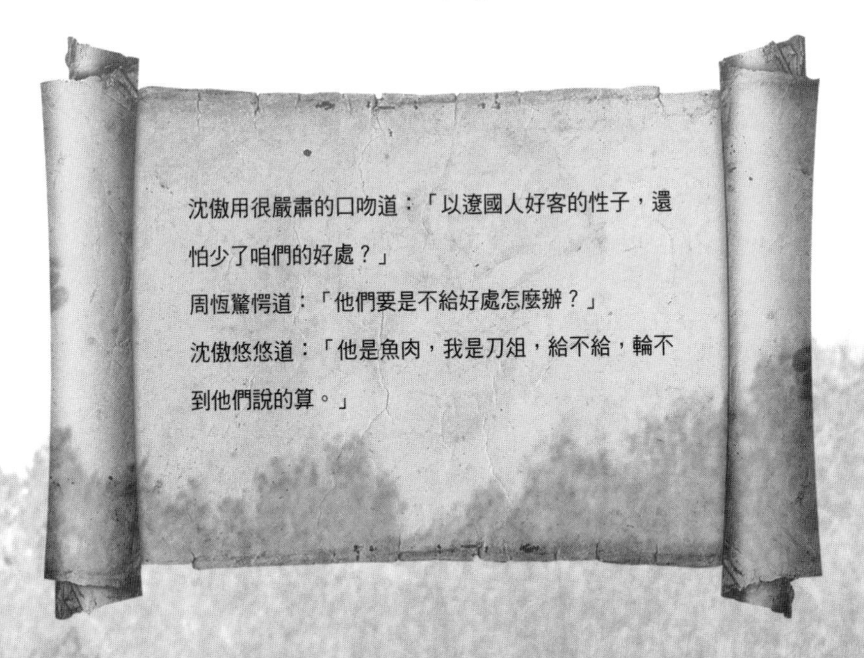

沈傲用很嚴肅的口吻道：「以遼國人好客的性子，還怕少了咱們的好處？」

周恆驚愕道：「他們要是不給好處怎麼辦？」

沈傲悠悠道：「他是魚肉，我是刀俎，給不給，輪不到他們說的算。」

汴京城轉眼入了秋，落葉昏黃，蓬萊港的消息卻是最令人注目的，這些消息混雜在一起，真假難辨，成爲了汴京三教九流的談資。

只是蓬萊港和汴京不同，這座軍港如今停泊滿了一艘又一艘的艦船，整座港口就是一處連綿十幾里的水寨，矗立在船帆、碼頭、燈塔上的旌旗獵獵作響，海風盤旋，依稀可以聽到嗚嗚的號角聲，那巨大人浪發出來的聲喊有時驟然響起，嚇得盤旋在上空的海鷗乍起乍落。

三洋水師總共二十萬之眾，如今傾巢而出，好在這蓬萊港是鉅資打造，倒不至於容納不下，不過即便如此，水道擁堵，物資紊亂也是常有的事，好在水師軍紀嚴明，沒有出什麼亂子。

平西王的車駕抵達這裏時，是在七月二十，如今已經過了三天，三洋水師自指揮到各艦船營官，紛紛前去拜謁，有時聽沈傲訓話，有時佈置操練，出港在即，寒暄的話也不多，連平素熟人見了面也都是冷冰冰的。

水師說是二十萬，其實真正作戰的不過十萬人而已，可是這麼多人要遠征，糧草自然不可少，雖說在泉州、在蘇杭有足夠的準備，最新的手弩、火炮、弓箭、石炮都運了來，可是要清點，還要讓水兵們熟悉，也還要一些適應的時間。

再加上大量的淡水和糧食要裝船，傾巢出海是半個月之後的事，沈傲住在水師衙門，日夜不停地召喚接見各部軍官，或勉勵，或訓斥，每日要擺出十幾種面孔，以至於臉部肌肉都僵硬了。

與此同時，各地的消息都落在了沈傲的案上，汴京最近發生了什麼，祁津府戰況如何，泉州皇上最近做了什麼，這些動作，都隨著快馬傳報到蓬萊，讓沈傲作出對自己最有利的判斷。

當一份汴京的消息傳過來的時候，沈傲撿起來略略看了一眼，突然苦笑，朝侍立在一旁的周恆道：「三皇子完了。」

周恆這次作爲侍衛營官爲沈傲鞍前馬後，其實從心底裏是不樂意的，他更嚮往的是帶隊衝鋒的角色，只是軍令下達，不得已只能在沈傲的跟前轉悠，聽到沈傲突然提及三皇子，周恆一頭霧水地道：「怎麼了？」

沈傲舔舔嘴，似乎並沒有爲三皇子惋惜的意思，只是平淡地道：「落入了圈套，四面楚歌。不過……」

沈傲將密報放下，對汴京，沈傲已經不再加以太多的注意力，那汴京本就是個渾水池子，誰要鬧儘管去鬧，只要別糾纏到自己就行。沈傲最後加了一句：「不過和我們沒關係，我們只管女真就是。」

周恆頷首點頭道：「殿下，祁津府最新的軍情已經送達了，裏頭有什麼消息？」

沈傲朝他笑了笑，道：「好端端的侍衛營官，安守自己的本分就好，這些軍情不必你知道。」

周恆的臉色黯然，低聲咕噥了幾句。

沈傲卻自顧自地道：「其實遼國人的軍情，本王也沒多少興致去看，每次都是告急，每次都是城要破了，可是這城就是不破，總是吊著不死，攪得人心煩，往後這種消息不必再送來。」

周恆聽了沈傲的牢騷，不禁咧嘴笑起來，道：「遼國人多半是要催我們立即出師，殿下，你說咱們費了這麼大力氣去救他們，是不是有些不太值當？」

「表弟！」沈傲用很嚴肅的口吻教訓周恆道：「友邦禍亂，大宋於情於理都要去救，值當不值當豈是你能議論的？咱們大老遠去救他們，等替他們解了圍，以遼國人好客的性子，還怕少了咱們的好處？」

周恆驚愕道：「他們要是不給好處怎麼辦？」

沈傲不理會他，隨手撿起一本書來看，許久之後，才悠悠道：「他是魚肉，我是刀俎，給不給，輪不到他們說的算。」

天空漸漸陰霾起來，靠近軍港這邊仍然是車馬如龍，一車車物資悉數運上船去。等到了下午的時候，天空下起了細雨，不得不用氈布牛皮蒙了堆積在碼頭上的糧草，整個蓬萊亂哄哄的。

沈傲披著一身蓑衣，帶著楊過等人出現在港灣處，幾個本地的官員也都隨行，沈傲擰著眉，一路過去都是招呼和行禮的聲音，靴子踏在積水上，發出咯吱的聲響。

「三天之內，所有的物資要全部運上船，若是糧船不夠，可以徵用一些，時間來不及了，再耽誤也不妥。」沈傲邊走邊說，身後一個博士則是拿著竹片兒，由人替他撐傘，潤筆將沈傲的話一字一句都記下來。

楊過略顯爲難，道：「殿下，這幾天連日陰雨，怕是時間不夠。」

沈傲撇撇嘴，佇立在一處木架結構的樁橋上，道：「本王不管，就是三天時間。」新任的水師總督周處道：「還有一批泉州來的手弩沒有運到，催促了幾次，也叫人去問了，至今都沒有消息。」

沈傲想了想道：「那就不必等，把訂單取消了。」他看了遠處海灣裏連片的艦船，慢悠悠地道：「咱們這一次是孤注一擲，打得好了，自然是好；打得不好，沒有接應，就是孤立無援。所以這一次出海，事關重大，讓水師上下都寫好遺書吧，暫時將這些遺書留在水師衙門，若誰遭了不幸，再發出去。」

周處抱著手毫不猶豫地道：「卑下不必遺書，反正也是無親無故，死了便罷。」

楊過道：「現在讓將士們寫遺書，是不是影響士氣？」

沈傲搖頭道：「虎狼之師，便是奔赴刀山火海，也都能同仇敵愾，一往無前，單靠一份遺書就能影響士氣？」

遠處傳出一陣陣操練的號令，沈傲眺目過去，轉而道：「這一次出去，沒有一年半載也別想回來，該準備的還要準備，對了，本王要找的人找到了沒有？」

那蓬萊縣令笑吟吟地道：「人是找到了，不過總要驗一驗才好，下官正在籌辦，請殿下放心，保準不會耽誤殿下的功夫。」

沈傲按著腰間的劍柄，突然笑起來，道：「你們一定在想，本王是去救祁津府，卻要尋訪熟知大漠南北的人才，很奇怪是嗎？」

周處倒是耿直，直截了當地道：「卑下是覺得奇怪。」

沈傲撇撇嘴，目光幽幽道：「因爲本王要做的，就是狠狠地敲痛女真人，要讓他們刻骨銘心，就不只是救援這麼簡單，本王要讓完顏阿骨打知道，他惹到了本王，就要付出代價。」

沈傲狠狠地踩了踩地上的積水，頗有些像是與雨水負氣的稚童，吸了口氣道：「傳令吧，三日之後，水師出港，各艦隊務必做好準備，延誤者，斬！」

西夏龍興府，一份份從汴京、蓬萊傳遞而過的信箋，讓整個龍興府變得不安起來。

龍興府如今已是徹底的平西王藩地，攝政王三個字分量當然不容小覷，而如今執掌西夏的，便是楊振和烏達、李清二人。楊振總攬政務，烏達、李清上馬統兵，都是沈傲鐵杆的心腹，女真人南下的消息，西夏早已得知，只是沒有平西王的詔令，整個西夏除了比從前更緊張一些，倒是並沒有其他動作。

不過到了入秋，氣氛就變得愈發緊張起來，烏達已經下達了軍令，各地的隨軍開始在龍興府集結。兩年的功夫，西夏的軍隊已經脫胎換骨，由黨項人組成的禁軍不再成為最主要的力量，而大量的漢人補充入禁軍之中，西夏禁衛五軍，如今除了一支黨項人的軍馬之外，其餘都是以漢軍為主。再加上明武學堂武士補充，日夜操練，十五萬夏軍精銳已是殺氣騰騰，一紙調令下來，只七日功夫，各部便齊聚在龍興府一帶。

楊振相比兩年前蒼老了不少，如今位極人臣，因此連性子也變得小心翼翼，在西夏門下省，因為攝政王並不理政，所以大大小小的事都壓在他的身上，除非遇有委實難決的大事，才會入宮向李乾順請旨，或者傳書汴京請沈傲拿主意。

今日一大清早，楊振便坐了轎子到門下省，看了各地傳來的奏疏，拿捏了主意，接著便是烏達、李清二人一同過楊振處來。

在這裏碰頭，是三人早已商量好的，昨天夜裏，平西王那兒遞來了書信，這份書信事關重大，不是楊振一個人能決定的。

烏達仍是從前那樣健朗，魁梧的身材配上憨厚的臉，身上永遠都是那一身鎧甲，給人一種老粗的印象。不過這只是表面而已，誰都知道，這位烏將軍膽大心細，絕不是個粗枝大葉的人。

至於李清，臉色則略顯蒼白一些，他的身材本就不高，與烏達站在一起，更顯得矮小，不過身材還算結實，一雙眼眸如狼似虎，逡巡之間，頗有幾分尖銳。

「請坐。」楊振朝二人含笑，隨即叫人搬來座椅，奉上茗茶，一面道：「二位將軍公務繁忙，今日請二位來，老夫也就不隱瞞什麼了，咱們開門見山地說話吧。」

烏達和李清對視一眼，這二人乃是西夏軍中三大巨頭之一，另一個則是橫山五族的鬼智環，三人共同掌握西夏數十萬軍馬，任何一個都不是簡單的人物，聽了楊振的話，烏達和李清已經察覺到事情不簡單了，烏達作勢要去喝茶，可是茶盞到了嘴邊卻是停頓下來，道：「莫非是蓬萊港送來的急報？」

李清則是露出微笑，道：「除了攝政王殿下，還有誰能驚得動咱們？」

楊振便笑起來，其實楊振這個人也算不上好相處的人，只是他和烏達、李清各管自己的事，沒有利益衝突，所以反而能保持著一種相互敬畏的關係。他哂然一笑，道：「確實是攝政王的消息，而且事情還非同小可。」

楊振拿出一封書信，道：「你們自己過目吧。」

這封書信，明顯是沈傲的字跡，還加蓋了攝政王的印信，可見沈傲對這封書信的態度。

烏達先接了信，略略看了一會，隨即皺起眉來，忍不住道：「這未免也太莽撞了一些。」

說罷，將書信遞給一臉狐疑的李清，李清看了信，不由苦笑道：「這樣做，也確實太冒險了。」

信中的內容，能讓二人又是驚訝又是苦笑，當然不是簡單的問候這麼簡單，更確切地說，這是一份詔令，詔令抵達之時，就是西夏北伐的時候。

西夏地處隴西一帶，東與遼人的西京道相連，北與大漠草原接壤，南連大宋，西結吐蕃，可謂是四戰之地，地理位置尤爲重要。而沈傲的命令很乾脆俐落，命西夏騎軍傾巢而出，目標——臨璜府。

臨璜府的位置在大漠的腹地，東與遼東相連，西與西部大漠和西夏連成一線，這裏本是遼國人的國都，此後女真人拿下臨璜府，臨璜府自然而然也成了女真人的新都城。

這裏雖然屬於關外，可是由於四通八達，再加上遼國人數代的經營，繁華絕不在龍興府之下，雖然女真人攻克這裏之後進行了屠城，可是隨著大量女真人的湧入，再加上戰俘和奴隸也逐漸定局下來，臨璜府的人口已經超過了三十萬，其中女真人就有十五萬之多，這裏自然是女真人最核心的區域，是女真人最是緊要的地方。再加上上一次西夏出關襲擊，使得女真人對西夏早就懷有警惕，常年駐紮在邊境的女真鐵騎就有兩萬人，而臨璜府一帶，更有五萬女真鐵騎拱衛。

在茫茫大草原上，七萬女真鐵騎意味著什麼，在座的三人不可能不知道，可是……

三人相互對視一眼，楊振終於率先發言，道：「此戰可行嗎？」

李清和烏達都是面面相覷，這件事實在太大，西夏騎兵加上衡山五族滿打滿算也不過十萬不到，出關去千里奔襲，一旦被人切了後路，或是遭遇挫折，問題就嚴重了。

詔令肯定要聽，可是明知是錯誤的決定還要遵守，這就完全不同了。

李清遲疑了片刻，終於道：「暫時先將此事拋在一邊吧，不管怎麼說，也要先做好準備，橫山軍馬上就要到了，等鬼智將軍來了，瞧她怎麼說？」

楊振捋鬚苦笑道：「也只能如此了。」

三人商議定了，到了第二日，橫山五族的軍馬未到，鬼智環已先行抵達，入了龍興府的鬼智環並沒有先來交差，而是直接入宮，拜謁了淼淼公主之後，才在傍晚時分從宮中出來。

楊振叫了個人去請她商議，鬼智環聽了楊振的話，目光幽幽，在燈火下顯得無比的淒冷，淡淡地道：「不必商議，殿下既有詔令，我們按著詔令去做就是！」

鬼智環的回答倒是一點都不拖泥帶水，楊振訝然，最後無可奈何地道：「那就做好準備吧。」

無論是泉州、龍興府、蓬萊，所有人關注的焦點都在祁津府，祁津府作爲契丹國的陪都，遼國人失去了臨璜府之後，成爲遼國的國都，經過數年的經營，早已如銅牆鐵壁一般，城中十萬筋疲力竭的遼軍做著最後的頑抗，每日清晨拂曉，金軍攻城的號角便傳出來，嗚嗚聲中，石炮亂飛，箭矢如雨，一波又一波的女真人如潮水般衝殺出來，又如潮水般地退下去。

在祁津府四面八方，連綿的金軍營寨延伸到遠處的山麓之下，金人顯然已經瘋了，這是最後一戰，破城之後，遼國就會徹底被吞滅，在這種心情鼓舞之下，二十萬金軍以及十萬各族的輔軍士氣如虹，好幾次差一點殺入城去，卻又被遼軍趕了出來。

遼軍的鬥志已經透支到了極限，可是女真人屠城的陰影壓在每個人的心頭，在這種情況之下，幾乎每一個遼人都強打精神，放手一搏。

戰局仍然在僵持，女真人顯然沒有意料到遼人竟如此頑固，完顏阿骨打更是失去了最後的耐性，連續幾日親自督戰，可是效果並不明顯。女真人最擅長的是曠野決戰，而不是攻城掠地，面對這座巍峨的城池，完顏阿骨打有一種無從下手的感覺。

此時到了深夜，大營的燈火通明，疲倦的金將們拖著沉重的腳步，在帳中站定。大帳很是簡陋，除了地上鋪了毛毯，在上首位置蒙了一塊繡了海東青圖案的刺繡之外，再無其他。

白日壓陣攻城，到了夜裏原本想喝一頓美酒，好好睡一覺，可是這時大王卻召集眾將，不知發生了什麼重要的事。帳中的將軍們已經交頭接耳了，有的猜測阿骨打是要訓斥一下，處罰幾個攻城不力的將軍，也有可能是鼓舞一下士氣，讓大家打起精神。

完顏阿骨打的心情越來越差，這是眾所周知的事，今日明顯有些不太尋常，所以大家都心存著小心，生怕待會兒觸怒了完顏阿骨打，若是挨了一頓鞭子，那更是喝涼水都塞牙縫了。

正說著，大帳的帳簾陡然捲起，帳中捲入一股冷風，涼颼颼的，外頭有侍衛大叫一聲：「大王到！」

正在這時候，頭戴貂皮帽，身穿五彩龍紋衣，黑臉，鼻直口方，身材高大結實的完顏阿骨打已經按著腰刀踩著靴子進來，站在他身後的兩名帶刀侍衛一臉肅殺，等完顏阿骨打大喇喇地坐在黑漆木椅上，侍衛則是分立兩邊，警惕地抱手站立。

完顏阿骨打的出現，讓所有人心裏都不免有點發怵，這個臉色冷漠如刀的漢子，看不到任何的表情，唯獨一雙眼眸很有一副傲視宇內的磅礡雄心。

「大王萬歲！」眾人一起單膝跪下，朝完顏阿骨打行禮。

完顏阿骨打一臉冷漠，一雙眼睛在帳中逡巡了一圈，所有觸及到他目光的眼睛，都被這強大的壓迫感嚇得垂下頭顱。

一名侍者小心翼翼地端了一杯馬奶到完顏阿骨打的手上，完顏阿骨打一飲而盡，才慢吞吞地站了起來，用著威風凜凜的口吻道：「契丹人不過是一群豬狗，本王要宰殺他們，就像殺雞一樣容易。」

這句話作為開場白，讓不少人鬆了口氣，許多人心裏嘀咕，大王這是要鼓舞士氣了，於是紛紛配合似地發出一陣哄笑。

完顏阿骨打額頭上的青筋不由微微抽動了一下，在燈火下顯得很是恐怖，他突然狠狠地一巴掌拍在桌案上，嚇得帳中的哄笑一下子戛然而止。

就在眾人不解的時候，完顏阿骨打惡狠狠地道：「可就是一群豬狗牛羊一下子變成了惡狼，二十萬雄兵卻不能動他們分毫，難道是狼崽子變成了惡獸？還是草原上的烏鴉一夜之間變成了海東青！」

所有人都垂下頭去，面露慚愧之色，倒是帳下一名將軍怒氣沖沖地道：「叔王，烏鴉並沒有變成海東青，只是他們躲在自己的巢穴裏，龜縮著不敢出來，他們要是敢出城，叔王給我五千兒郎，我便可以拿下耶律大石的頭顱，將他們趕盡殺絕！」

說話的人身材高大，剃著光頭，腦後只有錢洞大的小辮子，臉色猙獰得宛若巨獸，一雙眼眸騰騰燃燒著殺氣，此人叫完顏宗翰，雖是阿骨打的侄兒，可是年紀卻與阿骨打相仿，二人名爲叔侄，卻情如兄弟，是自小一起玩耍長大的，當年完顏阿骨打起兵，尚在遲疑不決，就是完顏宗翰勸說「與其坐以待斃，不如乘人不備，先發制人。」阿骨打才下定決心，掙來這麼大的家業。

完顏宗翰爲人率直，再加上性子如火，每戰必然衝鋒在前，今日在祁津府碰了壁，自然怒火滔天。若是換了別人，敢在這時候頂撞完顏阿骨打，完顏阿骨打只怕早已生氣了，偏偏對完顏宗翰，完顏阿骨打還保留著幾分耐心，雖然沒有生氣，卻是鐵青著臉道：

「不對，是因爲追逐豬狗的惡狼變成了獵狗，是因爲咱們女真人再沒有了入關前的銳勁，所以……」

完顏阿骨打怒吼道：「所有人都打起精神來，從明日開始，本王仍舊督戰，誰要是敢畏戰不前，本王就剝了他的人皮！」

眾將聽了完顏阿骨打帶著威脅的話，不但不覺得害怕，反而個個躍躍欲試，紛紛道：「不破遼狗的城池，絕不敢再見大王。」

完顏阿骨打的心情才平復下來，他屁股微微一挪，又坐回黑漆木椅上，虎目一睜，森然道：「今日有一個蠻子過來，告訴本王說大宋打算出兵救援祁津府……」

完顏阿骨打的話音剛落，帳中又傳出一陣哄笑，宋軍的實力，大家都有耳聞，在大漠裏最流行的一句話就是：「一個女真武士抵得過十個契丹勇士，一個契丹的老卒可以戰勝一個蠻子。」這句話雖然略顯誇張，卻不是沒有道理。大宋立國以來，屢屢與契丹人交戰，往往是數十萬大軍對陣遼軍十萬人，結果卻是敗的多，贏的少，甚至就在七八年前，一支數千人組成的契丹騎兵，就可以驅趕著數萬的宋軍隨意屠戮。再加上大漠裏也不是沒有漢人，對這些懦弱的漢人，女真人豈會放在眼裏？

所以在他們看來，宋軍參戰，救援祁津府簡直就是個天大的笑話，只要他們敢來，只要一支騎兵就可以將他們徹底衝垮。

完顏阿骨打的臉色卻很是平靜，沒有表現出太過的嘲諷，只是淡淡地道：「這一次掛帥督師救援祁津府的，乃是宋人的平西王沈傲！」

沈傲兩個字，宛若平地炸雷，大帳裏立時沸騰起來，若說女真人可以瞧不起宋人，可以看不到南蠻子，可是沈傲這個異類，卻絕對沒有人敢小視。

女真人自遼東崛起，可謂是順風順水，唯獨在這沈楞子手裏，吃的虧卻是不少，如今聽說沈傲又來了，帳中有人露出畏色，更多的人卻是不禁放肆大吼：「來得正好，恰好爲我大金雪恨！」

完顏宗翰雙目赤紅，大吼道：「請大王給我一支軍馬，讓宗翰去帶了沈傲的狗頭來！」

完顏阿骨打卻只是淡淡一笑，冷冷地道：「都住口！」

帳中又安靜下來，完顏阿骨打威望卓著，自然無人敢抗拒他的命令。

完顏阿骨打才慢悠悠地道：「這一次，大宋出動的是水師，而且，打算從祁津府一帶海域登陸，自我們的腹背穿插而來。」

「偷襲……」

所有人立即明白了宋軍的主意，此時女真人攻城甚急，若是大宋水師從一處地點登陸，從一個出其不意的方向對女真大營發起進攻，雖然以女真人強橫無匹的力量足以讓這些宋人占不到便宜，可是損失卻絕不會小。

這樣做，倒是很符合那沈楞子的風格，這傢伙在女真人眼裏，既是一隻凶殘的惡虎，更是一隻狡詐的餓狼，這樣的人，若是大搖大擺地從邊鎮向祁津府出發，那才是見鬼了！

完顏阿骨打臉色露出嘲諷之意，突然道：「來人，將那蠻子叫進來。」

在將軍們不解的目光之中，兩名金兵押著劉文靜出來。

劉文靜倒是顯得不慌不忙，穿著一件女真人的左衽獸衣，頭上紮著綸巾，有些不倫不類。

一進大帳，劉文靜發覺兩側的金人露出不懷好意的猙獰，深吸口氣，定住了神，雙膝一曲，輕車熟路的跪倒在地，朝坐在漆木椅上闔目養神的完顏阿骨打道：「學生見過大金國皇帝。」

完顏阿骨打雙目一張，眼中宛若迸出火電雷石，道：「你說！」

「是。」完顏阿骨打不叫劉文靜起來，劉文靜只能繼續跪著，道：「學生奉我家主人之命，特來向陛下通報軍情……」說罷，將水師北伐的計畫和盤托出，甚至連水師的兵力、部署、艦船多少、糧草儲量也紛紛見告。

兩側的金將卻都是暴怒如雷，尤其是那完顏宗翰，衝上前去一把將劉文靜拉扯起來，砂鍋大的拳頭狠狠砸中劉文靜的面門，大叫一聲漢狗，隨即道：「狗蠻子一向狡詐，他不是好人，定然是要讓咱們進他們宋狗的圈套，大王不可輕信！」

劉文靜被打得七葷八素，耳鼻俱都流出血來，腦子嗡嗡作響，心下早已是叫苦連天了，等聽到完顏宗翰說自己使詐，劉文靜更是叫苦不迭，就算是你們不信，大可以讓自己拿出信物，說明理由，哪有這般理由都不問，話問到一半就先動手打人的。

劉文靜一下子癱倒在地上，哪裡吃得消完顏宗翰的一拳，渾身抽搐，整個人像是癱了一樣。

完顏阿骨打臉上閃露出一絲冷笑，舉手一擺，制止完顏宗翰繼續動手，淡淡的道：「宗翰兒，先不要打，且聽他怎麼說。」

完顏宗翰似乎也覺得打這種軟骨頭沒什麼意思，便收了拳頭，站回原位去。

完顏阿骨打並不以爲然，問道：「你說你們南人要派水師援軍北上救援祁津府，可有憑證？」

劉文靜連忙道：「有的，有的，這裏有監國太子書信一封，請陛下過目御覽。」說罷，從懷中取了牛皮包裹的書信出來。

完顏阿骨打朝完顏宗翰努努嘴，完顏宗翰踏步過去要去接信。只是劉文靜見完顏宗翰朝他走過來，整個人便嚇得要抽搐一樣，惹得帳中一陣哄笑。完顏宗翰厭惡的看了他一眼，接了信，隨即送至完顏阿骨打手上。

第一七三章 故布疑陣

完顏阿骨打冷冷的盯住地圖，突然，他的虎目迸射出一絲雷電般的光澤，朝劉文靜齜牙冷笑：「水師的目標不是營州，而是錦州，沈傲一定去了那裏，營州的水師不過是故布疑陣，是獵人的誘餌……」

看了片刻，完顏阿骨打的眼中閃過一絲冷意，輕蔑的道：「你們南人的監國太子倒是個聰明人。」

完顏阿骨打毫不掩飾對趙恆的譏諷，不過話說回來，南人一向如此，這也符合完顏阿骨打對大宋的印象，當年若不是為了夾擊遼人，完顏阿骨打也不會派出使者與大宋接觸，可是接觸的越多，就越知道大宋朝廷的軟弱，要不是因為一個沈傲破壞了他的計畫，只怕現在他兵臨城下的是汴京而非祁津了。

劉文靜訕訕笑道：「沈傲與太子不共戴天，太子又是寬厚之人，一向奉行睦鄰之策，幾次都欲結好陛下，卻都是這沈傲從中作梗，如今沈傲又倡議北伐救遼，太子殿下很是憂慮，生怕因為一個死不足惜的沈傲而衝撞了陛下，所以才叫學生前來，私下結納陛下，還望陛下不棄。」

完顏阿骨打冷笑：「你們的太子還說了什麼？」

劉文靜道：「太子殿下說，水師覆沒，沈傲伏誅，就是金宋和睦的時候，到了那時，大宋再正式派出使節，與金國交好，永為友邦。」

完顏阿骨打哈哈大笑：「是嗎？」

一旁的完顏宗翰冷笑道：「便是有你們狗太子的書信，也不能證明你們南人沒有使詐，大王，不必理會這狗南人！」

劉文靜渾身都被冷汗濕透了，期期艾艾的道：「太子與學生對陛下一向敬若神明，豈敢相欺……」他眼珠子一轉，隨即道：「更何況，學生的家父想必帳中的將軍們或許認得。」

完顏宗翰甚是不屑的道：「哦？咱們草原上的海東青什麼時候有人居然結識了南蠻子？」

劉文靜很是尷尬，繼續道：「學生家父劉曾養，曾經在大漠跑過商，做過一些小買賣。」

劉曾養……這個人倒是有人有印象，此人販賣過不少寶刀、瓷器、絲綢，在女真上層貴族頗受好評。

劉文靜悻悻的流下淚來，哭告道：「家父不過是個商人，卻因爲得罪了那沈傲，結果卻被緝拿處斬。學生與那沈傲殺父之仇、不共戴天，只恨不得大金國的勇士生吃他的肉，臥寢他的皮，哪裡敢使詐，請陛下明察。」

完顏阿骨打見劉文靜不似作僞，已經信了幾分，冷冷道：「你還有什麼憑證嗎？」

阿骨打表面上粗獷，卻也是個好謀多疑的人，一雙陰惻惻的眼眸上下打量劉文靜，散發出一股懾人的威勢。

劉文靜鎮定心神，最後道：「這封書信就是最大的憑證。陛下，這封書信，乃是我朝太子手書，更有東宮的私章，絕不可能作僞；陛下想想看，這封書信既然落在陛下手裏，太子只是儲君，將這封信交給陛下，一旦事情敗露，結果會如何？」

劉文靜一番話，立時打消了所有人的疑慮，完顏阿骨打眼中一亮，立即明白了，寫信的是太子，有了這份書信，等於是多了一個把柄，只是……完顏阿骨打的雙眸闔起來，心中想，這宋國太子難道就這樣愚蠢，故意要將把柄贈給本王？

劉文靜見氣氛緩和，鬆了口氣，一眼看透了完顏阿骨打的心思，諂媚的笑起來，道：「陛下一定在想，這封信事關重大，爲何太子肯書寫出來。其實此事還是我家主人在幕後籌措。」

「你家主人是誰？」完顏阿骨打知道劉文靜話中有話，淡淡問道。

劉文靜道：「李邦彥李大人。」

李邦彥三個字說出來，完顏阿骨打已經明白了，此人與鄭國公都是懷商的代表人物，當年懷州商人爲了賺取豐厚利潤，源源不斷的將武器、糧食運到遼東，與女真人交換皮毛和戰利品，幾年下來，女真人對他們耳熟能詳，若不是他們，只怕女真要滅遼未必能如此順利。

完顏阿骨打知道，這個李邦彥是一個完全沒有底線的人，如此一來，許多事就說得通了，懷州商人與女真媾和，姓沈的殺了鄭國公又四處鎖拿懷商，李邦彥雖然苟全了一條性命，可是如今大致已經身敗名裂，之所以選擇給他完顏阿骨打送上一份大禮，自然有幾分示好，也是爲他留一條後路的意思。

完顏阿骨打一改臉上的陰沉，開懷大笑起來：「原來是你們南人的浪子宰相，好，好極了，本王已經明白怎麼回事了。」

劉文靜滿懷深意的朝完顏阿骨打笑起來：「我家主人素來對大王慕名已久，早想結交，主人常常說，天下英雄，唯大王也，所謂君子不立危牆，大宋被金國吞滅也只是早晚的事，所以我家主人才下定了決心，願意爲大王鞍前馬後，將來若有報效處，一定赴湯蹈火。」

劉文靜心裏明白，完顏阿骨打已經完全相信自己了。

完顏阿骨打略一定神，臉色又沉下來，這封書信對異日攻宋當然大有好處，可是現在當務之急，卻是攻破祁津府，擊潰大宋水師，否則一切都是空談。他漠然的掃視了帳中一眼，一字一句的道：「來人，請我們的貴客下去休息。」

劉文靜告辭出去。

大帳裏鴉雀無聲，金將們知道，大王這是要發號施令了，紛紛肅立，目視著一臉猙獰的完顏阿骨打。

完顏阿骨打手碰到了腰間的刀柄，隨後攥緊另一隻拳頭，狠狠的握得咯吱咯吱的響，眼睛猩紅可怕，佈滿血絲，聲音低沉的道：

「五年前，本王欲和大宋修好，相約攻遼，宋人驅逐了本王的使者，讓本王蒙受羞辱。三年前，宋國的平西王前去西夏，殺死了本王的愛子，擊潰了我大金三萬鐵騎。今天，宋狗又揮師北進，要與本王在燕雲決一死戰！」

完顏阿骨打的臉抽搐一下，咬著牙道：

「戰就戰，不殺光宋狗，不將那沈傲押在本王的金帳之下，本王枉爲海東青的子孫，枉爲大金國主！」

「戰就戰！」

……

完顏阿骨打雖然不懂之乎者也，卻也是一個蠱惑人心的高手，幾句話功夫，立即讓帳中眾將義憤填膺，紛紛低吼起來。

完顏阿骨打的目光在逡巡，冷冷一笑，繼續道：「眼下祁津府破城在即，我們不能前功盡棄，所以，對付大宋水師，本王只能抽出五萬勇士來，完顏宗翰！」

「叔王，侄兒在！」完顏宗翰的眼中迸發出一絲狂熱，欣喜過望的站出來，朝完顏阿骨打行了個胸禮。

完顏阿骨打抽出腰間的長刀，一手握著刀柄，一手輕撫刀刃，隨即將長刀拋向完顏宗翰，完顏宗翰立即接過，便聽完顏阿骨打道：「帶著這把刀，去割了沈傲的腦袋來，等你凱旋歸來的那一日，本王親自賜封你為大金第一巴圖魯！」

「遵命！」完顏宗翰躍躍欲試，小心翼翼將長刀收好，道：「請叔王放心，一定提那狗賊的頭顱回來，為我三萬女真勇士報仇雪恨！」

完顏阿骨打闔著眼，繼續道：「來人，拿地圖來！」

一幅地圖攤在大帳前，完顏阿骨打一見到這簡陋的羊皮圖紙，眼中霎時變得光亮起來。他貪婪地端詳了一會兒，最後粗糙的手指狠狠地敲在地圖上的一個位置上，自信滿滿地道：「就是這裏！」

完顏阿骨打所指的方向是一處不起眼的州府——營州。這裏毗鄰東海，與祁津府相連，距離大宋邊境不過三十里的距離。完顏阿骨打行軍打仗幾十年，只需微微一掃，就立即能猜測出大宋水師的登陸地點，除了營州，大宋水師不可能還會有其他的選擇。

原因其實很簡單，營州有一處海港，水位頗深，適合水師靠近登岸。另一方面，這裏距離祁津府也是最近，要想救援祁津府，選擇這裏突襲性更強。

更為重要的是，完顏阿骨打可以確信，宋人一向謹慎，尤其是水師作戰，此前並沒有先例，孤軍深入，風險太大。而營州不同，一旦失利，宋軍就可以立即退回宋境，可以剔除掉被金軍包圍的危險。營州就是這麼一個進可攻退可守的絕佳位置，宋軍一旦失利，只需要一晝夜的時間，就可以在邊軍的接應下退回宋境。

帳中的金人都是身經百戰之士，完顏阿骨打敲定了營州的位置之後，所有人都不禁頷首點頭，紛紛道：「沒錯，宋狗水師的位置除了營州，再沒有其他了。」

完顏阿骨打青筋爆出，整個人變得無比狂熱起來，渾身煥發出一種難以言喻的光澤，連腰身都筆挺了幾分，他惡聲惡氣地道：「阿布圖拉，本王給你一萬騎軍，就在營州南方十里外守候，防止宋軍水師南逃，也要防止宋人邊軍接應。宗翰兒……」

完顏阿骨打的虎目落在完顏宗翰的身上，用一種必勝的口吻道：

「你的五萬鐵騎就在營州一帶埋伏，一旦宋軍水師登岸，立即衝擊，不斷的衝殺，一直到將他們徹底衝垮爲止。要像海東青捕食一樣，不要急躁，找準時機，讓他們見識見識我大金鐵騎的厲害。」

五萬鐵騎只要宋軍出現在曠野上，便是十萬、二十萬、五十萬的宋軍，完顏宗翰也有必勝的把握，他臉上露出激動之色，臉色脹得通紅，不斷點頭道：

「等兔子們上了岸，等他們距離港口還有二十里的時候，侄兒才會發起攻擊，侄兒會讓一隊鐵騎迂迴到營州港，他們就算要逃，也別想這麼容易。」

完顏阿骨打生滿老繭的手狠狠地敲在桌上的地圖上，哈哈笑道：「不錯，對付宋人，這就足夠了，事不宜遲，宗翰兒，你帶著部下立即出發，阿布圖拉，你也速去準備，耽誤了時間，本王唯你們是問。」

「是，大王！」二人大吼一聲，在眾將又嫉又羨的目光中狠狠地單膝叉手，朝完顏阿骨打行了禮，走出帳去。

大帳裏燈火將近燃盡了，幾個親兵正給油燈添著燈油，完顏阿骨打的目光，仍然落在地圖上，他用手托著腮，整個人陷入沉思。眾將誰也不敢發出聲音，都朝完顏阿骨打看去。

驟然，完顏阿骨打抬眸，冷冷道：「傳令下去，明日攻城放緩一些，讓勇士們好好歇一歇。」

方才完顏阿骨打還要親自督戰攻城，可是現在，他卻話鋒一轉，要讓這攻勢放緩下來。眾將紛紛不解，一名金將道：「大王不是要親自督戰嗎?再者說，現在遼軍疲憊不堪，怎麼能給他們喘息之機?」

完顏阿骨打目光幽邃，冷冷地道：

「遼軍疲憊不堪，我們大金國的勇士也是人困馬乏，現在之所以城池久攻不下，是因為城中的守軍只怕已經知道宋人會發出援軍，遼人們有了希望，才會抵抗得如此劇烈，現在攻城，只會徒增我大金勇士的死傷，與其如此，倒不如暫時先將祁津圍住，等宋人的援軍被宗翰兒擊潰，到時候再拿沈傲的首級拋入城中，這祁津府自然就不攻自破。」

完顏阿骨打臉上露出自得的微笑，道：「遼人就像是嚇破了膽的老鼠，只要本王告訴他們，這天下誰也救不了他們，本王承諾不屠城，他們自然會像老鼠一樣跪在本王的腳下，祈求本王的寬恕。」

完顏阿骨打的考量不是沒有道理，只有擊潰了宋軍，才能徹底地瓦解遼人的意志，現在攻城，不過是徒增無謂的犧牲而已。

到了第二日，金軍攻城果然緩和下來，讓城中的遼軍不禁大出一口氣。這個突然的舉動，也讓耶律大石意識到大宋的援軍即將抵達，激動之餘，便在城中開始休整。

完顏宗翰接了王令，很是振奮，立即點了部眾，五萬鐵騎輕騎而出，朝營州飛奔而去。

營州毗鄰東海，位處蓬萊北部，從前本是遼人的州府，如今女真人南下南京道，官府早已散了，女真人又一直沒有在這裏出現，這裏反而成了真空地帶。

營州港並不起眼，只是一些漁船的停靠點，偶爾會有一些商船經過。營州城裏行人寥寥，大多數人早已舉家南逃。

這座荒廢的城市和港口，在黯淡的天色之下，依稀可以聽到怒濤拍打海岸的聲響，風雨欲來，留存在城中僅有的一些住戶也發覺出了異樣，到了傍晚時分，天空下起了毛毛細雨，腥鹹的海風散發出刺激的氣味，一艘艘艦船突然出現，漸漸越來越多，行駛在波濤之中，乘風破浪，船帆上繡著「北洋水師」四個濃墨大字。

海灣霎時擁堵起來，連綿到看不到盡頭的艦船，粗看之下足有兩百餘艘，艦船在外海就降下了帆布，放下了鐵錨，卻並不靠近港口，宛若黑暗中警惕的戰士，一雙漠然的眼睛，穿透濃霧，穿過陰霾，小心翼翼地打量著這座廢港。

其中最大的一艘艦船，足有兩百丈之長，此艦名爲蓬萊號，是北洋水師旗艦福船，船身上，黝黑的清漆散發出詭異的光澤，船舷處搭載了炮口，而船樓上則有供弓手射箭的木垛。

船樓的二層，油燈點起來，北洋水師指揮吳來擰著眉，整個人看上去桀驁不馴的樣子，他一手托著下巴，一手抱著茶盞，似乎在沉思，良久之後，他抬起眼，看了身邊略帶幾分喪氣的軍官們一眼，道：「有消息了嗎？」

一名校尉軍官低聲道：「沒有發現任何異常，卑下帶了一艘沙船上了岸，城中幾乎已經荒廢，想必沒有金人在附近。」

吳來頷首點頭。

另一名武官道：「指揮大人，既然沒有敵人，何不如這就登陸上岸？」

吳來哂然一笑，道：「上岸？上岸做什麼？」

那先前說話的武官訝然，似乎是覺得指揮大人說出這句話讓人摸不著頭腦，北洋水師奉命來營州，難道是來參觀旅遊的？上岸當然是殺敵了。

吳來呵呵一笑，道：「本指揮接到的命令只有一個，就是在營州外海待命，不得輕易上岸，若是在岸邊發現敵人，更不許登陸攻擊，未來的半個月，北洋水師上下，誰也不許登上陸地一步，任何人不得擅離職守，若是遇到風浪，可以進入海灣處避風，可是登岸休整、作戰，就不必再提了。」

軍官們更是愕然，原本三洋水師傾巢而出，浩浩蕩蕩艦船兩千多艘，誰知到了蓬萊，北洋水師一部便脫離了主力船隊的水道，轉而駛向營州，原以爲是來突襲騷擾，誰知卻只是在這外海吹風。艙中的軍將都露出了幾分無奈之色。

其中一名急性子的武官道：「指揮大人，北洋水師戰力不弱，北洋第一艦隊更有艦船兩百，人員兩萬之多，這麼多人待在這裏，豈不是浪費？倒不如派一隊水師步兵上岸，看看動靜。」

吳來卻是不爲所動，其實他心裏頭也是不舒服，大家都跟著平西王建功立業，自己卻帶著人在這兒打秋風，這北伐一戰，多半最屬自己憋屈了。可是平西王的命令，他豈敢怠慢？不許輕舉妄動就是不許動，動了就會觸犯軍法，吳來正色道：

「不必再勸，這是平西王殿下親自下達的命令，誰違令，若是破壞了平西王殿下的計畫，誰能擔當得起？現在，各自傳令下去，約束各艦，任何船隻，必須離岸一千丈之外，否則軍法處置！」

水師完全是募兵制，所挑選的也都是青壯年，再加上貫徹的是武備學堂的軍令，大量的基層軍官都是武備學堂、泉州海政學堂出身，別的不說，服從軍令早已融入了他們的骨子裏，見吳來這般說，所有人都肅然起來，一齊道：「遵命！」

營州外海的船隊浩浩蕩蕩，卻總是不見入港，如此耗了三天，埋伏在營州附近的完顏宗翰已經不耐煩了。

他曾叫人探查過，外海的艦船足有數百之多，應當是宋軍水師主力無疑，要嘛就是先頭船隊，總而言之，只要他們上了岸，完顏宗翰有十足的把握可以一舉將他們盡殲於營州郊外。

宋人擅舟船，女真人善馬，在水上，或許是宋人的天下，可是一旦落了地，就是女真人的天下。完顏宗翰有這個自信，早已磨刀霍霍，按捺不住心中的激動。

可是現在看宋人的動作，卻是無論如何也不登岸，面對那近在咫尺的船隊，完顏宗翰居然無奈了，整個人又急又是無奈，既不敢暴露，卻又沒有等待的耐心。

宋人在想什麼，爲何現在還不登岸，莫非早已有了察覺？不對，完顏宗翰畢竟是沙場老將，很快否決了這個想法，若是對方察覺到伏兵，也絕不可能在外海停駐，那麼，是爲什麼呢？

到了第五天，完顏宗翰的耐性終於消磨了個乾淨，他決定冒險，命令一支數百人騎兵衝入營州去，讓外海的大宋水師造成一種錯覺，彷彿是要告訴水師，快上岸吧，我們只有幾百人。

不過……

完顏宗翰憤怒了，他沒有理由不憤怒，在他的邏輯裏，打就是打，不打就是不打，躲在水裏龜縮不出，實在比那些遼人更加可惡。可是憤怒的同時，完顏宗翰也發現，自己居然對水上的宋人無可奈何，雖然大宋水師只停泊在外海數千丈遠，可偏偏只是這遙遙相望的距離，對於他的鐵騎來說，不啻是天塹一樣。

在確定大宋水師不會登岸之後，完顏宗翰只好選擇派出使者，向完顏阿骨打報告這個情況。

完顏阿骨打在大帳中一邊聽著使者的傳報，一邊焦灼不安的在帳中踱步，他突然生出了不好的預感，這個預感會是什麼，連他自己都分不清，完顏阿骨打不禁喃喃念：

「營州……營州……地圖，拿地圖來。」

羊皮的地圖再次鋪在完顏阿骨打面前，完顏阿骨打皺著眉，冷冷的盯住地圖，突然，他的虎目大張，迸射出一絲雷電般的光澤，他狠狠道：「去，把那劉文靜叫來。」

兩個金兵押著劉文靜進了帳子，劉文靜近來頗受禮遇，連傷口都好轉了不少，踏進帳來，笑吟吟的朝完顏阿骨打行禮，完顏阿骨打卻是沉著臉走到他的身邊，反手狠狠的一巴掌摔在他的臉上。

劉文靜驚呼一聲，道：「陛下……」

完顏阿骨打眼睛快要噴出火來，朝劉文靜齜牙冷笑：「水師的目標不是營州，而是錦州，沈傲一定去了那裏，營州的水師不過是故布疑陣，是獵人的誘餌，錦州……錦州！」

難怪完顏阿骨打緊張起來，錦州東臨海濱，西接大定府，北通遼東，大定府曾是遼國人中京，與祁津府、臨璜府同樣有著十分特殊的地位，又因爲大定府橫在祁津府和臨璜府之間，金軍南下，所有從關外運輸入關的糧秣都囤積在大定府，那裏既是數十萬大軍的給養基地，更是數十萬金軍的退路。甚至，只要拿下了錦州和大定府，宋軍就可以長驅直入，大舉進入遼東和北上臨璜府。遼東是大金的龍興之地，自然不容有失，大定府是糧草屯駐之所，事關著幾十萬入關金軍的存亡，而臨璜府如今已是大金國的國都，清貴無數，一旦陷落，就是天大的事。

完顏阿骨打當然不相信，憑著一群水師就敢北上取遼東和臨璜府，可是他們在錦州登陸，再拿下大定府，也足夠打亂完顏阿骨打的全盤部署。完顏阿骨打已經有了這個預感，雙眼赤紅，狠狠盯著劉文靜：

「我們上當了！」

劉文靜被打得七葷八素，其實他又何嘗不冤枉，之前只說水師會在祁津府附近登陸，是完顏阿骨打自己猜測出水師的意圖，現在出了紕漏，卻拿自己出氣。不過劉文靜除了一聲痛呼，卻不敢說什麼，連忙跪伏於地道：「那沈傲詭計多端……」

「住口！」完顏阿骨打手指著他，惡狠狠的道：「本王問你，水師若是全力開赴，從蓬萊到錦州需要多少時間？」

對水師的速度，完顏阿骨打還沒有具體的概念，這也是將劉文靜找來的原因。

劉文靜略略一算，道：「通常船比馬快，若是全力開赴，多則十日，少則七八日就可縱橫千里。」

完顏阿骨打倒吸口涼氣，撫額道：「水師從蓬萊是在十天前出發的？那麼……他們已經到了錦州了！」

劉文靜嚇得不敢接話，魂不附體，身如篩糠。

完顏阿骨打惡狠狠的道：「傳令下去，讓完顏宗翰不必理會營州的水師，讓他立即帶著勇士去大定府，一定要趕在從錦州登岸的宋軍拿下大定府之前，抵達大定府，要快，一路直上，不許耽誤！」

大定府在遼國時期，就是中京道的中心，是關內與關外的橋梁，這一次金軍南下，完顏阿骨打只當那裏是大後方，因此雖然屯駐了大量的輜重，卻沒有派出太多的力量防守。誰會想到，在大宋水師面前，整個關內至關外只要靠海的地方都沒有大後方可言，宋軍只要高興，就可以隨時出現在哪裡。

完顏阿骨打的額頭上已經冒出冷汗，幾十年屍山血海中的經驗告訴他，他遇到了一個強勁的敵人，這個敵人早有預謀，或者說，早在十天甚至是一個月之前，就已經部署好了這個計畫，而這個劉文靜……

完顏阿骨打森森然的想，這個劉文靜莫非也是這個計畫中的一部分？那麼……那份所謂太子的書信……

劉文靜被完顏阿骨打看得背脊生出寒意，他立即明白自己受到了懷疑，連忙哀告道：「大王，學生與沈傲不同戴天，絕不敢欺瞞大王……」他不禁涕淚直流，狠狠的給完顏阿骨打磕頭，不斷道：「請大王明察！」

完顏阿骨打上前一步，一把抓住他的衣襟，將他提起來惡狠狠的道：「若是有詐，本王殺了你祭旗！」說罷，將劉文靜如死狗一般拋在地上，朝左右道：「去，叫幾個南人書生來。」

過不多時，便有金人押了一些讀書人過來。這遼國讀書人不少，完顏阿骨打要的人，自然能輕易找到，其中就有幾個，曾是遼國專掌司庫的官員，對書畫鑒定頗爲精通。完顏阿骨打取出書信，朝他們道：「給本王看看這印章對不對！」

這幾個人紛紛湊過去，乍看之下，見是東宮寶印的刻章，明顯是大宋宮中御用之物。大宋與大遼曾有過不少交流，刻有宋室宮廷印章的書畫也不少，要分辨很容易，只需仔細看這印鑑中有沒有刀刻的痕跡即可。此外，還可以從印泥的色澤來進行判斷，宮中的印泥與坊間的印泥有很大區別，在辨色辨味之後，大致就能得出結果。

最後，幾個人紛紛點頭道：「大王，確實是宋室宮中御用之物，應當不是贗品。」

有一個書畫名家搖頭晃腦的道：「學生曾聽人說過，大宋太子趙恆曾在書法上師從薛曜、褚遂良二人，這二人的筆法一剛一柔，一個如竹節，一個似溪水，筆法可謂千差萬別，趙恆學無所成，此後又曾學過蔡京的行書，現在看這封書信，雖然行書平庸，可是字裏行間，仍然可以看到薛曜、褚遂良二人的筆法，也略有幾分蔡京的風韻，只不過這趙恆資質平庸，所學甚雜，最後卻是邯鄲學步，可惜了！」

完顏阿骨打哪裡有心情聽他們探討金石書法，冷冷笑道：「這麼說，這封書信當是宋國太子送來的無疑了？」

幾個人不敢怠慢，膽戰心驚的道：「學生們不敢妄言，不過這印鑒確實是出自宋室宮廷，東宮寶印也絕不似作僞。至於這行書，也應當是趙恆的手跡。」

完顏阿骨打這才放寬了心，不耐煩的道：「滾出去！」

幾個讀書人嚇得逃之夭夭，完顏阿骨打看了跪在地上一動不敢動的劉文靜一眼，淡淡的道：「你回去歇了吧，好好治傷，本王還有用你的地方。」

劉文靜慌忙拜謝，給完顏阿骨打重重磕頭道：「謝陛下。」

他旋身要走的時候，身後的完顏阿骨打重哼一聲：「且慢！」

劉文靜身軀顫抖，連忙回過頭，道：「陛下還有什麼吩咐。」

完顏阿骨打的臉上閃露出如狐狸一般的笑容，眼眸閃爍幾下，才道：「出去吧。」

劉文靜諂笑道：「是，學生告辭。」

劉文靜住的地方是金軍大營的外圍，這裏主要是大漠各族的營盤，比起女真的營盤來顯得簡陋得多，更因爲習性不同，老遠就可以聞到臭烘烘的味道。

靠近捏古斯大營就是劉文靜的帳子，因爲他帶來的人不少，足有六七個人，所以有單獨的帳子，劉文靜垂著頭一路到了帳子處，門口的幾個侍從見了他，立即迎過來，一個道：「劉先生受傷了？要不要去叫個大夫來？」

劉文靜想到所謂的大夫，立即擺手道：「不必，我自己敷些草藥。」

劉文靜左右看了一眼帳外，突然變得出奇冷靜起來，那唯唯諾諾的神態轉而肅穆無比，他朝身邊的侍從道：「張顯，你在外頭看著，其餘的隨我進去說話。」

掀開簾子，帳子裏幾乎空無一物，連臥榻都是髒兮兮的，捏古斯族人席地而睡，能給劉文靜尋個臥榻來，已經是糜費了不少銀錢打點的結果；除此之外，靠裏頭一些還有一方簡陋的書案，帳前有一盞馬燈，空空的帳子裏有幾個蒲團，還有一些乾草之類。

劉文靜毫不客氣地坐在榻上，三四個侍從圍站過來，眼睛都落在劉文靜臉頰上的通紅掌印上。

第一七四章 兩軍開戰

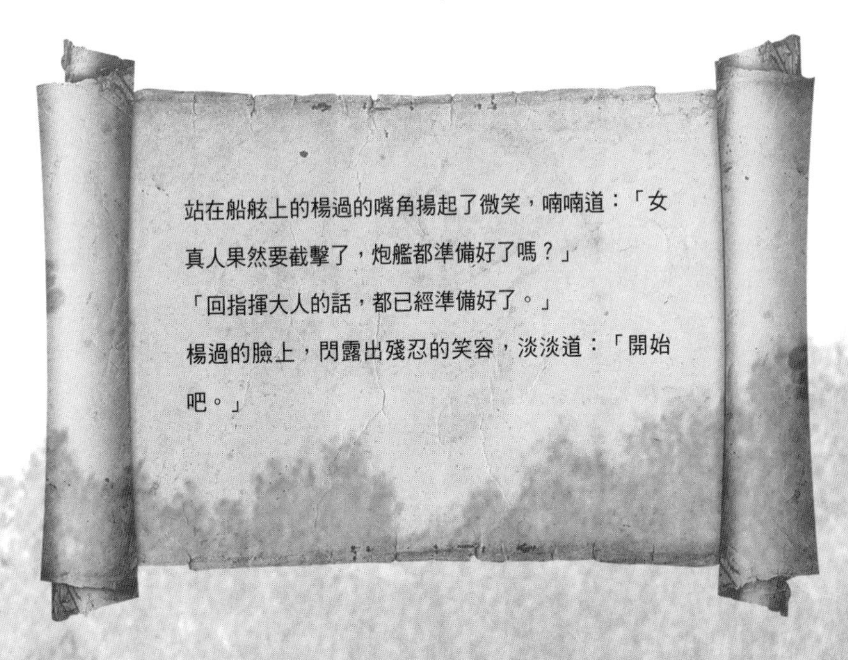

站在船舷上的楊過的嘴角揚起了微笑，喃喃道：「女真人果然要截擊了，炮艦都準備好了嗎？」

「回指揮大人的話，都已經準備好了。」

楊過的臉上，閃露出殘忍的笑容，淡淡道：「開始吧。」

一個侍從端了杯開水來，道：「百戶大人，茶……」

劉文靜雙眉一沉，呵斥道：「叫劉老爺，不管這裏有沒有外人都要這麼叫。」

「是。」侍從敬畏地看了劉文靜一眼，繼續道：「劉老爺，茶已經用完了，原本還有幾包，卻被那些揑古斯人索了去，您吃口熱水，活絡活絡血氣。」

劉文靜氣定神閒地頷首點頭，接過了杯盞，輕飲一口，才道：「完顏阿骨打已經起了疑心，方才若不是應對及時，又有太子的信物，只怕現在大家都要死在這裏不可。」

劉文靜闔著眼，似乎在回想著方才千鈞一髮的一幕，就在臨走時，也就是自己精神最鬆懈的時候，完顏阿骨打突然從腦後吼了一聲「劉文靜且慢」五個字，當時自己一時錯愕，還好反應及時，否則非要被當場揭穿不可。

因爲劉文靜並不是真正的劉文靜，真正的劉文靜出了汴京，就被錦衣衛盯上，已經被格殺，劉文靜身上的信物也落入了錦衣衛的手裏。

多方打聽之後，陳濟立即作出決定，用錦衣衛代替劉文靜來大營，一方面刺探金軍動靜，另一方面，麻痹誘導完顏阿骨打。

坐在這榻上的，叫周延濱，也是讀書人出身，後被錦衣衛招募，與劉文靜有幾分相像，爲了不露破綻，周延濱可謂日夜不懈，不但要臨時在自己的官話中添加懷州的口音，另一方面，還要將劉文靜的所有背景全部背誦出來，一丁點都不能怠慢。周延濱感覺自己像是在刀尖上跳舞，稍有疏漏就是死無葬身。

這幾個侍從都是錦衣衛中挑選出來的得力幹將，此時都不禁皺起眉，他們自然知道，一旦事洩後果是什麼，卻都沒有做聲，這些人本是流民出身，飽受顛沛流離，若不是錦衣衛招募了去，只怕現在還在流浪街市被人瞧不起，如今總算有了用武之地，有人給他們吃喝，告訴他們做人的道理，雖然明知凶險，卻也知道這是自己的宿命。

周延濱慢吞吞地道：「劉凱，書信發出去了嗎？」

叫劉凱的侍從頷首點頭，道：「已經發出去了，聯絡的是二十里外的一處小集鎮，那裏有個衛所駐點，聽到是重要軍情，立即飛鴿傳書，不敢怠慢。」

周延濱頷首點頭，這下子總算放心了，道：「很好，女真人的兵力部署只要讓王爺知道了，許多事就好辦了。」

劉凱道：「既然已經查清了女真人的意圖，不如我們現在就撤了吧，留在這裏也沒有益處。」

周延濱卻搖搖頭，淡淡地道：「現在還不能走，或許女真人還有計劃也未必，不管如何，總要小心的好。」他想露出一點笑容，鼓舞一下侍從，誰知這一笑，那嘴角的傷口牽扯了一下，立即痛得連連吸氣。

侍從們見了，有人燒了溫水來，拿了毛巾給他擦拭傷口。

周延濱一邊小心擦拭，一邊道：「完顏阿骨打生性多疑，只怕還會試探我們，所以這兩日，大家都打起精神，方才稱呼我做百戶的錯誤不要再犯了。記住自己的身分，侍從是侍從，侍從是什麼樣子，該說什麼話，遇到人時會是什麼舉止，不管在何時何地，都要清醒，一旦露出破綻，這一輩子咱們也別想回到故國了。」

在風平浪靜的汪洋大海上，一艘艘艦船劈風破浪，密密麻麻的艦船各自行駛在自己的水道上，發出呼啦啦的破水聲音。

甲板裏，呼喝聲整齊劃一，在黎明的照耀之下，每一艘艦船的甲板都列起了隊伍，軍官們目光在逡巡，水兵們在顛簸中站得筆直，長久的操練，讓這些古銅色皮膚的水兵早已習慣了這種顛簸的感覺，正如每日清晨，黎明初露的時候，風雨無阻的在甲板上開始操練。

在一艘艘巨大艦船之間，還有不少狹小輕盈的快船來回穿梭，不斷地在各艦船之間傳遞消息，或是從前方探路的艦船那裏送來最新的情報。

最忙碌的，自然是南洋水師旗艦，這艘被數艘炮艦護翼之下的艦船，吃水極深，卻很是平穩，經常有纜繩放下去，將快艦上的人拉上來，將一份份書信、軍情傳遞到二樓的一處船艙，這裏是平西王的居所。

外頭一名校尉輕輕地磕了艙門，敲門的聲音是有門道的，若是請殿下用飯，那就是連敲五響，可要是有了軍情傳報，那就是連敲三下。

沈傲一大清早已被操練聲吵醒了，洗漱後，坐在案後吃了會兒茶，墊了肚子，精神轉好起來。聽到外頭傳出敲艙門的響動，朝周恆努努嘴：「叫他進來。」

周恆去開了艙門，那傳令的校尉走進來，抱手行禮，道：「殿下，先鋒水師已經抵達安營海域，正午之前就可以抵達錦州一線，楊過楊指揮命卑下來問，先鋒水師抵達錦州之後，如何處置？」

沈傲喝了一口茶，含笑道：「換作是你，你會怎麼處置？」

校尉是見多了沈傲胡說八道的，好端端的來請令，反倒問起自己來，不過這傳令的校尉顯然已經麻木了，倒像是沈傲不這樣問就不是平西王一樣，便道：「若是卑下，自然出其不意，率先擊潰附近海岸的金軍，率先登陸，等候平西王的中軍水師抵達。」

沈傲嗯了一聲，朝周恆道：「小周，幫本王去尋一份軍情，中京道，關於錦州的佈防。」

周恆到艙角的書架子裏翻尋一會兒，隨即拿出一份已經拆了火漆的軍情出來，擺在沈傲的書案上。

沈傲撿起來，略略看了一眼，喃喃道：「錦州果然不愧是重鎮，是遼東和關內的必經之道，在這裏，居然還駐紮了三千金軍和兩千配軍，看來要登陸，非要經過一場激戰不可了。」

周恆撇撇嘴，在旁抱手道：「先鋒水師三萬人，艦船三百支，且都以炮艦爲主，豈會害怕區區五千金軍。」

沈傲卻不敢小覷金軍的實力，若說當年與三萬金軍鐵騎交戰，自己是傾西夏全國之力，更是占盡了天時地利，才堪堪取勝。可是現在宋軍是客場，這些金人雖然人少，爆發出來的戰力卻絕對不是好玩的。沈傲清楚的記得，歷史中金軍南下，只出動了十二萬軍馬，只此十萬鐵騎，便一路勢如破竹，攻城掠地，可謂所向披靡。

雖然自信水師的戰力不弱，可是在戰術上，沈傲卻絕不敢輕言藐視。他闔起眼來，用指節敲打著桌案，慢吞吞的道：「先鋒水師抵達錦州港之後，不要急於登陸，先在外海徘徊，作出一副欲登陸的樣子，等女真人到了港口集結，再發起總攻號令。去告訴楊過，這是我們入幽雲的第一戰，不容有失，本王要的是完勝！」

校尉聽了，退出去傳令去了。

沈傲朝周恆道：「中軍水師什麼時候能抵達錦州？」

周恆道：「前鋒與中軍相隔不過三個時辰，大致傍晚的時候能夠抵達。」

沈傲頷首道：「告訴他們，全速前進，時間可以更快一些。」

錦州城在一片深秋蕭索之下，顯得很是寂寥。半年前，女真人自這裏入關，圍攻錦州，錦州城內的遼軍負隅頑抗，城破之後，爲了發洩怨氣，金軍進行了爲期三日的屠殺，錦州城血流成河，宛若人間地獄。如今十戶只剩下一戶，街上更看不到行人，蕭條到了極點。

不過由於遼東苦寒，金軍佔據錦州之後，也有不少金人部族遷徙到這裏，因此抓來不少奴僕，這些人有漢人，有契丹人，大多在外城定居，這時候的金人，根本無心去建立統治，所以對這些人的管理可謂殘暴到了極點，每有不如意，便是毆打殘殺，在這種重壓之下，外城的漢遼人可謂困苦到了極點。

作爲戰略要地，縱然是女真鐵騎傾巢而出，可是對錦州的防務總算還沒有懈怠，三千金軍已是這裏的極限，帶隊的千夫長多弼奉命鎭守於此。這裏既是中京的必經之道，又是連接遼東的緊要關隘，多弼在此不敢疏忽，每日按時派出遊騎出城搜尋。

就在今日正午時，一騎飛馬飛快入城，一路穿過外城，撞翻了不知多少衣衫襤褸的行人，進了內城後才放緩馬速，朝一隊迎面而來的金軍大吼：「急報！」

這一聲大吼，立即引起了注意，城中的金軍紛紛讓出道路，有人事先前去猛安孛堇府，「猛安」在女真語中就是千人的意思，「孛堇」則是官職，猛安孛堇便是千夫長之意。

武士飛快進了府，千夫長多弼聽到急報二字，也顯得有些焦急。他奉命鎮守於此，既是防備奴隸反抗，也是防止附近的遼軍散兵游勇襲擊，畢竟女真人進展神速，各地的遼軍並未完全肅清，甚至在這中京道一帶，就有大大小小數萬的遼軍犬牙交錯，如今女真鐵騎傾巢而出，若是突然出了變故可不是好玩的，多弼是個急躁性子，雖然自視甚高，自恃勇武，卻還不至於驕傲到對緊急的軍情全然不顧的地步。

「出了什麼事！」

「有……有宋軍！」

「宋軍……」宋軍這兩個字，對於多弼實在過於遙遠，多弼在詢問之前，曾經設想過許多答案，比如祁津府的大王傳來了將令，或者是發現了一夥遼軍餘孽的蹤跡，或者附近的州城被山賊襲擊，唯獨他沒有想過在這裏居然出現宋軍。

宋軍……便是從最近的大宋邊境到這裏，也足有千里的距離，他們怎麼出現了？

「胡說！」多弼怒斥一聲，狠狠的一腳將傳令的金兵踹翻，怒氣騰騰的道：「狗奴才，這裏怎麼會有宋軍，南人就算是有這個膽子，也絕不會在這裏出現！」

金兵忙不迭的翻身又單膝跪下去，在女真軍中，部眾大多數由本族的貴族統帥，所以身分十分的鮮明，眼看千夫長發怒，身為孛堇大人的奴才，便是不用通過軍令，斬下自己的腦袋也不必負有任何責任。所以這金兵雖是挨了多弼一腳，卻滿是恭順的道：

「絕對沒有錯，是宋軍，他們坐著船過來，就在錦州城外十里處的海港出現，有許多船，黑壓壓的！」

多弼這時不得不半信半疑了，宋軍坐著船出現在錦州，莫非……他不禁猙獰一笑，按住了腰間的刀柄，放肆大笑道：「不必害怕，若是烏壓壓的遼人或許還能製造些麻煩，可是像小雞一樣的南人……」

多弼臉上的輕蔑之色盡顯無疑，遼軍之中，也有漢軍的編制，而這些漢軍幾乎比之烏合之眾還不如，幾十個女真鐵騎就敢追著一營的漢軍屠殺，在多弼的印象之中，這些漢軍和宋軍並沒有什麼區別，他們既然敢來，看本孛堇扭斷他的脖子。」

須臾片刻，城中的金軍便集結起來，一些遊騎也紛紛從城外聚攏，足足三千人，多弼親自領軍，高呼一聲，一齊朝錦州港飛馬過去。

「轟隆隆……」女真鐵騎的鐵蹄發出隆隆聲響，如此大規模的出動，對錦州守軍來說尚屬首次，城中只留下了配軍衛戍，這宛若狼群一般的騎隊迎著朔風，發出歡快的呼叫。

多弼帶著鐵騎抵達這裏之後，立即被這海灣外的場景震懾住了，巨大的艦船停泊在海面，一眼看不到盡頭，長帆葉葉，連綿到海天一線。

多弼皺起了眉，隨即意識到這是一支龐大的宋軍，甚至極有可能是宋軍的精銳主力，他們來錦州是為了什麼?莫非是想趁著金遼之戰渾水摸魚，這群狡詐的南人，難道認為到了錦州，能讓他們得到什麼好處。

多弼目測宋軍的人數至少在數萬之上，這還只是冰山一角，誰也不知道在附近還會不會有更多的艦船，他眼睛赤紅，端詳了船隊之後，立即下達了命令：「將他們引到開闊地，只要上岸，立即衝殺！」

這狹隘的海岸和沙灘以及海港的斷壁明顯不適合發揮騎兵的優勢，雖然意識到宋軍是金軍的十倍，多弼也不著慌，立即作出了判斷。

多弼目視著海灣外的戰艦放下一艘艘平底的沙船來，一艘艘載滿了水兵的沙船開始向海岸靠近。一開始朝向岸邊來的沙船只有幾十艘，可是之後越來越多，密密麻麻地擁堵了整個海灣。目視之下，至少有上萬人。

多弼感覺到了問題的嚴重，他雖然勒令三千鐵騎退到了後方開闊處，這等於是給了宋軍從容登陸的時間，女真鐵騎再如何驍勇，一旦讓宋軍做好了準備，數萬人登上海岸，其結果會是什麼樣子，就難以預料了。

而且，多弼明顯感覺到，這些宋軍與大遼的漢軍不同，出戰時居然看不到他們的恐懼，只有一種如死一樣的安靜，似乎每個人都在埋頭磨刀霍霍，養精蓄銳。多弼心裏作出了判斷，只怕這些宋軍戰力不低，而且大量配備了弩箭，騎兵未必能討到便宜，更可怕的是，有不少沙船上居然裝載著大量的大車。

常年作戰的多弼哪裡會不知道宋軍的意圖？這些車是專門用來對付騎兵的，從一開始，宋軍就做好了十足的準備，這支宋軍，很明顯就是專門用來對付騎兵的。

若是多弼有一萬鐵騎，他還自信能夠一舉將登陸的宋軍一齊擊垮，可是現在……

多弼的心開始動搖起來，他闔起眼睛坐在馬上，一隻手勒住馬繩，另一隻手緩緩地舉了起來，不能再這樣下去了，一旦讓宋軍悉數登陸，結果極有可能是一場災難，現在趁著宋軍立足未穩……

多弼毫不猶豫，狠狠地將手臂重重揮下，右手在半空劃了個半弧，從腰間順手一拉，長刀前點，高呼一聲：「殺！」

女真騎兵令行禁止，方才還如處子一般，可是待多弼一聲令下，立即宛若脫兔一般急衝出去，飛揚的馬蹄濺起泥沙，轟隆隆……轟隆隆……伴隨著巨大的地面轟鳴，一柄柄長刀從女真騎兵手中高高舉起，脫韁的戰馬立即以多弼為中心，組成一個衝鋒的錐子陣，宛若劍鋒鳴鏑一般，以迅雷不及掩耳之勢，朝即將登陸的宋軍瘋狂衝殺而去。

海灘上，已經有不少沙船直接衝上沙灘，零零落落的宋軍跳下沙灘，打起了旗幟，開始列隊。不過登陸的宋軍爲數並不多，只有兩千餘人零零碎碎地出現在沙灘上。後續的沙船發現女真騎軍有了動作，居然不急於登陸，反而放緩了船速。沙灘上的宋軍卻一點也不緊張，反而覺得有些新奇有趣，最後在校尉的催促下，又重新坐回沙船，卻並不下海。

多弼很難理解宋軍的舉動，在三千女真鐵騎面前，這些宋軍難道就不怕半路被擊？可是此時箭已在弦，不得不發，三千女真鐵騎，已經毫不猶豫地朝海灘蜂擁衝去。

外海巨大的艦船上，繡著南洋水師旗艦的泉州號此時對海岸的戰鬥視而不見，站在船舷上的楊過嘴角揚起了微笑，身後數名將佐和傳令兵簇擁在楊過身側，楊過喃喃道：「女真人果然要截擊了。炮艦都準備好了嗎？」

「回指揮大人的話，都已經準備好了。」

楊過的臉上，閃露出殘忍的笑容，淡淡道：「開始吧。」

旗艦的瞭望塔上，一名旗語兵打出了旗語，隨即，各船換上了帆布，就在女真騎兵靠近沙灘的時候，轟的一聲，宛若平地驚雷，悄然出現在海灣的炮艦排成了一字，無數的火舌噴薄而出，巨大的鏈球炮、開花炮鋪天蓋地，五十餘艘炮船，四百餘門火炮一齊發射，火光陣陣，硝煙瀰漫；隨即，無數的炮火宣洩在海灘前方兩百丈的距離。

水師裝配的火炮不過兩百餘丈就已經到達了極限，只是爲了提高射程，火炮大多處在較高的位置，呈拋物線投射，只要能調校好角度，再增加一百丈並不成問題，爲了提高射程減少後座力，這種火炮的炮身狹長，又儘量地減小了炮彈的威力，在海灣處朝海灘的金軍鐵騎亂轟，精準度就沒有辦法保證了。甚至可以說，炮彈出了炮口，到底會打到哪裡也只有天知道。不過在這大範圍的炮轟之下，射擊的精準度根本沒有任何意義，從一開始，就沒有人考慮這個問題。

巨大的轟鳴聲傳出來，還未等炮彈砸落，眼看就要殺至海灘邊緣的金軍立即大亂，座下的戰馬聽到這如雷的響動，立即混亂起來，好好的箭矢衝鋒隊形只片刻功夫就變得雜亂無章。

女真鐵騎也是嚇了一跳，想要約束座下的戰馬，可是哪裡還來得及？就在這時，鋪天蓋地的開花彈落下來，隨即無數鐵釘、碎石炸開，一時之間，靠近的女真鐵騎立即被炸成了篩子，哀嚎著隨著渾身是血的戰馬翻下。

宋軍的火炮經過數年的發展，如今早已有了規模，而水師的訂單，也讓無數能工巧匠不斷嘗試各種威力的炮彈，比如專門用於攻城的大型火炮，還有專門供海戰使用的子母彈。

這開花彈主要的用途就在於對付騎兵，開花彈的原形便是之前在宋軍中早已流行的火箭，火箭中填充了火藥，發射之後，引線燃盡，炸傷敵人。開花彈也是同樣的道理，這種不起眼的鐵彈外表只蒙了一層鐵皮，裏頭塡充大量火藥和碎石、鐵釘，在用火炮將其發射的同時，引線點燃，恰好在落地之時，燃盡的引線迅速引爆彈中的火藥，火藥膨脹，將鐵皮炸開，巨大的爆炸，同時將混雜在其中的鐵釘、碎石炸開，殺傷力極大。

只是這種開花彈的製作極其複雜，尤其是外表的鐵皮鍛造很是費勁，鐵皮既不能太厚，以防止包裹的火藥不能將其炸開，又不能太薄，以防還未射出就在火炮中炸膛，所以爲了製造開花彈，水師都有專門的校尉進入工坊監督，並且有專門的人進行檢驗。也正是因爲如此，開花彈的價格很是高昂，一枚不起眼的鐵球，其賣價就超過了六貫錢。

不過楊過知道，平西王真的不差錢，因爲這樣的開花彈，定額足有十萬枚之多，而沈傲的命令顯然十分痛快，只有一個打字，怎麼高效怎麼打，而錢……女真朋友們會給的。

多弼被打矇了，四周都是硝煙瀰漫，巨大的爆炸聲和淒吼聲在耳邊迴響，甚至升騰起來的黑煙讓他和他的戰馬一時分辨不出方向，戰馬在座下原地打轉，多弼心裏則是在想，宋軍請雷神來助戰了嗎？

不止是多弼有這個想法，被打矇了的女真人此時早已將宋軍當作妖兵看待，女真人並不是沒有見過火炮，可是在他們看來，火炮無非是射出鐵球而已，只要放膽衝過去，就可以輕易地解決掉。不過他們明顯遇到了一個難題；那就是，在與遼軍作戰的時候，遼軍動用的火炮往往是數十門上百門而已，而女真鐵騎成千上萬的向前蜂擁衝殺，所造成的殺傷實在有限。可是現在就不同了，三千女真鐵騎，完全暴露在四五百門火炮的炮口之下，再加上這落地的炮彈怪異非常，居然要等落地或是在半空時才炸開。

幾輪下去，女真鐵騎就如割韭菜一般倒下了一片又一片，空氣中傳揚著刺鼻的氣味，戰馬已經瘋了，誰也駕馭不住，濃煙滾滾，再加上那四處飛揚的碎肉、鮮血，讓人置身在其中，只剩下恐懼。

「撤！」雖然海灘上的宋軍已經依稀可見，可是多弼立即明白，若是再不撤出火炮轟擊的範圍，三千鐵騎將蕩然無存，他大呼一聲，可是身後哪裡還有人聽他的？就算是有人聽見，戰馬受驚之下，更不可能能辨清方向調轉馬頭。

炮艦仍在噴吐火舌，巨大的轟鳴像是用途停歇一樣，一枚開花彈不偏不倚地砸在多弼的馬前，滾紅的引線恰好燃燒到了盡頭，隨即轟的一聲，無數的碎屑橫飛出來。

多弼被這巨大的聲音炸得耳中嗡嗡作響，隨後，他發現自己的戰馬轟地癱倒下去，數十顆鐵釘、碎石在火藥的激射之下迸入馬身，座馬立時渾身是血，發出最後一聲哀鳴，連同多弼一起倒地。

多弼的腿上被一枚鐵釘射穿，巨大的疼痛讓他幾乎要爆吼出來，鮮血染紅了褲腳，他的眼中先是赤紅和不甘，隨後又變成了灰白而絕望，正當他想要使勁站起來的時候，一匹受驚的戰馬沒頭沒腦地橫衝過來，轟的一聲，多弱的身體雖然健壯，可是被這強橫的馬力一衝，整個人已如風箏一樣飛出去，全身上下傳出骨骼碎裂的聲音。

傍晚時分，天色已經黯淡，海面上升騰起一層薄霧，這時，沈傲撫著船舷，看到越來越近的海岸，身後的校尉正在稟告：

「殿下，錦州的金軍已經肅清了，先是用火炮轟了一陣，金軍妄圖退回錦州固守，先鋒水師登陸上去，趁他們立足未穩，攻入城中，現在楊指揮還在調度游騎四處追擊，看看有沒有漏網之魚。」

沈傲呵呵一笑，雖說錦州的金軍並不強大，可是旗開得勝當然是一件可喜的事，於是含笑道：「告訴楊過，一寸寸地搜過去，一個金人都不要放過，把人放出去，難免會走漏消息。」

校尉卻是自信滿滿地道：

「雖說有一些潰逃的金兵，經過清點，大致在百人左右，不過這裏不比大漠，尤其是這中京道，到處都是遼國的散兵游勇，遼軍對付金軍鐵騎或許力不從心，可是要對付這些潰兵卻是易如反掌，再者說，這些金人言語不通，並不熟識地形，一到了荒郊野嶺，又饑又餓之下還想活嗎？」

沈傲頷首點頭，金人是外來者，且因爲戰略過於大膽，還未來得及消化中京道就直接進軍祁津府，這樣做固然能速戰速決，集中力量一舉消滅遼國，可是女真的兵源本就稀少，集中力量之後，佔領區域幾乎處於真空狀態，這就給了各地苟延殘喘的遼軍休整和站穩腳跟的時間，根據散落在各地的錦衣衛奏報，只這中京道，除了一些重要的城鎮，其實還有不少縣城、集鎮都控制在遼軍手裏，更何況，常年的戰爭造就的大量流民不得不結夥佔據山頭，可以說，在這裏單規模超過千人的山賊就有上百夥之多。

這些武裝，無一例外都與金人有著血海深仇。金人的潰兵不熟地形，又是勢單力薄，就算是讓他們逃出去，多半也絕不可能將消息送出去，只怕還未走出五十里，就已經被人打死了。

「落井下石果然是一件很喜聞樂見的事。」沈傲亂七八糟地想了一會兒，便有校尉放下了沙船，請沈傲上沙船登岸。

沈傲帶著周恆，兩個人一齊在船舷處進了一個竹籃筐子，從旗艦上一直吊下沙船，這沙船上早有十幾個划槳的校尉，待沈傲停穩，便划槳飛速朝海灘過去。

海灘已經清理出了一條道路，以周處、楊過爲首的武官帶著一隊親衛在海灘久候，待沈傲乘坐的沙船衝上沙灘，周處便笑呵呵地迎過來，高聲叫道：「殿下且慢！」

沈傲不明就裏，一隻要邁出船來的腳霎時停住。恰在這時候，見幾個校尉帶來了紅綢，在沙地上鋪了一條路來，眾人才一起笑嘻嘻地道：「請殿下登岸。」

沈傲看到鋪在沙地裏的紅布，心知這風俗叫踏紅，在大宋這時候頗爲流行，頗有點接風洗塵的意思。

待沈傲靴子落地，身邊的軍官、校尉都鄭重起來，楊過正色道：「我大宋百年來，殿下是第一個以主帥的身分踏入幽雲的親王，今時今日的這一刻必然會被後世銘記。」

沈傲心情也澎湃起來，第一個以勝利者的姿態踏上這片對大宋來說久違了的沃土，這樣的感覺確實不錯，他很想提筆親書「沈傲在此一遊」幾個字以作紀念，可是隨即便打消了這念頭，太惡俗了，這種劣根性豈能將它們發揚光大？就是要題詞，也該題「沈大才子落腳於此」才是。

第一七五章 以牙還牙

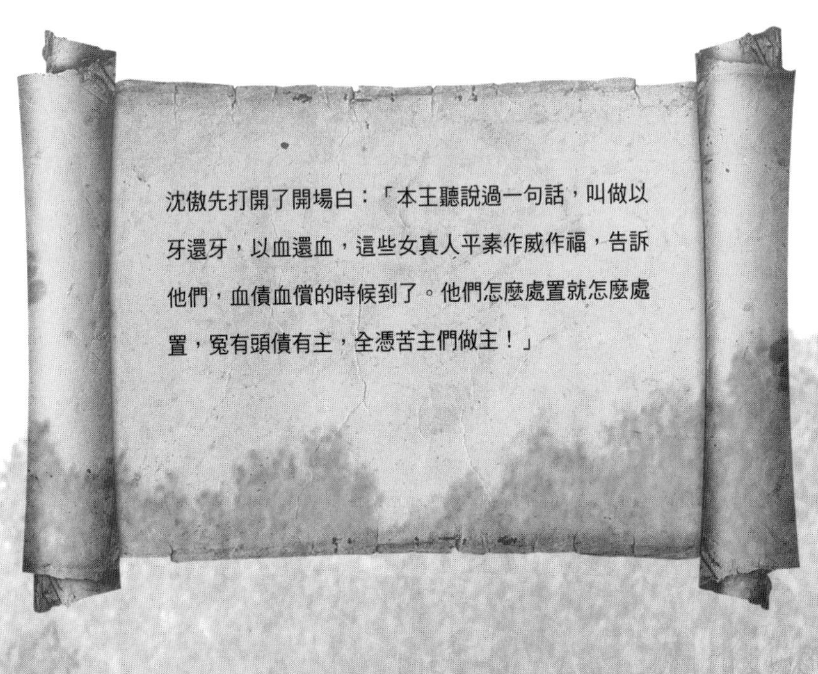

沈傲先打開了開場白：「本王聽說過一句話，叫做以牙還牙，以血還血，這些女真人平素作威作福，告訴他們，血債血償的時候到了。他們怎麼處置就怎麼處置，冤有頭債有主，全憑苦主們做主！」

有人給沈傲牽了馬，沈傲翻身上去，帶著一大隊的親衛，從海灘放馬過去，一路上可以看到烏漆的火藥痕跡，到處都是來不及清理的死屍碎肉，炮轟之後的慘狀一覽無餘，方圓數里之內，連土地都凝成了黑紅色，令人作嘔。

「這就是火炮的威力。」沈傲突然覺得自己的心裏有點小小的變態，爲什麼看到這樣的人間地獄，反而感覺有些愜意？因此故意放慢了馬速，看到這一片焦黑深紅的土地，頗覺得賞心悅目。

錦州城其實只剩下了斷壁，連城門都不必用了，那朝向港口的方向早就坍塌了一個極大的口子，沈傲直接從這裏打馬入城，一路過去，到了外城，已經可以看到不少的校尉開始張貼安民告示，外城之中，不管是漢人還是契丹奴隸，起先還有些害怕，等發現宋軍秋毫不犯，於是便像炸開了鍋一樣。不少人從屋舍中出來，拿了吃食來犒勞軍士，水兵們想接，可是看到那街頭巷尾出現的軍法司校尉，立即就打消了主意。

外城熱熱鬧鬧，可是到了內城，卻是一片的哀鴻，兩千的配軍已經悉數繳械，這些人多是大漠的部族，女真人征服他們之後，便裹挾著他們過來，這些人作戰未必不英勇，可是看到金軍大潰，士氣便一下子跌落到谷底，只有紛紛投降，如今已經全部押了起來。

內城的房屋本是從前遼國貴族、商賈的住所，如今住滿了女真人的家眷，這時候眼見男人們悉數戰死，女人也都嚇得大門不敢出，從前是她們的男人去搶掠別人，誰曾想自己如今卻成了別人案板上的肥肉？

如狼似虎的校尉帶著水兵將這裏圍了個水泄不通，到處都是呼喝聲，有水兵已經開始砸門了，偶爾會傳出幾聲驚叫，對此，沈傲一路打馬過去，無動於衷。沈傲信奉的準則永遠只有一個，出來搶是有報應的。既然願意將自己的快樂建立在別人的痛苦之上，那麼就怪不得別人用同樣的辦法對付自己了。

伴隨著慘呼，沈傲打馬到了暫時的駐地，這裏本是千夫長的官衙，如今沈傲喧賓奪主，自然盡情笑納。

剛剛坐下，便有人端上了茶，沈傲輕輕喝了一口，開始責問戰鬥的經過以及雙方的傷亡，金軍可以說是全軍覆沒，而宋軍的損失也是不小，足足死了三十多個，一百多人受傷。

更令人髮指的是，這些傷亡居然都是火炮造成的，畢竟這時代的火炮精度和射程還不可能做到完全的掌控，所以有時出了偏差，直接落在近海的沙船上，更有兩門火炮發生了炸膛，一下子炸死了七個炮手。

對於這種損耗，沈傲雙眉凝起來，道：「炸膛的火炮要嚴查，看看是哪個工坊造出來的，工坊主和工匠都要追究責任！」

一旁的博士立即將沈傲的話用竹片記下。沈傲繼續道：「死傷的官兵要從重撫恤，該安葬的安葬，該救治的救治，不要疏忽。」

他抱著茶盞，眼睛落在廳中的將佐、博士身上，繼續道：「暫時將戰馬都卸上岸來，水師騎兵現在全部休整，明日清早集結，攻克錦州，不過，這只是暫時讓將士們歇一歇，明日還有事要做。」

沈傲吩咐了幾句，那記錄的博士欲言又止，終於道：「殿下，女真人該如何處置？」

這博士話音剛落，整個廳中露出幾分怪異的氣氛，按常理來說，這些女真人可謂十惡不赦，便是全部屠殺殆盡也不值得同情，可是另一方面，仁義道德這東西終究還是大宋的主流思想，讓他們殺降、殺俘、甚至對手無寸鐵的女真家眷們動手，這就有違道德底線了。

廳中之人，其實大多數都贊成用雷霆手段，畢竟女真人口少，殺一個女真人就虛弱一分，對大宋就越有利。更何況這些人就算要看押，還要安排人看守，浪費人力不說，還浪費口糧，實在不是一件值當的事。

可是明知這麼做十分正確，偏偏無人說出要說的話出來，就是冷酷如周處，也只是抱著手不做聲。

沈傲的眼睛故意朝周處瞟，其實他早就打好了算盤，就等這位愣頭青把話說出來，然後自己再痛定思痛，借坡下驢，表示不得已而爲之之類。可是周處雖然殘忍，卻不是傻子，這句話說出來現在沒什麼，將來卻是要被千夫所指的，朝廷裏的袞袞諸公到時候還不把他罵個體無完膚？所以周處的臉皮也厚，見沈傲眼睛看他，立即把臉側到一邊，心裏說：我看不到，我看不到。

沈傲怒了，板起臉來，道：「諸位怎麼看？」

大家仍然不做聲。

沈傲森然冷笑道：「好吧，你們都不願意做這壞人，本王只好代勞了，今日就把你們心中想說的話說出來。」

沈傲語氣加重：「女真人四處燒殺搶掠，罪惡滔天，令人髮指，人神共憤！對付狼就該用對付狼的辦法，他們既然不是善類，我們就是善類嗎？他們殺人盈野，難道我們連殺人兩個字都不敢提？你們不提，本王來提，將來笑罵由人，任人去非議吧。」

沈傲先打開了開場白，隨即道：

「本王聽說過一句話，叫做以牙還牙，以血還血，這些女真人平素作威作福，既然如此，如何處置，本王說的不算，廳中的諸人說了也不算，那就找說了算的人來。傳令下去，去外城，把那些漢人和契丹的奴隸都召集起來，還有那些死在女真人屠刀下的幽雲百姓的親朋，都放入內城，告訴他們，血債血償的時候到了。軍中調撥一些軍馬過去，不要去幫忙，就在邊上看著。他們怎麼處置就怎麼處置，冤有頭債有主，全憑苦主們做主！」

沈傲的話音剛落，下頭的人立即明白了沈傲的狡猾之處，卻不得不為沈傲這一番話的道理信服，今日沈傲的言行就是傳揚出去，誰又能挑出什麼骨頭來？另一方面，外城的漢人和契丹人飽受欺凌，不知道多少人因為女真人的鐵騎而妻離子散，這滔天的憤恨從前是敢怒不敢言，可是今日……

連周處也不禁吸了口氣，心裏想：「有樂子好瞧了。」

天色已經漸漸晚了，錦州的秋夜冷風嗖嗖，尤其是對南洋水兵來說，這樣的冷天氣實在有些吃不消，因此錦州城內的水兵幾乎只從衣著就可以分辨出來，那些穿著厚重棉甲還掛著鼻涕的，自然是從南洋來的，泉州一年四季溫暖如春，那裏的水兵不耐寒，到了這裏自然頹唐得多。而那些只套了件小襖甲的，多半就是北洋水兵，別看口裏吐著白氣，卻是神色自若，談笑風生。

等到了夜深人靜的時候，宵禁的軍法司校尉突然帶隊撤離，一隊隊穿著厚實牛皮靴的水兵消失在黑暗的濃霧中，隨即，整個錦州被一種不安的氣氛所籠罩。

朔風刮面，天地一片蒼茫，隱在黑暗中的躁動終於現出了端倪，從外城黑漆漆的街道上，有人穿破了濃霧，出現在沿街的燈火之下，他們衣衫襤褸，臉色鐵青，手中或拿著棍棒，或提著斷枝，一雙眼睛宛若原野上的餓狼，猩紅而猙獰。

這樣的人越來越多，越來越密集，有契丹人，有漢人，一個個，一團團，在一處處的街口彙聚，人流越來越壯大，呵吐出來的白氣彷彿能將這冰冷的空氣都變得熱氣騰騰起來。

所有人都朝著一個方向前進，沒有人發出聲音，只是眼中閃露出來的刻骨仇恨和那種無言的殺戮卻讓所有看見他們的人都不禁心冷。

街巷處，同時湧出了一隊水兵，這些水兵沒有繫戴軍法司的紅綢，也沒有長刀出鞘，只是一隊隊出現，目視著這些人離開。

一條幽深的小巷子裏，一名校尉營官不耐煩地抱著手，倚著斷壁打盹，突然，眼睛微微一張，朝身邊的幾個校尉道：「怎麼，開始了嗎？」

「回稟大人，人都已經上了街頭。」

「嗯。」營官很世故地笑了笑，有點兒輕鬆，又有點兒冷漠，淡淡地道：「今天夜裏，會有很多人睡不著吧，去告訴大家，都打起精神，咱們北洋水師的人一個都不許動手，要克制；可是人也要盯緊，若是真有女真人負隅傷人，就不必客氣了。」

「可若是那些漢人和契丹人呢？」

營官翹著腿，身子向斷壁傾斜，踮著前腳腳尖抬起頭來看著天上黯淡的月色，答非所問地道：「今夜的月兒真慘澹，月黑風高殺人夜，嗯，平西王殿下曾說，殺人不如誅心，今夜不知是殺人還是算誅心呢？」

臨時設置的書房裏，沈傲抱著一卷書在燈下默坐，他的腿微微架起，整個身子仰在後椅上，靠著腳的地方是一盆燒紅了的炭盆，散發著炙熱。

整個書房只有沈傲一人，連桌上的茶盞也早已涼透了，可是他渾然不覺，孤獨之中，又似乎在等待什麼。

驟然，嘈雜的聲音傳出來。沈傲將目光從書中移開，眼睛看向燭火，燭火搖曳，連火光都像是不安份了一樣。耳畔裏陡然響起無數個聲音，這些聲音，沈傲分辨不清，可是不必聽，他也知道說的是什麼。

沈傲放下書卷，架著腳坐在椅上，雙目微微闔起，已經無心去讀書，開始胡思亂想起來。

隨後，撕心裂肺的聲音傳出來，這是懦弱者的哭喊，摻雜著哀告，有求饒，有不甘，有怨恨。這種聲音在夜空中瀰漫出來，讓整個書房裏平添了幾分恐怖。

了。

沈傲反而變得漠然起來，殺人償命，這就是任何時代的法則，現在，血債是該還了。

沈傲就這樣靠在椅上，不知不覺地睡過去，微微地打起了呼嚕。

紅燭冉冉，不知過了多少時候，驚叫和慘呼才從高潮變得低落，從低落到戛然而止，這時，房門被推開，周恆探頭探腦地進來，驚喜地道：「殿下，快去看，快去看，內城很熱鬧呢……」

等他進來發現沈傲已經伏在桌上呼呼大睡，才不禁有些懊惱地止住了聲，低聲喃喃道：「這麼精彩的好戲居然都能睡死，真是怪透了。」說罷摸摸腦殼，怕沈傲夜裏著了涼，便解下了衣衫，輕輕地披在沈傲的身上，才躡手躡腳地出去。

沈傲做了一個夢，夢中，一個男人含情脈脈地瞧著他，滿是疼惜地解下衣衫給自己披上，這個男人依稀很像記憶中的一個人，等到沈傲自覺雞皮疙瘩起來的時候，夢就醒了。睜大眼睛，眼中閃過一絲詫異，才發現自己的身上還真披了一件衣衫……

一夜過去，錦州城又恢復如常，居然比從前熱鬧了幾分，不過氣氛仍是陰沉沉的，各家各戶門前，都有人拿了草紙來燒，或許是因爲大仇得報，給那些不能瞑目的人一點安慰，大街小巷都傳出低泣，這聲音綿長低沉，讓人聽了心情都不由地黯然起來。

沈傲洗漱之後，立即披上了衣甲，隨即打馬出城。從城門出去，居然有不少人認得他，不管是漢人還是契丹人都感激不盡地跪在道旁，高呼殿下公侯萬代。

沈傲這時反而覺得有些尷尬了，灰溜溜地出了城，城外，一覽無餘的曠野上，一萬水師騎兵已經全副武裝，雄赳赳氣昂昂地打起了旌旗，旌旗獵獵，戰馬打著響鼻用雙蹄刨著泥地，那魁梧的騎兵卻是穿著緊身的棉甲，昂起了頭顱，肅然不動。

水師騎兵的編制實在是稀少得可憐，三大洋水師湊起來，也不過一萬餘人，爲了運送戰馬，還要建造專門的馬船，更要用大量的馬料壓艙，行在海上，戰馬照料起來極爲不便，水師固然龐大，可是能輸送一萬鐵騎已是到了極限。

一大清早時，歇息了一夜的水師騎兵就已經做好了準備，精神飽滿地出現在城郊，列起了隊伍。

就在不久前，沈傲已經下達了命令，水師騎兵立即出發，目標大定府，三日之內必須抵達。而駐留在錦州的水師軍馬，除一部分駐留之外，其餘全部向大定府前進。沈傲心裏明白，這是一場時間的賽跑，水師必須在金人還沒有反應過來的時候拿下大定府，而他所憑藉的，也只有這一萬水師鐵騎，除此之外，就只剩下必死的決心了。

之所以相信女真人還不會及時收到消息，一方面是水師突襲錦州，足以讓金軍始料不及；另一方面，也是因爲這中京道本就是女真人最薄弱的地區之一，金人的防備和通訊極為鬆懈，再者沿途多有遼軍和叛軍，只要自己把握好時間，取下大定府，那麼整個戰場的主動，就完全掌握在了沈傲手裏。

軍事會議之中，沈傲已經命令周處率水師跟隨鐵騎朝大定府進發，而楊過則率一部分軍隊駐留在此。沈傲自己則是選擇了和水師騎兵一道，朝那中京道的心臟發起一次所有人都始料不及的突襲。

沈傲打著馬，出現在如長蛇一般的騎兵陣前，深深地吸了口氣，率先策馬，同時大手一揮，道：「出發！」

「出發！」

嗚嗚……號角齊鳴，萬馬奔騰，風馳電掣般地朝西邊曠野的盡頭湧動。

薊州本是一座雄關，一條官道一直向北延伸，直接進入中京道，契丹人在這裏經營百年之久，一直將這裏當作南京道與中京道的分界嶺，遼國南院大王也曾在這裏設下重兵，更遷徙十餘萬契丹人在此棲息。

金人南下時，在這裏遭受的抵抗最為激烈，遼軍在這裏的家眷極多，再加上這裏城牆高聳，糧秣充足，足足堅守一個多月，城池才為之告破，而一部分遼軍也趁機突圍，流散於各地。

就是這麼一座北部的重鎮，此時已是殘破不堪，連官道也因爲荒蕪人煙生滿了雜草，一支浩蕩的女真鐵騎在當日傍晚的時候，就在距離薊州城五十里安營紮寨，只歇了三個時辰，天還未拂曉，騎軍們又紛紛早起，做好繼續開拔的準備。

曙光還未露出來，環繞的群山之中濃霧騰騰，炊煙冒出，飛鳥驚起，在這一日之中天氣最冷的時候，一支女真輕騎已經騎上了快馬飛奔出營。在這大營的大帳裏，滿臉落腮鬍子，披著牛皮甲的完顏宗翰負著手，愁眉苦臉地在帳中踱步。

完顏阿骨打給他的時間只有十天，十天之內，一定要抵達大定府，完顏宗翰一路北上，可謂日夜不懈，每日只令鐵騎歇息三個時辰，可是很快，完顏宗翰就發現事情並不是如此簡單。

尤其是在進入薊州一帶之後，問題越來越明顯，薊州一帶已經到了幽雲的分界嶺，群山環伺，很是險峻。也正因如此，金軍南下之時，大量的遼軍散兵游勇和流民山賊都混入山中，以此來躲避女真的鐵蹄。

如今完顏宗翰五萬鐵騎北上，這些小小蟊賊，完顏宗翰自然沒有放在眼裏，諒他們也不敢在自己面前螳螂擋車。只是想歸想，問題還是出現了。

一進入薊州一帶，許多異常的現象開始接二連三地發生，先是派出去的遊騎斥候經常地不能按時返回，隨後就可以看到這些人的屍體。接著就是宿營時，外頭突然鼓聲大作，似有千軍萬馬襲營，等到金軍們亂哄哄地醒來，才發現是虛驚一場，後隊的糧車也遭受了襲擊。

完顏宗翰十九歲便隨完顏阿骨打四處征戰，可謂是久經戰陣，他為人雖是魯莽，可是也察覺出了異樣，有人在有預謀地阻止金軍北上，而且這附近的遼軍、山賊極有可能早已串通成了一夥，他們的目的，明顯不只是單純地報復，而是帶有某種目的。

若真如完顏宗翰所料，那麼問題就真正地嚴重了，能將這大小數十股軍馬聯合起來，號令統一，而且按計劃行事，唯一的可能就只有一個人，他的聲望和地位足以讓遼軍的散兵游勇和山匪信服。這個人就是……沈傲。

沈傲的大名，可謂是天下皆知，不管是漢人還是遼人或是西夏、吐蕃，便是金人自己都承認，此人很可怕，至少這世上若有人打敗過金軍，也只有沈傲一人而已。所以只要沈傲肯振臂一呼，完全沒有了主心骨的契丹人和漢人就會立即順從。

可是……當真是他嗎？

完顏宗翰越發覺得棘手，若真是他，那麼至少可以證明，完顏阿骨打的擔心不是多餘，沈傲的目的不是營州，而是錦州和大定府，是要一舉切斷南京道與關外的聯繫，也只有這樣，宋軍才會整合薊州一帶的各股勢力，儘量地阻止任何北上救援的金軍，否則單純的襲擾，對金軍一點危害都沒有，那些早已被女真鐵騎嚇破了膽的流民和散兵是不敢如此肆無忌憚的。

完顏宗翰越想越是擔心，他另一個擔心是，若當真是沈傲整合了這些散兵和流民，未免也太不可思議了，沈傲憑什麼做到這一點？

須知沈傲的速度就算再快，現在至多也不過是在錦州而已，難道早在數月之前，他就已經派出了使者，前來聯絡？或者說，在這大遼，其實早有沈傲的人手暗中為他奔走，時機一到，便立即從幕後走向台前？

「不能再耽誤了！」完顏宗翰如海東青一樣敏銳地察覺到了危險，若是再這般被襲擾下去，鐵騎的速度還將放緩，而真如自己所想，宋軍已在錦州登陸，那麼沈傲與自己現在就是在時間上賽跑，誰先抵達大定府，誰就佔據了戰局的主動。

完顏宗翰不由地打了個激靈，突然抬起眸來，眼眸中閃過一絲冷冽，朝帳外的奴才叫道：「來人。」

「奴才在。」一名百夫長進入帥帳，朝完顏宗翰按胸行禮。

完顏宗翰眼眸閃爍著一種怪異的氣質，虎目變得狡黠起來，他淡淡地道：「你，帶著部眾，日夜兼程趕往大定府，告訴六皇子，加強門禁，一切小心，宋軍極有可能突襲大定府！」

原本完顏宗翰認為鐵騎速度足夠快，而宋軍是水師，未必能快馬奔襲，所以並沒有人派出騎隊先行去知會，再者說，宋軍是不是在錦州登陸還是未知數，派人去通報，若是宋軍不來，豈不是徒增笑柄？可是現在，完顏宗翰已經顧及不上了，他惡狠狠地繼續道：「若是途中遇到遼狗，不必理會，一定要突圍出去，知道了嗎？阿布圖！」

百夫長阿布圖應命，朝完顏宗翰行了個禮，便告退出去。

阿布圖帶著三百人的騎隊，飛快朝北方進發，出營十幾里還算順當，可是越往前走，越是發現異樣。沿途上，不知是誰設置了絆馬索，時而會在沿途的林莽中射出冷箭，可謂寸步難行。好在阿布圖倒也實誠，一旦遇敵，什麼也不顧，只是一味突圍出去，快馬加鞭，一心北上。

這一路不知遇到多少凶險，好在部眾們拼死護住，一行人只攜帶了七天的乾糧，每人兩匹健馬，終於在第六日的清晨，抵達了大定府。

大定府乃是遼國五京之一，雖然不是遼國的都城，只作爲陪都之用，但由於其建於大遼中期，國力強盛，因此大定府的規模比上京臨潢府更加雄偉，遼國盛極一時的時候，遼國國主每隔三兩年都要移駕於此，接見各方使臣。

便是完顏阿骨打對這座陪都也是讚譽有加，甚至在女真人破城之後，完顏阿骨打親自下令不許破壞，也正是如此，大定府在整個幽雲，居然奇蹟般地完好無損。

這大定府規模極大，共有九座城門，每個城門之間相隔數里之長，再加上外頭有湍急的護城河，城牆的牆垛上更是矗立著一座座建樓，甕城、藏兵閣等建築一應俱全，可謂是固若金湯，便是女真人見了都不由為之驚嘆。

整個大定府的次序，居然很是井然，看到城門大開，雖然進出城門的人煙稀少，幾乎看不到任何人影，可是阿布圖仍然鬆了口氣，如此看來，自己也算是不辱使命，總算是及時趕到，只要能提前預警，以這大定府的堅固，宋軍便是有十萬三十萬，一時也不必擔心。

他左顧右盼了身後的部眾一眼，來時三百多人，而此時，只剩下一百出頭，損傷慘重。阿布圖苦笑一聲，不禁又打起精神，最後加快了馬速，朝南門策馬過去。

在城門洞，已有一隊配軍在此帶刀守衛，護城橋的橋頭上，也零散地站著不少配軍，阿布圖打馬近了，便用女真語大呼一聲。

這些配軍與阿布圖言語並不相通，可是一看對方說的是女真語，不敢怠慢，立即有個配軍頭目過來打躬作揖，又打發人進城通報。

須臾功夫，便有一名梳著女真髮辮的人打馬出來，與阿布圖對答。

第一七六章 大動干戈

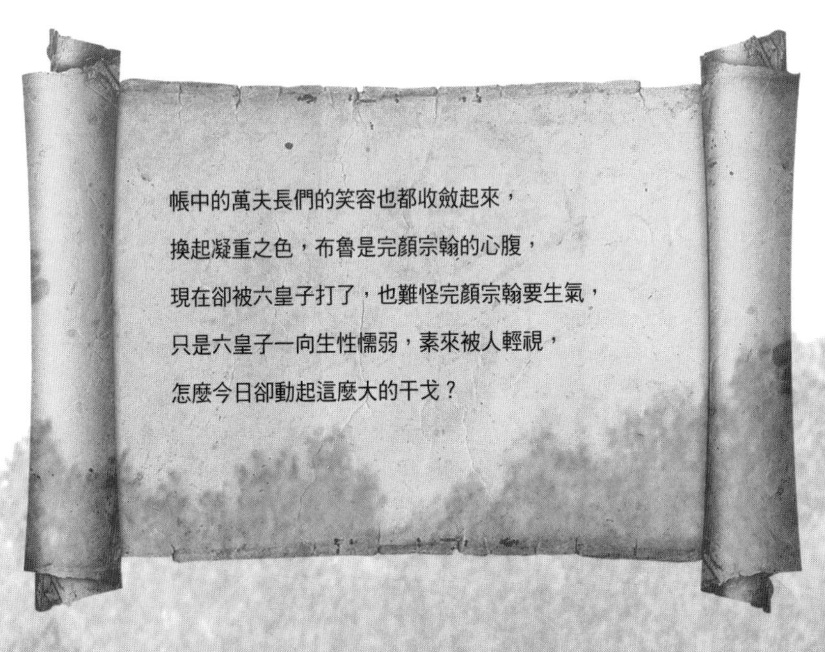
帳中的萬夫長們的笑容也都收斂起來，
換起凝重之色，布魯是完顏宗翰的心腹，
現在卻被六皇子打了，也難怪完顏宗翰要生氣，
只是六皇子一向生性懦弱，素來被人輕視，
怎麼今日卻動起這麼大的干戈？

「你們是什麼人?奉的是哪個主子的將令?莫非是來催促糧草的?六皇子有令，糧秣還在籌措，只怕還要再耽誤幾日功夫。」

這人的女真語說得很是順溜，甚至言語之間帶有幾分倨傲之氣，讓人一看，倒像是六皇子的心腹，代六皇子主持事務的親信一般。

阿布圖皺起眉，心中大罵一句，卻又不敢生事，便道:「我奉宗翰將軍之命，有緊急軍情要見六皇子殿下，快去通報，耽誤了宗翰將軍的大事，小心割了你的腦袋去餵狼。」

打馬在護城橋頭上的女真人聽了阿布圖的話，臉色也緊張了，耶律宗翰在女真人之中地位不低，當然不能怠慢，便立即道了一聲「你隨我來」，便當先勒馬朝城中策馬飛馳。

阿布圖二話不說，立即放馬追緊上去。

待過了護城橋，進了城門洞，大定府的繁華便映入眼簾，只可惜這建築的屋脊雖然鱗次櫛比，一眼看不到盡頭，街上卻是一個人煙都沒有，只有偶爾幾個金軍或配軍裝束的人來回走動。

對於這一切，阿布圖早已習慣，女真人所過之處，殺戮無數，這幽雲十六州更是被殺怕了，誰還敢輕易上街?便是沿街的店鋪，也都是緊閉大門，不敢造次。

策馬拐了幾處街角，前方便是巍峨的行宮，這裏曾是遼國皇帝的行轅，如今早已物是人非，換上了一隊隊女真武士矗立在周邊警戒，這裏自然而然地也成了大金國六皇子的歇腳之地。

阿布圖翻身下了馬，在行宮的階下，立即有幾十個雄偉的金軍攔住他，解下他的武器，才允許他進入。

自進入行宮，阿布圖突然感覺有些異樣，沿途並沒有設什麼崗哨，偶爾也會有幾個金兵來回進出，只是這些金兵膚色古銅，和白山黑水的女真人略有不同，且他們都抿著嘴，並不說話，只是冷冷的瞧著他，這種漠然的眼神，警惕意味十足。

阿布圖顧不得許多，終於來了一處大殿，那引他來的女真人步入殿中通報一下，才允許阿布圖進去。阿布圖進殿，只見殿中的陳設極為簡單，坐在上首的，正是完顏宗雋無疑。

完顏宗雋是完顏阿骨打的六子，因為腿腳有隱疾，所以不能騎馬，性子也較為孤僻，平素不願拋頭露面，這一次，完顏阿骨打將大定府交給他，便有人盡其用的心思。

他膚色略顯蒼白，頭上戴著一頂錦雞暖帽，頭顯得有些狹長，所以戴了這帽子，反而覺得滑稽起來。不過畢竟是皇子，終究還有幾分氣度。不過阿布圖沒有察覺，完顏宗雋的額頭上已是冒出淅瀝瀝的冷汗，一雙無神的眼睛透出徹骨的絕望。

阿布圖一見完顏宗雋，立即納頭便拜，道：

「奴才阿布圖見過殿下。奴才奉宗翰將軍之命，特來報訊，有一夥宋軍極有可能突襲大定府，宗翰將軍爲防大定府有失，已經率鐵騎日夜兼程趕來，請殿下早做準備，以防不測。」

阿布圖說完，不禁微微抬頭，見完顏宗雋並無一絲反應，心中覺得奇怪，又道：「殿下，是否立即命人關上城門，放下吊橋，以防……」

阿布圖越說越覺得不對勁，因爲完顏宗雋雖然呆呆的坐著，卻是一點反應都沒有，按常理，皇子聽了這消息，至少也該細細盤問才是，怎麼能無動於衷，他大了膽子，仔細抬眸去端詳完顏宗雋，這才發現，完顏宗雋的臉色鐵青，喉結滾動，整個人像是癱在座位上一樣。

阿布圖察覺出異常，手不自覺的要去握腰間的刀柄，可是卻拉了一個空，這才記起方才進殿時已經解下了武器。

殿中響起一陣爽朗笑聲，阿布圖又驚又疑，只見一個戴著宋人梁冠，穿著尨服的英俊男人一邊拍手，一邊跨入殿中，在他的身後，數十個戴著范陽帽的宋軍校尉按著腰間的刀柄如狼似虎的撲進來。

進來的除了沈傲還能有誰，沈傲拍著手，哈哈笑道：「這位兄台說的宋軍，莫不是沈某人嗎？哈哈……得罪，得罪，這大定府，如今已經姓沈了。」

阿布圖立即跳起來，校尉們已經衝上去將他壓住，左右手反剪，周恆快步上前，揪住阿布圖的衣襟，左右開弓狠狠打了他兩個耳光，怒斥道：「老實一點，否則剝了你的皮。」

阿布圖便高聲叫罵，自然用的是女真語，別人聽不懂，不過打人卻是古今中外各民族都共通的動作，周恆又是幾個耳刮子下去，才叫他老實起來。

沈傲按劍踱步，慢吞吞的道：「來人，押下去，給本王細細的審問。」

周恆帶著校尉將阿布圖押下去。

沈傲隨便尋了個位置坐下，翹起了腳，一雙眼睛戲謔似的看著完顏宗雋，淡淡道：「這齣好戲，殿下喜歡嗎？」

完顏宗雋喉結滾動，想說什麼，最後卻是無力的搖搖頭，抿嘴不語。

事實上，在前天，一萬水師騎兵已經抵達大定府，大定府在女真人看來，實在是大後方的大後方，整個大定府本就處於不設防的狀態，城中雖然囤積了五千金軍，可是宋軍突然抵達，隨即發起攻擊，直接殺入城中，女真人便是要抵抗也是來不及了，這一路殺過去，只用了半個時辰，戰鬥便結束。沈傲也打算冒一次險，狠狠的豪賭一把。

沈傲見完顏宗雋並不說話，不禁含笑道：「殿下好好歇息吧，再過幾日，就能與完顏宗翰團聚了。」

他長身而起，居然對完顏宗雋一點也不動粗，起身離座，走出殿中。

從殿中出來，金黃色的陽光灑落在沈傲的額上，沈傲眼睛不禁瞇了一下，立即有一名博士靠近過來，沈傲淡淡的道：「傳令，關緊城門，吊上護城橋，從今日起，大定府要戒備森嚴，任何人不得出入。」

他穿過月洞、長廊，腳步堅定，用不容人質疑的口吻繼續道：

「那些配軍，更要嚴密監視，不得有疏漏。周處他們什麼時候能到達大定府？叫人傳令，五日之內，水師一定要抵達這裏，錯過了時辰，軍法從事！」

到了一處偏殿，沈傲駐足，走入偏殿，裏頭已有不少博士在整理著文書，抬眸見沈傲進來，紛紛過來行禮，沈傲呵呵一笑，壓手道：「不必多禮，軍情都整理出來了嗎？」

一名博士湊過來，正色道：「殿下，散落在中京道的遼軍和義軍人數在七八萬上下，各地的錦衣衛已經聯絡，除了偶爾有幾個不肯服從調遣的，其餘的都肯爲殿下效力。」

沈傲的聲望如日中天，尤其是在這中京道，在洶湧如潮的女真鐵騎面前，如今沈傲抵達中京，自然是萬人回應。再加上錦衣衛從中運作，暗中牽線搭橋，至少在表面上，散落在中京道的各部流軍都已經將沈傲奉爲主心骨了。

沈傲卻是挑挑眉，冷若寒霜，臉上看不到喜色，淡淡的道：「還有人不肯效命？那就知會下去，讓附近的流軍和潰軍將他們剷除了，不肯爲本王所用，那麼他們存在也沒有多少意義。」

博士驚愕的看了沈傲一眼，心裏想，有些人固然不願意尊殿下爲主，卻也未必肯依附女真，一併剷除是否不妥當。可是看沈傲臉色毅然，便不再勸，只好道：「卑下立即將消息散發給各地錦衣衛，令他們從中斡旋。」

沈傲落座，吁了口氣道：「這些人現在是用不上的，眼下當務之急，是那完顏宗翰，完顏宗翰這個人本王聽說過，爲人雖然魯莽，卻是一名驍將，再加上這一次是五萬女真鐵騎，而我們在大定府不過萬人，一切還得靠我們自己。」

沈傲屬於那種喜怒無常的人，剛剛還在嘆氣，隨即心情又好轉起來，饒有興趣的去城外看水師騎軍操練，興致勃勃時，也打馬到演武場上，光著膀子，跨上馬刀，急呵一聲，勒馬旋風一般朝木樁旋斬過去。

看上去很容易的東西，可是真正做起來卻是難上加難，明明在瞬息之中，沈傲的刀已經要斬上木樁，可是這衝刺力太大，座下的馬速又快，刀鋒便從木樁邊貼過去，連木樁分毫都沒有碰到。

校尉、騎兵們見了轟然叫好。

沈傲豆大的汗珠不禁從額頭上滴淌下來，心裏想，連木樁都沒有砍到就叫好，那要是砍到了，豈不是要虎軀一震，王八之氣瀰漫九天雲霄？

從審訊房趕過來的周恆看了，抱著手在一旁與水師騎兵營官們胡扯：「你看，殿下這動作叫虛晃一刀，所謂虛虛實實，實實虛虛，變幻莫測，讓人永遠摸不到痕跡。我若是遇見這樣的對手，一定非落荒而逃不可。」

幾個營官反應慢，便一頭霧水的問：「這是爲何？」

周恆撇撇嘴道：「你若是遇到這樣的對手，他一刀斬過來，可分得清他是虛是實嗎？既然無從分辨，自然只有落荒而逃的份。」

周恆立即道：「回稟殿下，卑下來覆命的。」

這時沈傲已經翻身落馬，用手巾揩了汗，走過來道：「周恆，你在說什麼？」

繞是沈傲臉皮厚，方才那一下劈砍實在傷了他的自尊，沈傲臉色略紅道：「你說。」

周恆道：「那阿布圖已經招了。」

沈傲驚愕的道：「這麼快？」

周恆嘻嘻一笑，道：「開始怎麼打都不招，後來卑下便激將他，說他們女真人膽小如鼠云云，他便說女真人如何如何厲害，待宗翰將軍五萬鐵騎一到，必然教我們灰飛湮滅，更說了幾個有萬夫不當之勇的萬夫長如何如何，還說至多三天，鐵騎便要到這城下……」

沈傲不禁傻笑，道：「看來女真鐵騎來的倒是快，三天時間也差不多了，麻煩的是五萬鐵騎，這麼多人就是一個個的砍，也夠殺一陣的。」

周恆呵呵笑道：「怕個什麼，今日卑下倒是見識了，女真人都是有勇無謀的匹夫，他們真要敢來，殿下肯定叫他們灰飛湮滅。」

沈傲愕然的看著周恆：「你對本王這樣有信心？」

周恆很認真的道：「沒有信心會死人的，周家還等著我傳宗接代，非有信心不可。」

完顏宗翰的大軍終於抵達了大定府一帶，這荒蕪的古道上，到處都是一片狼藉，冷冽的北風一吹，倒是有幾分似曾熟悉的感覺。

北地雪下得早，雖是晚秋，鵝毛般的雪籽便紛紛落下，好在女真人並不畏寒，只是長途跋涉之下，戰馬實在吃不消，馬對女真人來說，比命根子還重要，因此雖然距離大定府還有二十里，完顏宗翰還是下達了宿營的命令，讓疲倦的軍卒好好歇息。

女真的斥候放了出去，可是卻一下子像是聾子瞎子似的，一點消息也沒有探聽出來，讓完顏宗翰心中隱隱有些擔心，近期的散兵游勇和流民實在太猖獗，甚至敢向女真騎軍挑釁，若不是身負王命不敢耽誤，他真恨不得橫掃中京道，將這些殘留在各地的散兵游勇狠狠地掃蕩一次不可。

女真人雖然彪悍，可是這裏畢竟不是他們的地頭，便是連言語也不相通，再加上經常有斥候被襲的事件，讓女真騎軍如沒頭蒼蠅一般。完顏宗翰只好選擇了埋頭趕路，只要及時趕到大定府，一切事情都好說了。

女真騎兵們已經人困馬乏，各自安營歇下，這營地背山靠湖，湖面已經結成了一層冰霜，光可鑒人，此時雖還沒有入夜，可是天色早已黯淡無光，紛紛揚揚的雪籽漫天飄灑，不遠處的松林林梢上蒙上了一層白皚皚的雪膜，放眼看去，有一種說不出的寥廓淒美。

而這時候，又一隊女真騎兵飛馬出去，朝大定府傳遞消息，無非將完顏宗翰大軍已經抵達的消息告知大定府的金軍，明日清早準備迎接事宜云云。

等到了入夜，雪終於停了，疲乏的女真人走出帳來，點燃了篝火，喝著醇香的美酒，一時之間，原本安寧的大營霎時又熱鬧非凡起來，便是憂心忡忡的完顏宗翰也來了興致，在大帳中召集眾將聚飲，幾杯酒下肚，狂態百出，完顏宗翰那鐵塔般的魁梧身子霍然而起，驕傲地舉起牛皮酒盞，高呼一聲，立時讓酒宴的氣氛達到了高潮。

大帳的正中，則是架起了篝火架子，一頭剝了皮的羔羊開膛破肚，用鐵叉叉起，由幾名親兵上下擺弄，須臾功夫，那羊羔的色澤漸漸變得油黃起來，散發出誘人的肉香。

帳中也隨即暖和起來，完顏宗翰不禁遺憾地道：「可惜沒有女人。」

下頭的幾個萬夫長笑作一團，一名金將道：「將軍要女人，我去綁一個來。」

另一個道：「明日進了大定府，還怕沒有女人嗎？」

眾人又笑。

完顏宗翰體內火熱，臉上被帳中的熱氣熏得通紅，大笑道：「說的也是，訛魯觀那小子見了他的叔叔，難道還會吝嗇幾個女奴嗎？哈哈……」

訛魯觀便是女真六皇子完顏宗雋的小名，完顏宗翰直呼六皇子的小名，臉上頗有幾分倨傲之意。不說他是完顏宗雋的族叔，更何況，完顏宗翰與阿骨打關係極好。再者那六皇子天生有隱疾，女真人一向敬慕勇士，六皇子不懂騎射，從未曾帶過兵放過馬，這樣的人，完顏宗翰心裏也大大地瞧不起，這倒不是他刻意如此簡慢，完全是不經意流露出來的情緒。

萬夫長們也不以為意，哄堂大笑起來。

正說著，外頭一名女真親兵進來，道：「主子，六皇子的使者到了。」

「使者……」完顏宗翰臉色掠過一絲不喜之色，隨即將牛角杯放下，冷聲冷氣地道：「布魯呢，他爲什麼不回來通報？」

布魯是完顏宗翰帳下的一名千夫長，安營紮寨之後，完顏宗翰便命他帶著一支騎隊前往大定府知會守軍，現在布魯不回來，卻來了個六皇子的使者，這裏頭肯定有什麼貓膩。

完顏宗翰的臉色陰沉，彷彿要將帳下通報的親兵生吞活剝，大喝道：「快說！」

「主……主子……」親兵期期艾艾地道：「方才聽那使者說……布魯將軍言語上衝撞了六皇子，殿下將他打了一頓……」

砰……完顏宗翰的桌案猛地發出一聲脆響，只見完顏宗翰的眼眸中掠過一絲殺機，拍案打斷親兵的話，咬牙切齒地道：「布魯是我的奴才，奴才犯了錯，也應該讓我親自來處置！」

「是……是……」那親兵連聲說是。

帳中的萬夫長們的笑容都收斂起來，換起凝重之色，布魯是完顏宗翰的心腹，現在卻被六皇子打了，也難怪完顏宗翰要生氣，只是六皇子一向生性懦弱，素來被人輕視，怎麼今日卻動起這麼大的干戈？

完顏宗翰心中有氣，可畢竟還是顧及著六皇子的身分，惡聲惡氣地道：「還愣著做什麼？去，把那使者叫進來。」

親兵如蒙大赦，飛快出去，過了一會兒，大帳的簾子捲開，卻是一個剔著光腦殼，腦後梳著銅錢眼大小辮子的人進來，這人面色白皙，嘴唇微抿，一雙眼睛頗有幾分顧盼自雄的色澤，左右看了一眼，目光才落在完顏宗翰的身上，彎腰按胸行禮道：「見過將軍。」

完顏宗翰冷冷地看了這面色白皙的女真人一眼，輕蔑之意不經意地浮現出來，心想，那訛魯觀果然是個懦夫，成天和一群嫩皮的小雞廝混在一起，能成爲一名女真的勇士嗎？

完顏宗翰冷哼一聲，滿是輕蔑地道：「你叫什麼名字？」

「奴才索木耳。」

「哼！」完顏宗翰又是不屑地冷哼一聲，索木耳在女真語中是狼的意思，這個女真人卻像一隻鵪鶉一樣，白白糟蹋了一個好名兒。他冷漠地道：「訛魯觀過得可好？」

索木耳卻是不卑不亢地道：「回將軍，六皇子過得好極了。」

完顏宗翰臉上浮出冷笑，道：「他當然過得好極了，他的父皇、他的叔父還有兄弟都在陣上拼殺，像海東青一樣在原野上覓食，而訛魯觀只需要張口就可以了。」

索木耳舔舔嘴，不敢接完顏宗翰的話。完顏宗翰的性子急躁，又崇尙武力，看不起六皇子是理所當然的事，再加上今日布魯被六皇子打了，居然只吩咐一個使者來與完顏宗翰通氣，如此種種，完顏宗翰沒有暴怒就已經很給六皇子的面子了。

完顏宗翰冷冷一笑，繼續道：「訛魯觀叫你來到底是爲了什麼？」

索木耳打起精神，道：「六皇子說，宋軍的消息，他早已知道，也知道將軍的援軍到了。」

「然後呢……」

索木耳愕然道：「然後?還有什麼然後？」

完顏宗翰大怒道：「明日大軍就要入城，訛魯觀身爲地主，難道不該出來相迎嗎？哼！我和勇士們連續趕了七八天的路，人困馬乏，難道就沒有犒勞？」

索木耳卻是鎮定地道：「奴才想起來了，六皇子確實有過吩咐，說是請將軍暫時帶兵駐紮城外……」

啪……完顏宗翰的火氣終於熊熊地燃燒起來，眼眸掠過濃重的殺機，一腳將身前的桌案踢開，大帳之中一片狼藉，連那烤到半熟的羔羊也落入火中，立即發出一股濃重的焦味。其餘的萬夫長聽了索木耳的話，也都是雙眉倒豎，齜牙冷笑。

索木耳見狀，立即單膝跪下，道：「請將軍恕罪，奴才只是給六皇子傳話，皇子殿下說，大定府才剛剛安穩，若是大軍進城，免不得又要混亂，再加上將軍治軍……」

索木耳似乎意識到不對勁，連忙改口道：「到時皇子殿下自然會帶著牛羊美酒出來犒勞咱們大金的勇士……」

「住口！」完顏宗翰大吼一聲，打斷索木耳的話，隨即用手指著索木耳道：「這些話，當真是訛魯觀說的？」

索木耳不敢說是，也不敢說不是，反而讓完顏宗翰更加深信，完顏宗翰不禁森然大笑起來，道：「好，好……你現在回去告訴訛魯觀，告訴他，他的叔父已經知道了他的意思！」

索木耳躬身行了禮，落荒而逃。

一片狼藉的大帳裏，油燈閃爍，親兵們去收拾那烤焦了的羊羔和地上的酒具，萬夫長們個個臉色死灰，目光都落在完顏宗翰的身上。完顏宗翰的手不禁去捏唇上的兩撇鬍子，眼中更加冷冽。

「這隻白山黑水的小雞，居然敢說這樣的話。就是大王在這裏，也絕不會如此簡慢族中的尊貴勇士，他在城中享福，卻讓勇士在城外風吹日曬，哼……混帳！」完顏宗翰心中的怒氣已經達到了臨界點，眼眸一掃，怒氣沖沖地道：「大家怎麼看？」

萬夫長們這時也怒了，女真人這時候的尊卑觀念還多是停留在氏族階段，對一個懦弱的皇子並沒有太多的敬畏之心，一個矮墩的萬夫長道：「再過幾日，大雪就要來了，為了趕路，我們並沒有帶來太多的衣衫，若是不進城，部眾們會凍壞的。」

另一個萬夫長道：「況且現在宋軍隨時可能到達，在驅殺宋軍之前，怎麼能讓勇士們挨餓受凍？這城非進不可。」

「對，對，非進不可。」眾人一起鼓噪。

完顏宗翰的眼眸閃爍了一下，隨即冷冷笑起來，道：「對，進城，明日清早，我就要進城去，我倒要看看，誰敢阻攔我！憑訛魯觀那隻小雞？哼！」

若說這是完顏阿骨打的命令，完顏宗翰倒是不敢違背，至於完顏宗雋，他卻是完全不放在眼裏的，一個皇子而已，平時見了，看在親戚的份上還敬他一分，如今完顏宗雋敢對自己無禮，這城就是不進也得進了，而且不但要進，還要光明正大地進去。

完顏宗翰一腳踢開腳下的雜物，正色道：「傳我的命令，明日太陽起來的時候，全軍拔營出發，我親自帶隊，誰要是敢阻攔我們進城，立即拿起來。至於訛魯觀那個小子，不必去理會，大金國不是他說了算！」

萬夫長們躍躍欲試地按胸道：「遵命。」

第一七七章 零和遊戲

「既然是這樣，既然一定要作出選擇，既然是零和遊戲，總有人會活下去，也總有人要死，那麼你們……」沈傲用低不可聞的聲音喃喃自語，這聲音隨著滾滾的濃煙和肆意的朔風飄蕩在天地間。

第二日一大清早，女真大軍拔營而起，身穿著一身牛皮甲的完顏宗翰冷漠地翻身上馬，虎背挺直，整個人宛若戰神一般，一雙眼眸伸向極遠的方向，開始緩緩驅動座馬前行。

在他的身後，無數騎兵如長蛇一般湧動，連綿數里。

清晨的濃霧讓天地都變得模糊，目力所及，也不過穿透前方二十丈的距離。這樣的濃霧，本不適合行軍，可是完顏宗翰此時一肚子怨氣，更確切地說，是一股不願服輸的怒意。以他的超然地位，一個患有隱疾的侄子就敢如此簡慢，這要是傳出去，豈不是要被人笑話？

「今日，一定要給那小子一點顏色看看。」完顏宗翰幾乎可以料定完顏宗雋在看見他從天而降時的愕然，而他作爲族叔，又該如何呢？完顏宗翰一邊打著馬，一邊想著。

身後一名萬夫長勒馬上來，道：「將軍，霧氣這麼大，是不是歇一歇再走？」

完顏宗翰冷冷一笑，道：「不必，附近不會有宋軍，我們現在就入城，省得被那小子取笑。」

那小子指的自然是六皇子，完顏宗翰敢如此稱呼，萬夫長卻是不敢，便不再勸說，緊緊尾隨完顏宗翰。

這一路跋涉，由於昨夜下了雪籽，所以地上滿是泥濘，馬跑不起來，只好慢吞吞地蠕動，幸好這裏已經距離大定府不遠，所以女真騎兵們也都放鬆了戒備，頗有幾分結隊踏青的心情。

大概用了一個半時辰，霧氣才散了一些，可以眺望到遠處彷彿浮在半空中的山巒，可以看到那濕漉漉的松林滴答滴答地淌著霧水。五萬騎軍開始加快速度，轟轟……轟轟……萬馬奔騰，彷彿要天崩地裂一般。

在大定府南門的城樓上，穿著金軍裝束的宋軍水師已經感覺到了這種異樣，雖然命令早已下達，女真騎軍今日要來，可是當城樓下出現密密麻麻、幾乎一眼看不到頭的金軍時，還是被震撼住了。

守衛南門的營官神經繃緊，從女牆之後探出頭去，不由咋舌，對身邊的一名女真裝束的人道：「這麼多……」

這穿著女真裝飾的正是昨日去了金營，自稱是六皇子使者的索木耳，當然，索木耳只是他的女真名，他的漢名叫柴昌，因母系是女真人，此後舉家隨父親搬到汴京居住，所以會一口的女真話，對女真的規矩和風俗也都熟稔，再加上其父曾帶他去過遼東，因此只要剃了頭留了鞭子便是活脫脫半個女真人了。

柴昌如今的身分乃是錦衣衛幽雲千戶所百戶，這一次奉命，自然是身負著重大使命。他見營官咋舌的樣子，便也探出頭去，不禁道：「來了再多，無非也是送死而已，大人還是叫官兵們小心一些，不要露出破綻才好。」

營官略帶幾分驕傲地道：「這個不怕，水師一向號令如一，不會有事的，接下來的事倒是勞煩柴兄了。」

柴昌淡淡一笑，道：「慚愧。」

二人正窸窸窣窣地對話，轉眼之間，那完顏宗翰就已經到了護城橋橋頭上，只是吊橋已經收起，湍急的護城河擋住了完顏宗翰的來路。

完顏宗翰心中大怒，自己遠道而來，非但沒有見到城門大開，竟是連吊橋都不肯放下，那六皇子當真得了失心瘋嗎？還是這傢伙以爲流著阿骨打的血脈，就可以將自己不放在眼裏？

完顏宗翰臉上浮出冷意，回頭一看，身後的騎隊也漸漸都勒住了馬，再不能上前。薄霧之中，無數個人頭攢動，戰馬在嘶鳴，無數個人呵著氣，彷彿讓空氣都變得暖和了一些。

「哼！」完顏宗翰毫不客氣地冷哼一聲，他的眼睛已經可以眺望到在城樓上那模模糊糊的身影，完顏宗翰中氣十足地朝著城樓大吼：「開城門！」

完顏宗翰這一聲怒吼爆發出來，身後的女真騎兵亦都高呼：「開城門！」

如此大的動靜，宛若是水溫突然沸騰，平靜的大定府驟然驚醒，連遠處的松林也飛出無數驚鳥，發出不安的鳴叫。

站在城樓上的人沒有動靜，冷冷地看著薄霧之下那萬千個攢動的人身馬影。

見城樓上無人理會，完顏宗翰立即明白了，心裏想，這一定是那小子的安排，他這是故意要給自己這個族叔立下馬威，這小子一向懦弱，可是聽說性子也古怪得很，今日看來是要和自己較勁了。

越是這樣想，完顏宗翰就偏偏非要入城不可，對完顏宗翰來說，入城已經不再是單純的歇腳這般簡單，這事關著他勇士的尊嚴，事關著族人看他的態度。

鏘……長刀反手拔出，刀鋒一閃，彷彿連薄霧都被劈開一般，坐在馬上的完顏宗翰神色冷冽，發出更大的吼聲：「開城門！」

「鏘……」金鐵交鳴聲宛若交響樂一般嘩啦啦地響起，身後的女真騎兵紛紛拔出刀劍，隨著完顏宗翰一齊大吼：「開城門！」

萬千人爆吼出來的聲音，氣勢如虹，天地為之黯然失色。

巨大的聲音傳到了行宮，沈傲穿著一件簇新的尨服，含笑著跪坐在正殿的一處軟墊上，在他的身前，是對弈的棋坪，與他對弈的對手正是六皇子完顏宗雋。

完顏宗雋顯然沒有太多心思放在下棋上，他走的是白子，可是觀這棋局，白子其實早已輸得一塌糊塗了。

「皇子殿下似乎不肯用心？」沈傲哂然地抱著茶盞，臉上浮出似笑非笑的表情，一雙眼睛戲謔地看著完顏宗雋。

他實在想不到，在金國居然還有這麼個皇子，果然是龍生九子各有不同，原以爲完顏阿骨打的子嗣，應該都是一群弓馬嫻熟的武夫，誰知這位六皇子卻是個精通琴棋書畫的雅士。

沈傲識英雄重英雄，如今好不容易覓到一個知音，當然要請完顏兄好好對弈一局不可。完顏宗雋哪裡敢不肯，只好心不在焉地應付。

聽到沈傲說他不用心，完顏宗雋的額頭上已經落出淅瀝瀝的冷汗，連忙道：「慚愧，慚愧，是……是我學藝不精，平西王高才……」

沈傲撇撇嘴，打斷他道：「罷了，既然你沒心思下，本王也就不勉強，拍馬屁的話就別說了，本王沒興致聽。」

完顏宗雋默然無語，沉默了很久，才咬咬牙道：「殿下假借我的名義去激怒完顏宗翰，是早有預謀的吧？」

沈傲漫不經心地嗯了一聲，喝了口茶，含笑地看著他，道：「怎麼？完顏兄也看出來了？」

完顏宗雋臉色蒼白，冷冷道：「若是不激怒完顏宗翰，這麼多大軍入城，必然會發現異常，到時候，殿下這請君入甕的計策只怕也使不上了。所以殿下才假借我的名義去激怒完顏宗翰，以我那族叔的性子，你越是不讓他入城，他就非進不可，所以……」

沈傲又是微微一笑，道：「看來完顏兄也是個聰明人，那麼本王不妨直說了吧，完顏兄一人，抵得上五萬女真鐵騎，完顏兄就等著瞧好戲吧。」

完顏宗雋的臉色變得更加蒼白，整個人像是抽乾了一般，隨即，他長嘆了口氣，道：「殿下好算計，我那族叔身經百戰，外表雖是魯莽，卻也不是個粗枝大葉之人，可是事情到了這個地步，就算是殿下的計畫有破綻，他也絕不可能發覺了。殿下打算用什麼去對付我那族叔？」

沈傲並不瞞他，含笑道：「火油如何？」

完顏宗雋的眼中掠過一絲駭然，道：「這是有傷天德的事。」

沈傲好整以暇地斂了斂長袖，正襟危坐，正色道：「有傷天德？天是誰的天？德又是誰的德？這天德二字，天下誰都可以談起，偏偏你們女真人卻不能談。就算……」

沈傲的嘴角揚起漠然的冷笑，繼續道：「就算這樣做是有傷天德，那麼本王並不介意，天若是不服，但管來尋本王就是！」

完顏宗雋默然無語，沈傲的話字字如刀一樣剜著他的心，他和他的父兄並不一樣，他讀書，也明事理，知道他的族人做過些什麼，只是立場不同，不得不站出來辯護而已。可是面對自己族人的行徑，便是有三寸不爛之舌又有什麼用？天下最大的道理靠的不是舌頭，不是雄辯。

完顏宗雋艱難地吞了口口水，吁了口氣，仰面朝向屋宇，道：「殿下所說也未必沒有道理，可是……」

沈傲直視著他，道：「可是你也是女真人，所以你不願意看到你的族人受難，所以你不得不站在他們的立場上說話，去爲他們狡辯是不是？」

「我……」

沈傲的臉上浮出冷笑，道：

「本王也是一樣，本王也有族人，本王也有兄弟姐妹，可是本王的族人，被人用刀架在了脖子上，被人驅殺，被人凌辱。你看這燕雲十六州，這裏雖是遼國故地，可也是我大漢的故土，這裏生息繁衍的，多是本王的族人。你再看看，那些橫行在這裏的劊子手，那些自詡爲勇士的飛禽走獸，是如何糟蹋這如畫江山的？你爲你的族人狡辯，本王則是要保護自己的族人，一切殺害他們的劊子手，一切摧毀他們家園的侵略者，本王都要統統清除乾淨，一個不留，這就是本王的立場，也是本王的道理。爲了這個道理，便是你們女真人屍橫遍野，血流成河，又與本王何干？便是有違天道，有傷天德，本王照樣義無反顧。你們女真人觸犯了本王的道理，本王就誅了女真一族，天若是觸犯了這個道理，本王便敢逆天！」

沈傲一番話，如連珠炮一樣說出來，完顏宗雋臉上的表情變得越來越痛苦，彷彿每一個字都如鞭子一般，狠狠地鞭撻著他的身體。他沉默片刻，道：「我明白了……」

沈傲的臉上又露出笑容，道：「可是不管怎麼說，本王並沒有將你當作豺狼，你還算是一個好人。」

「嗯……」完顏宗雋的臉上卻閃露著痛苦之色，好人……，這兩個字從沈傲口裏說出來，在完顏宗雋的耳中聽來卻不知有多諷刺，他期期艾艾地道：「我寧願做殿下眼中的罪人，也絕不敢被我族人的仇敵當作好人，殿下的雄心，我已經知道了，鹿死誰手，還是未知之數，我已經累了，請殿下容許我歇息吧……」

沈傲注視了完顏宗雋一眼，哂然地推了棋，長身而起，道：「那麼完顏兄再歇一歇，將來本王還有借重之處。」說罷按著劍，旋身出去。

出了正殿，周恆已經帶著數百名校尉集結，沈傲朝他們掃了一眼，昂首道：「走，去城門那邊看看。」

吊起的護城橋宛如天塹，橫在了五萬鐵騎的前方，五萬女真鐵騎如牛皮糖上沾滿的螞蟻一般，密密麻麻地簇擁在一起，這個時候，完顏宗翰已經越來越不耐煩了，他一手抓著馬鬃，安撫著座下暴躁的戰馬，眼睛似要噴出火來。

終於，城樓上有了聲響，站在城樓上的柴昌與守城的營官低語幾句之後，刻意變了嗓音，用女真語大喊道：「城下是什麼人？」

這句話很是不客氣，言語中夾雜著輕蔑之意。

完顏宗翰的雙手已經青筋爆出，怒氣騰騰地道：「狗奴才，叫訛魯觀來，讓他來和我說話！」

城樓上又陷入沉默，良久之後，柴昌才道：「皇子殿下有要事在身，不能親來，不過殿下早有嚴令，大定府乃是重地，再放兵入城，難免會傷到無辜百姓，所以請將軍帶兵在城外駐紮，待宋軍來了，請將軍率軍擊殺便是。」

帶兵入城會傷及無辜……換作是別人說出這種話來，城外的軍馬非笑死不可。這是女真人說出來的話？可是這個侄兒，完顏宗翰卻再清楚不過，這個侄兒是個徹徹底底的異類，身為女真人，卻去讀漢人的書，滿口仁義，滿口都是馬上得天下，下馬治天下。便是這大定府，自從阿骨打委託給他，他居然三令五申，要求金軍秋毫無犯，更為了幾個城中的百姓而嚴懲女真勇士。這樣的行徑，在女真人眼裏簡直令人髮指，現在，這吃了豬油蒙了心的傢伙居然說出這等話來，完顏宗翰頓時暴跳如雷，已經難以掩飾自己的殺機了。

「開……城……門！」完顏宗翰一字一句地道：「否則我便殺進城去！」

「殺！」洶湧的女真鐵騎爆發出驚天的怒吼，他們的耐心已經消磨得乾乾淨淨。

城樓上又陷入死寂，彷彿是在商量什麼，許久，柴昌才道：「將軍少待，我且去問一問殿下的意思。」

「不必問，我只給你半炷香時間，不開城門，立即攻城！」完顏宗翰已經憤怒到了極點。

時間一點點地過去，霧氣越來越稀薄，城內和城外彷彿卯足了勁一樣，都在等對方作出讓步，朔風刮面，嗚嗚作響，城外的女真騎兵感受到這冷冽，越發焦躁起來，不少人已經破口大罵，城裏的皇子居然爲了城中的奴才，而拒絕勇士們入城休息，這對他們來說，簡直是奇恥大辱。

終於……當一縷陽光射透了薄霧的時候，天光漸亮之時，吊橋開始發出咯吱聲響，那立在城門的吊橋開始徐徐放下，絞索聲發出的聲音刺耳到了極點。

轟……吊橋狠狠地砸在了護城河的對岸，這時，女真騎兵已經不耐煩地湧動起來，完顏宗翰一馬當先，驅馬上了吊橋，身後的騎兵呼啦啦地尾隨上去。

城門也漸漸開了一個口子，接著口子越來越大，直至露出幽深的門洞。

從這裏進去，便是一個碩大的甕城，大定府以都城的規格興建，因此甕城齊備，單這甕城就有方圓數里之廣，完顏宗翰不耐煩地打馬入了甕城，放眼看去，這甕城裏除了有零落的軍營，卻是一個人影都看不到。

換作是其他的時候，完顏宗翰帶兵入城，外頭沒有人來迎接，這甕城之中又一個人影沒有，便是完顏宗翰再粗枝大葉，只怕也已經起了疑心了，偏偏這個時候在完顏宗翰看來，甕城之中人影皆無是再正常不過的現象，那些傢伙害怕他，所以跑了個乾淨，哼，訛魯觀那小子不露面，那些訛魯觀的奴才也不敢來見他嗎？

完顏宗翰的心中這樣想，他現在一心一意只想著穿過甕城進入外城、內城，出現在完顏宗雋面前，狠狠地去教訓教訓這個被漢人教壞了的侄兒。

完顏宗翰身後的騎兵在外頭凍了這麼久，這時候可以入城遮蔽寒風，紛紛湧進來，連隊形都已經顧不上，巨大的人流迅速在甕城之中彙聚。

所謂甕城，便是在城門外口加築的小城，高與大城相同，其形或圓或方。甕城平素本就不允許百姓隨意進出的，一般都會屯駐一些軍馬。爲了增加守城的便利，所以甕城大多都很空曠，便是聚集五萬十萬大軍也算不得什麼。

完顏宗翰一路打馬過去，眼看外城的城門已經遙遙在望，身後的女真騎兵也大多入了城，恰在這時，身後傳出一陣騷動，完顏宗翰不得不勒馬回頭，才發現不知什麼時候，甕城的吊橋又吊了起來，吊橋的絞索設置在城樓上。

城樓上的守軍突然拉起吊橋，卻不知是什麼目的。完顏宗翰大怒，正要叫人去問，而這個時候，前方通往外城的城門也驟然緊緊閉上。

完顏宗翰駐馬四顧，突然察覺出異樣，這甕城兩面的通道都被封鎖，城牆上，一隊隊人影開始出現，無數人從女牆之後探出頭來。自己和五萬騎兵，居然被困在了一個方圓數里的甕城裏，進又不能進，出又出不得，左右都是巍峨的城牆，城牆上卻是佈滿了人影。

「不好！」完顏宗翰便是再蠢，這時也能明白過來了，雖說方才的蛛絲馬跡實在太明顯，可是完顏宗翰只當是訛魯觀與他較勁，所以諸多的疑點，完顏宗翰都沒有放在心上。再加上他心中料定宋軍既然是水師，那麼就算是從錦州上岸，沒有十天半個月也未必能到大定府，除非對方也有騎兵。

現在，完顏宗翰突然發覺自己似乎想錯了，昨日到今日的事一切看上去順理成章，六皇子與他嘔氣，挑戰他的權威，而他衝冠一怒，非要入城不可，城中的守備卻又刻意不許他入城，這樣的做法，反而讓完顏宗翰的疑竇盡消，如若對方真有埋伏，又豈會不許他們入城？非要自己要打要殺，才慌忙開了城門？

這就像是一個獵人佈置的圈套，獵人不斷地對獵物進行恐嚇，無論如何也不許獵物鑽入圈套中去，偏偏這獵物卻是鐵了心一樣，齜牙咧嘴，一頭便往這圈套中鑽。

完顏宗翰已經可以看到四面的城牆上懸起了宋軍的旗幟，額頭上已是冷汗淋漓，戰馬在座下不斷地打著轉轉，他四面看過去，終於可以確定，自己上當了，上的不是訛魯觀那小子的當，而是宋人，是沈傲。

「哈哈……」

城樓上，穿著尨服的沈傲出現，陽光照耀之下，沈傲顯得精神奕奕，渾身簇新，他大笑一聲，幾乎是用看傻子的眼神去俯瞰甕城中的女真騎兵，大喝道：「哪個是完顏宗翰？本王代完顏宗雋皇子特來拜謁。」

完顏宗翰瞇著眼，透過重重的薄霧，看到那出現在城樓上的身影，咬牙切齒地啐了一口，怒道：「漢狗！」

沈傲在獵獵作響的旌旗之下，含笑道：「死到臨頭還敢嘴硬，來人，動手！」

城牆上，密密麻麻的宋軍開始動作起來，頃刻工夫，便提起了一桶桶木桶，將桶中的黏稠液體朝甕城中澆灌，液體順著城牆傾倒下去，發出一股刺鼻的氣味，完顏宗翰立即分辨出了這液體——猛火油。

早在大宋開寶八年南唐主李煜面臨宋軍進攻金陵的危機，其神衛軍都虞候朱全贇就曾用猛火油縱火攻宋軍，由於風向改變，火焰反燃己軍而大潰。

而對猛火油運用最爲成熟的就是大宋。大宋建國之後，就在京城設立了軍器監，專門製造武器，而軍器監下設十一作，其中就有猛火油一作，此後，大宋與遼國屢屢交戰，都曾使用猛火油來燒殺遼軍，遼軍見猛火油威力強大，便也開始囤積猛火油作爲軍用物資，這大定府乃是五京之一，存儲的猛火油當然不少，此時無數的猛火油從城牆上傾倒下來，這黑乎乎的黏稠液體立即流淌開，開始向四周蔓延。

「這樣殺敵真沒意思。」沈傲的臉上浮出一點寂寞之色，叫人在城樓上架起了一把椅子，抱著茶發出感慨。

而在城下，完顏宗翰當然明白危險已經臨近，他大呼一聲，手中長刀一指，爆喝道：「隨我殺出城去。」

金軍呼啦啦地爆發出喊殺，一齊撥轉馬頭，要朝城外突圍。

只是那甕城的城門雖然沒有關上，吊橋卻是拉了起來，死死地封住了金軍的退路，女真騎兵固然勇不可當，可是急切之中，便是用戰馬去撞那吊橋又有什麼用處？

恰在這個時候，隨著城樓上一聲令下，驟然間，無數的宋軍探出女牆來，人手一柄長弓，箭簇上也沾了火油，遇了火星，那搭上了弓弦的箭簇冒出星點火苗來，瞄向了甕城中的女真騎兵。

無數火箭自四面八方飛射而出，天空霎時便被星星的火點映紅，無數的火點在半空劃過半弧，帶著滾滾的黑煙飛落於地。

甕城裏，轟的一聲燃起大火，火舌順著火油飛快蔓延，熊熊燃起，緊接其後，便是一陣陣哀鳴聲嘶聲傳出。

甕城裏已經冒起了巨大的黑煙柱子，直入雲霄，在黑煙之下，數萬女真騎兵混亂不堪，相互踐踏，哀嚎落馬、掩鼻亂走的不計其數，更有被點燃了的人渾身大火瘋狂大叫亂竄，身上的火苗被這麼一躥，立即又沾染到其他人身上，皮甲也燃燒起來，一種古怪的刺鼻氣味蔓延開。

火光沖天，沖散了薄霧，天地之間，只有巨大的黑色濃煙滾滾。

甕城成了一團火海，兩側的火苗以燎原之勢朝中央蔓延，此時本是深秋，天乾地燥，朔風四起，又有火油相助，女真人又穿著皮甲，這甕城中更有不少軍營設施，火起之後，只一刻工夫，就已經到了不可遏制的地步。

女真人大亂，在大火面前，所謂的勇氣和勇武都不過是徒勞，兩面是巍峨的城牆，前後的道路也已經封死，這甕城此時正如一個巨大的甕罐，令他們無處可逃。

熱浪和濃煙，讓那些沒有被大火點燃的金軍都要窒息起來，許多人艱難的呼吸，艱難的掙扎，最後咚的一聲倒落在地。此時對女真人傷害最大的反而是那些脫韁的戰馬，這些曾經可靠的夥伴，如今在驚嚇之下，在甕城之中撒蹄狂奔，所過之處，無數女真騎兵被撞飛，踐踏在馬蹄之下，那馬蹄踐入骨髓的聲音宛若死神的獰笑。

火箭之後，城牆上的宋軍仍不甘休，隨著軍官們一聲令下，士兵們沒有遲疑，仍然彎弓搭箭，朝甕城之中亂射，遮天蔽日的飛矢漫天灑落，幾乎沒有任何的死角，每一輪齊射之後，都有無數火人突然栽倒在地，發出最後一聲絕望的淒吼。

巨大的火光影射在城樓上佇立的沈傲眼眸中，那幽深深邃的眼眸彷彿也燃起了火焰，火焰在燃燒，在跳躍，折射出詭異的光澤。沈傲一動不動，仍憑朔風吹拂，看著甕城中的慘景，沈傲的面容有的只是漠然。

他心裏或許有過掙扎，這樣做，是不是真的會有傷天德，這個回答，其實他自己早已給了答案，這麼做，可謂是殘忍到令人髮指，可是沈傲告訴自己，如果換作是女真人，如果在這甕城之中的是自己和自己的族人，女真人也會同樣這樣做，他們會殺死你，並且用腳踏在你的頭顱上，耀武揚威的大叫：「看，這就是懦夫！」他們會奴役你的子嗣，會凌辱你的妻女，會像是歷史之中，那汴京城破，血流成河，白骨皚皚，死的人暴屍荒野，而活著的人則是生不如死。

「既然是這樣，既然一定要作出選擇，既然是零和遊戲，總有人會活下去，也總有人要死，那麼你們……」

沈傲用低不可聞的聲音喃喃自語，這聲音隨著滾滾的濃煙和肆意的朔風飄蕩在天地間，或許沒有人聽見，或許這個聲音在淒吼聲中微不可聞，可是沈傲知道，有人會聽到，有人會聽到他的聲音：「那麼你們就去死吧。」

半個時辰過去，整個甕城四面城牆已經被燒得烏黑，滿地都是狼藉的屍首，伴隨著微弱的呻吟，觸目驚心。

在城牆下的一些角落，還散落著零落的女真騎兵，他們駭然的貼著牆壁，僥倖沒有燒死，也僥倖躲過了漫天的箭雨，看著這滿目瘡痍，連吼叫都忘了。

完顏宗翰被幾個親兵護住，他的鬍子已經燒掉了，身上的皮甲也脫了乾淨，赤著身，無語看天，看到那牆垛之後探出來的一個個腦袋，直到現在，他才確信自己輸了，五萬鐵騎還未來得及衝殺，刀頭還沒有舔血，就已經一敗塗地。

五萬女真勇士，這對契丹和宋人不算什麼，可是對女真人來說，卻是極大的損失，女真人的人口不過百萬，能作戰的人不過三十萬人而已，而如今，這五萬的精銳卻被自己葬送。女真自建國以來，從未經歷過如此的慘敗，而且還敗得如此徹底。

萬念俱焚的完顏宗翰，整個人萎頓的站在城牆根下顫抖，嘴唇在蠕動，終於咬咬牙，狠狠的抽出腰間的長刀，刀鋒發出寒芒，便要朝自己頸下劃去。

一旁的親兵見了，驚駭的立即將完顏宗翰抱住。

完顏宗翰眼中含淚，大吼一聲，仰天長嘯，終於絕望的鬆開了手中的長刀。

磕……長刀落地，這時候，驚魂未定的女真人終於反應過來，不少人開始號陶大哭，五萬人到現在，只用了半個時辰剩下五百人不到，滿目的屍首大多數燒成了焦炭，連面目都分辨不清，在這種慘景之下，面對這無數同伴死無全屍的樣子，便是鐵石心腸的他們，這時候也都變得軟弱起來。

內城的城門已經打開，緊接著，數千名水師騎兵放馬蜂擁衝入甕城，他們的手上沒有帶著捆人的長索，而是一柄柄在濃煙之下折射出妖異光澤的長刀，長刀向前斜指，伴隨著戰馬的奔跑劈開了濃煙，劃過了凜冽的朔風，刀尖發出星點的黝黑光澤，宛如掃蕩一切的巨浪，嘩啦啦的從閘口宣洩而出。

爲首的一名校尉營官大呼一聲：「平西王有令，一個不留！」

「殺！」潮水般的騎兵在甕城之中、橫屍之上肆意馳騁，緊緊追擊僥倖逃生的女真人，從前，人爲刀俎我爲魚肉，今日刀俎在手，這些凶殘不可一世的女真人卻成了磨刀石。

女真人哀告，求饒，跪地，哭喊。可是當戰馬躍過來相錯而過的時候，馬上的騎兵沒有憐憫，有的只是漠然，他們漠然的提刀，漠然的下劈，刀光如驚鴻，戰馬嘶鳴如戰鼓，接著，長刀刺骨，鮮血四濺，與此同時，載著騎兵的戰馬已經飛遠，只留下一具跪倒在地雙目中失去了最後神采的屍首。

這時候，已經飛離數丈的騎兵，手中的刀尖上已留下了殷殷鮮血。屍山血海、血流漂杵，這一切看在城樓上幾個人眼裏，除了畏懼還是畏懼。站在沈傲身後的，是幾名被請來「觀摩」的配軍將軍。

女真人人口稀少，征服遼東、關外之後，便逼迫大漠、遼東各族徵募軍士隨女真人一同入關作戰，大漠各族有的想隨女真人入關分一杯羹，有的是攝於女真人的強大武力，因此紛紛出動壯丁，組建配軍，與女真人協同作戰。

在大定府，就有五千多配軍協同防守，沈傲的騎軍突襲大定府的時候，配軍見大勢已去，便立即歸降。對他們來說，跟著誰都是一樣，無非是換一個主人而已。因此雖然臣服，可是要說他們對大宋有多忠心那簡直就是笑話。這幾個配軍頭目，心中早就打好了算盤，這一次不過是宋軍僥倖突襲得勝，眼下先委曲求全，等女真鐵騎到了，再向女真人效忠不遲。

只不過今日看到這場景，實在令人毛骨悚然，這幾個大漠的貴族老爺也曾刀頭舔血，可是五萬女真鐵騎轉眼之間就殺了個乾淨卻是前所未見，有人的牙關已經打起了冷戰，也有人不禁看了留給他們背影的沈傲一眼，這個漢人身材並不魁梧也不高大，可是這時候，卻彷彿偉岸了許多。

沈傲突然回眸，彷彿知悉了他們心意一樣，漠然的注視了他們一眼。一個大漠貴族便已忍不住雙膝一彎跪倒在地。其餘幾個人見有人跪下，也不敢站著，紛紛跪下行禮。

沈傲居高臨下的看著他們，臉上露出微笑，淡淡道：「這場戲好看嗎？」

「好……好看……」

沈傲露出悵然之色，撇嘴笑道：「那你們繼續在這裏看，一絲不苟的看，不但要看，還要用心記著，記在你們的心裏。來人，給本王看著他們，讓他們看三四個時辰，看完之後，讓他們寫一篇五千字的心得體會出來，若是不會寫字的，就要學，我大宋的行文最是優美，好好的學，將來設立安北都護府的時候用得著。」

他留下這麼一句話，便施施然的下了城樓，一隊親衛立即追了上去。

城樓上只留下這幾個貴族，大家面面相覷，雖說大家來自不同種族，可是此刻的表情卻是一樣的，看三四個時辰且不說，還要寫五千字的心得體會，心得體會是什麼他們不知道，不過只這五千字就夠令人頭痛了，最關鍵的是，他們不會寫漢字啊，方才平西王也說，不會寫就來學，可是要他們上馬殺人或許還容易，可是讓他們學習漢字還真不如殺了他們。

有一點是可以肯定的，如果不遵照那凶神惡煞的吩咐，人家說不定殺你連眉頭都不必皺一皺，關於這一點，幾個貴族一點懷疑都沒有，方才那殺人的場面現在還記憶猶新，那屍臭和血腥氣現在還能聞到，人家殺五萬女真人眉頭都沒有皺一下，難道還會在乎自己這幾條小命。

「學，非學不可，現在就學！」幾個人心裏打定了主意，居然一點拖泥帶水都沒有。

第一七八章 一代梟雄

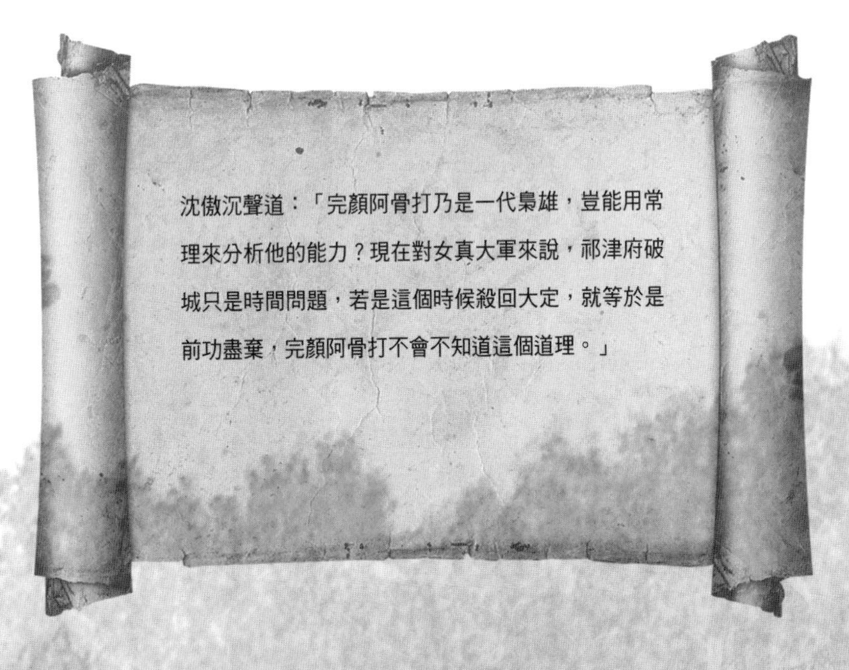

沈傲沉聲道：「完顏阿骨打乃是一代梟雄，豈能用常理來分析他的能力？現在對女真大軍來說，祁津府破城只是時間問題，若是這個時候殺回大定，就等於是前功盡棄，完顏阿骨打不會不知道這個道理。」

甕城裏的觸目驚心和內城外城相比有著天壤之別，大定府的百姓聽到女真鐵騎又殺了回來，一時間已是驚恐不安。要知道，宋軍到了這大定府之後，仍然奉行的是有冤報冤有仇報仇的辦法，城破之日，那些被女真人壓榨許久的百姓紛紛殺入女真人的家眷宅邸，整整鬧了一夜才甘休，可以說，大定府上下，人人都沾著血腥，而現在女真人殺了個回馬槍，若是奪回了城池會採取什麼樣的手段報復，幾乎是可以預料了。

屠城……在屠城的陰霾之下，整個大定府都在顫抖，那種發自內心的恐慌攪得人徹夜難眠，到了清晨的時候，城裏的人聽到外頭的馬蹄隆隆聲，一夜未眠的人霎時都緊張起來，女真人來了……

每家每戶雖然都是門窗緊閉，可是佛龕上都燃起了青煙，不管信還是不信的，都捏著香默默祝禱，祝禱宋軍得勝，祝禱平西王凱旋；宋軍若是敗了，就是千萬人頭落地，平西王若是輸了，所有人都要陪葬。

一夜之間，每個人都記住了這個名字，誰也不曾想到，這千千萬萬的人突然與一個叫沈傲的人命運相連起來，這種微妙的聯繫，等到報信的快馬飛快從長街上踏過，並且高呼：「大捷！五萬女真鐵騎灰飛湮滅，大捷！女真人全軍覆沒，大捷！」

這一聲聲呼喊，讓人難以置信，女真不滿萬，滿萬不可敵，這諺語早已家喻戶曉，而這個神話已被平西王揭破了一次，現在，居然變本加厲，只短短半個晌午，五萬女真軍全軍覆沒。

這種事說出來也無人相信，可是偏偏外頭的呼喊聽得真切無比，就算是要作僞，現在女真人就在城下，謠言片刻就會戳破，莫非……真的勝了……

正在這時，甕城與外城的城門大開，一隊隊宋軍列隊入城，他們的臉上滿是倦意，眼眸中卻閃動著光輝，腳步雖然疲乏，可是身材卻是挺得筆直的從街上過去，大定人再不疑有他，若不是大勝，宋軍爲什麼會這樣進城，若不是大勝，爲什麼還會有這般的次序。

大定府炸開了鍋，內城外城都發出歡呼，有人拿出早已準備好的鞭炮點燃，劈劈啪啪的爆竹聲很快淹沒了歡呼。

在行宮，沈傲已經換了一身衣衫，精神颯爽的坐在殿中，一份份戰果的奏報如走馬燈一樣傳遞過來，沈傲看了看，隨即開始提筆，上疏大捷，待大捷奏疏潤了筆，再重新抄錄一份，用匣子裝了，叫人送出去。

五萬女真騎兵對金國來說自然是最沉重的打擊，可是沈傲卻也不敢忘記，金軍的主力仍在，而且這些金軍必然會採取最瘋狂的報復，戰爭只是剛剛開始，遠遠沒有結束，現在彈冠相慶未免早了一些。

眼下當務之急，是在這大定府。迎戰女真，之所以選擇大定府，是因爲這裏屯駐了大量的糧草，再加上這裏的城牆巍峨，防禦措施齊備，現在最缺的，反而是人手了。

女真在南京道的騎兵大致還有十五萬，再加上十萬配軍，足足二十五萬人，值得慶幸的是，現在他們的糧草已經緊缺，眼看寒冬即將到來，若是奉行堅壁清野，那麼沈傲有絕對的信心將他們困死。

這個冬天決定了女真人的存亡，也決定了沈傲的榮辱，沈傲想到這裏，不禁抬起眸去看窗外，窗外冷風嗖嗖，大定的冬季已經提早來臨了。

沈傲現在最需要的是人手，大定府有八座城門，每一座城門，都需要大量的人力，十萬水師正在奔赴這裏，可是還不夠，他需要分兵駐守城牆、城樓，需要預備隊，更何況，水師騎兵還不能動，他們將去另一個地方，大定府的守城戰，注定了不是沈傲的舞臺。

人從哪裡來……

沈傲沉著眉，下達了命令：「派出人手，到中京道各州、各府、各縣去，把散兵游勇們都招募起來，把流民都招募起來，只有半個月的時間，半個月之內，本王要讓中京道所有還走得動的人齊聚在大定，告訴他們，報仇的時候到了，光復的時候到了！」

沈傲的命令，隨著大量的遊騎，如長了翅膀一樣傳遍中京道。各州、各府、各縣，大量的潰兵和流民聽到大定府大捷的消息，霎時精神振奮。女真人不敗的神話再一次被打破，而沈傲一舉殺戮五萬女真人戰績，也讓所有人看到希望，那些遼軍的潰兵，那些流民，在黑夜之中看到了曙光，他們這才明白，女真人不是不可以戰勝，至少跟著平西王就有勝利的希望。

這一戰，其意義不只是單純的消滅女真人，更多的反而是一種鼓舞，那些在女真人鐵騎之下麻木的人之所以甘願遭受奴役，只不過是害怕女真人的鐵蹄，害怕他們的屠刀而已，可是當他們知道，女真人可以戰勝，心裏無數的念頭就瘋狂滋生出來。

「女真者，豺狼也，遂因緣禍亂，亂我邦國，奴我人種。至今不過三兩年而已，放馬入關，殺戮屠城，以掠奪爲能事，幽雲九邊，血流漂杵，浮屍遍野，民生凋零，而漢遼百姓莫不戚戚然焉。更有豺狼禽獸成性，悉收中國之美姬，爲奴爲妾，三千粉黛，皆爲羯狗所汙；百萬紅顏，竟與騷狐同寢，言之慟心，談之汙舌。平西幕府奉茲大義，顧瞻山河，秣馬厲兵，俱南洋水師二十萬，代天伐罪，興兵討賊。由錦州而大定，殺女真無數，女真人疲態已露，猶自耀武揚威，殊不知扶搖大風，捲地俱起。土崩之勢已成，橫流之決，可翹足而俟。此真逆胡授命之秋，中國復興之會也。今日反金大勢已成，天下人心浮動，維我四方猛烈，天下豪雄，既審斯義，宜各率子弟，乘時躍起，雲集回應。無小無大，盡去其害，執訊獲醜，以奏膚功。」

這一份告中國百姓書也四處傳揚開來，中京道各州各府頓時便炸開了鍋，此仇不報，更待何時，從南到北，從東到西，那長滿了雜草的官道上，到處都是朝大定進發的流民、潰兵，甚至有不少地方，人流居然堵塞了道路，從前「家國」二字許多人尚且不以爲意，可是自從女真人入關，看到父母被殺戮，看到妻女被侮辱，看到兄弟成了奴才，這才知道，原來家國如此重要，一旦失去，好端端的人就成了畜生，就成了家禽，任人宰割，便是求死也不可得。

而在大定府，大量的博士則是在查驗倉庫，這裏是女真人的屯糧之所，劫掠來的糧秣大多都堆積在這裏，如山一樣，那米倉之中陳米堆積如山，一番演算之後，核計出來的糧食居然可以保證城中五十萬人過冬。

沈傲得了結果，總算鬆了口氣，他實在沒有想到，中京道的潰兵和流民居然這麼多，只七天功夫，便來了十餘萬人，還有七天，只怕人數非要增加到二十萬以上不可。周處已經率領十萬水師步兵抵達，整個大定府已是人滿爲患，此時天氣越來越冷，沈傲命人將倉庫中的冬衣取出來分發下去，並且開始重新編練配軍，這麼做，當然是臨時抱佛腳，不過這麼多人湧入城中，難保不會有一些吃了沒事做的閒漢，給他們找點事做，總比放任在大街上的好。

在行宮裏，完顏宗雋過著很是幽靜的生活，每日除了讀書，便是懶洋洋的睡覺，彷佛所有的事都和他沒有了關係，只有在夜半的時候，他才會被噩夢驚醒，那五萬的族人跗骨一樣不斷在他夢中出現。

「現在是什麼時候了？」晌午用過了飯，完顏宗雋小憩了一會兒，抬頭問身邊的侍從。

沈傲對他倒還算禮遇，至少還給他留了一個女真家奴伺候著，平素也不叫人爲難，只要他不跑，就隨他做什麼。

「回主子的話，已到了未時了。」那奴才整日心驚膽戰，眼睛都熬紅了，精神疲倦的回答。

完顏宗雋頷首點頭，便抱著書看了一會兒，外頭的動靜其實他知道的一清二楚，五萬鐵騎灰飛湮滅，而那平西王正在招募四方勇士，看這模樣，是要在大定府與他的父王決一死戰了。只不過那沈傲當真會乖乖與父王決一雌雄？難道他不知道這些人其實多是散兵游勇，在女真鐵騎面前根本不堪一擊？

完顏宗雋心裏生出許多疑問，可是隨即他又露出苦笑，心裏想，現在想這麼多有什麼用，我已是一個階下囚，靠人的施捨才能度日，想的再多，命運也已經注定了。

他繼續凝神看書，這時，外頭傳出腳步聲，一個人影按劍出現在殿門，道：「完顏兄別來無恙。」

完顏宗雋抬眸，看到的是身材修長，臉帶俊秀又有幾分英武的沈傲，他放下書，抿了抿嘴，倒是一時不該如何去對待這個勝利者和自己的仇敵。

沈傲旁若無人的踏前幾步，慢悠悠的打量這殿室，笑吟吟的道：「這裏倒是個讀書的好地方，其實本王一直也想靜下心來多讀一些聖人的經典，無奈何總有雜事纏身。」

完顏宗雋清咳一聲，道：「殿下是天下第一才子，已經教人羨慕了。」

沈傲卻搖搖頭，道：「這是虛名，正是因爲有了平西王這三個字，大家才敬你是第一才子，若你只是個閒雲野鶴，誰又記得起你。」

完顏宗雋看著沈傲，淡淡道：「殿下百忙中來這裏，只怕不是只想和我閒聊吧。」

沈傲不客氣的坐下，朝那奴才道：「去，斟茶！」

那女真奴才什麼話都不敢說，小心翼翼的捧了茶來，沈傲接過，卻不肯低頭喝，只是冷冷的看著這奴才，道：「你會不會下毒？」

這女真人嚇得臉都白了，立即跪下，不斷磕頭道：「奴才不敢，奴才該死。」

這種高高在上，被人一口一個主子，一口一個奴才的狀態讓沈傲感覺好極了，呵呵一笑，低頭去喝了一口茶，揮揮手：「滾出去。」

殿中只剩下完顏宗雋和沈傲兩個，沈傲看了臉色蒼白的完顏宗雋一眼，才淡淡的道：「無事不登三寶殿，本王來這裏當然是有話要說。」他打量著完顏宗雋，最後道：「殿下想去臨璜府嗎？」

「臨璜府……」完顏宗雋聽到這熟悉的名字，臉色卻是一下子煞白起來。

臨璜府便是現在金國的都城，是金國的巢穴，可現在，沈傲突然問起這個，莫不是……

沈傲眼睛直勾勾的看著他，用不容置疑的口吻道：「殿下若是願意去，本王就將你送去，在那裏，大宋將敕你爲忠順王，世代管轄女真諸部，不過話說回來……」

沈傲含著笑，翹起了二郎腿，吊兒郎當的繼續道：「殿下若是不願意也就罷了，本王能帶你去，也就能帶阿貓阿狗去，只不過是缺一個人而已，誰去都是一樣。」

完顏宗雋已經分析出了沈傲的用意，卻不急著回答，反問道：「殿下是想讓我做女真的罪人嗎？」

沈傲的性子一向是迎難而上，雖然有時候讓人覺得有點兒愣頭青，可是他自己卻頗爲陶醉。眼看完顏宗雋目光向自己逼視，沈傲比他更傲慢，眼睛一翻，便看著屋梁，用下巴對著完顏宗雋。

完顏宗雋之所以表現出怒容，正是因爲沈傲方才的一番話，沈傲是要自己去做忘祖背宗的人，這不啻是對完顏宗雋的侮辱。

完顏宗雋性子雖然懦弱，可是骨子裏還有一種堅韌，咬著唇，發出嗤笑，表示出不以爲然。

沈傲含笑，道：「本王這麼做，也是爲了完顏兄好，既然你不願意去，本王也就不再說什麼了。」說罷，沈傲起身離座，一副要走的樣子。

完顏宗雋卻焦急地叫住沈傲，道：「且慢，敢問殿下是打算突襲臨璜府嗎？」

沈傲淡淡地道：「差不多，許久沒有見過你們女真太后了，說起來也怪想她的。她還沒死吧？沒死就好，故人重逢，也是一樁樂事。」

女真太后是完顏宗雋的祖母，祖母被俘的事，完顏宗雋當然聽說過，此時聽沈傲辱及太后，臉色驟變，怒道：「你不要猖狂，臨璜府有我女真五萬鐵騎，城防堅固，再也不可能上你的當，單憑你這點人馬，哼……」

完顏宗雋重重冷哼，發出不屑的聲音，可是他的眼眸裏卻閃露出恐懼，如今臨璜府是女真人的中心，宗室貴族都常住在那裏，一旦讓宋軍得逞，後果絕對是災難性的。

完顏宗雋對沈傲也有了一些瞭解，沒有把握的事，這個人絕對不會去做，表面上看他做事似乎喜歡冒險貪功，可是每一步都早已有了縝密的計畫，也即是說，若是眼前這傢伙打定主意對臨璜府動手，那麼宋軍至少有八成以上的把握。雖然不知道沈傲到底會採取什麼方法，可是完顏宗雋就是有這種預感。

沈傲哂然一笑，看了緊張的完顏宗雋一眼，笑起來，道：「本王敢去，自然有破城的辦法，好吧，該說的也說完了，既然完顏兄不願意去，本王當然不能勉強，就請完顏兄在這兒好生地歇著，等本王凱旋的消息。」

完顏宗雋陰沉著臉，長吐了一口氣，如鬥敗的公雞一樣，道：「我去。」

作出這個打算，完顏宗雋實屬無奈，與其在這裏坐以待斃，倒不如隨宋軍一起去看看，至於什麼忠順王，完顏宗雋是絕不會答應的。

沈傲見他答應，轉嗔為喜，道：「那殿下先做準備，出發時自然知會於你。」

沈傲從完顏宗雋的殿中出來，才發現外頭已經淅瀝瀝地下起了雨，大定的雨帶著刺骨的寒意，轉眼之間天氣就變得冷冽起來，他按著劍到了長廊下頭，周恆快跑過來，道：「殿下，眾將已經來齊了，就在文殊殿裏等候。」

沈傲嗯了一聲，道：「我的荷花傘帶了沒有？」

周恆搖頭，道：「行軍打仗，帶這東西做什麼？」

沈傲遺憾地道：「可惜了，幾十貫買來總共也沒有用過幾次，糟踐了寶物啊，那就拿件蓑衣來吧。」

周恆會意，冒著雨去拿蓑衣，過了一會兒便戴著斗笠、蓑衣返身回來，沈傲不禁目瞪口呆，道：「早知你冒雨去拿，我索性冒雨去文殊殿了，把你淋壞了，你姐姐非找我算賬不可。」

周恆拍拍胸脯，抹了抹濕漉漉的頭髮，笑呵呵地將斗笠給沈傲戴上。沈傲接過蓑衣，這蓑衣是軍中特製的，並不厚重，不過遮雨倒還好，畢竟有時大軍要跋涉，若是下了雨，蓑衣太厚重不知要增添多少麻煩。

待繫緊了帶子，沈傲便往文殊殿過去。

文殊殿距離這裏其實並不遠，穿過一個月洞便到，走到文殊殿廊下，外頭的校尉立即給沈傲脫了蓑衣，沈傲看著屋簷下淅瀝瀝的雨，不禁道：「我倒是寧願老天下雪得了，這雨下得真是煩人。」

爲沈傲除去蓑衣的校尉笑道：「我聽這裏的人說，今日下了雨，再過幾日，氣溫就要真正下降了，到了那時，便是連續幾個月的大雪也是未必，積雪會有十尺厚，連樹都要壓彎。」

沈傲呵呵一笑，道：「哪這麼多話?本王說一句，你說十句。」說罷踢了踢靴子下的泥水，踏入文殊殿。

文殊殿裏的將佐、博士都來齊了，穿著宋軍鎧甲的水師軍官列在一邊，博士則是聚在另一邊竊竊私語。

還有一些人是配軍的頭目，這些配軍多是山賊、遼軍組成，所以編制較爲混亂，沈傲讓人好不容易梳理了一下，總算挑了一些實力較為雄厚的暫時充作將官，這些人有契丹人，也有漢人，一見到沈傲進來，水師軍官立即站定挺胸行了個注目禮，博士們則是雙手作揖，道了一句安。至於這些頭目就有點兒混雜了，有的作揖，有的下跪，七嘴八舌一通。

雖是引起了一些混亂，可是沈傲明顯可以感覺到，不管是誰看他的眼神都有幾分敬若神明的色澤，這是對強者的敬重。

沈傲咳嗽一聲，朝大家頷首點頭，便大喇喇地走到殿中的方桌上去，道：「鋪開地圖。」

地圖是早就準備好了的，幾個水師軍官將一卷羊皮紙鋪在桌上，一幅大致的地圖便出現在沈傲眼前。對沈傲來說，這地圖可謂是粗陋到了極點，有些地方甚至是一片空白，不過在這個資訊匱乏的時候，能找到這麼一張地圖已經相當了不起了。

沈傲的手指住了大定府的位置，他一旦要說話，殿中的人都保持著不去打斷的默契，沈傲也漸漸習慣了這種發號司令的感覺，用其他人的話來說，沈傲的舉止有那麼一點獨斷專行。不過，偏偏他這種獨斷專行的做派，反而在軍中更加讓人信服，對武人來說，一個獨斷專行的上司往往比三兩句便是一句意下如何、如之奈何的大帥更加讓人信賴。

沈傲挑挑眉道：「這就是大定府，女真的主力在這裏……」

沈傲指到了祁津府的方向，在祁津府與大定府之間劃了一條橫線，繼續道：「現在，想必完顏阿骨打已經得知了大定府的消息，你們說說看，完顏阿骨打會怎麼做？」

周處托著下巴道：「完顏阿骨打未曾一敗，今日受挫，自然是惱羞成怒，非要提兵回來報仇不可。」

另一個博士也頷首點頭，道：「不錯，再者說，這大定府是祁津與臨璜府的必經之路，我們橫在臨璜府與完顏阿骨打的大軍之間斷絕了他們的糧路，在這種情況之下，完顏阿骨打非回師圍攻大定府不可。否則前有餓狼，後有猛虎，冬季轉眼又要到了，時間拖得越久對他們越是不利。」

幾乎所有人都不禁點起頭來，覺得周處和那博士說的話很有道理。大定府就是女真大軍的後路，而現在後路沒了，女真人必須奪回，否則牽一髮而動全身，等到時局完全潰爛，女真大軍將陷入更加尷尬的地位。

沈傲微微一笑，卻是搖搖頭道：「可是本王不這樣認爲。」

周處驚訝地道：「殿下的意思是，完顏阿骨打不會率軍殺個回馬槍？」

沈傲沉聲道：「不錯，完顏阿骨打乃是一代梟雄，豈能用常理來分析他的能力？現在對女真大軍來說，祁津府破城只是時間問題，若是這個時候殺回大定，就等於是前功盡棄，完顏阿骨打不會不知道這個道理，而一旦回師，若是急切之下不能拿下大定府，那麼女真人就更加雪上加霜了。所以本王認爲完顏阿骨打聽到這個消息後，至多調遣兩萬鐵騎北上，作出一副奪回大定府的姿態，而女真大軍則是日夜攻城，只要拿下祁津府，遼國才算徹底地滅亡，而女真人也可進入城中緩上一口氣，糧路雖然堵塞，卻可以從祁津府來補充，如此一來，等他們養精蓄銳之後，再北上在大定府與我們決戰，勝算就高了許多。」

周處不禁道：「可若是女真人拿不下祁津府呢，完顏阿骨打難道就敢冒這個險？」

沈傲正色道：「換作是別人自然不敢冒險，可是完顏阿骨打是什麼人？此人工於算計，野心勃勃，豈肯無功而返？本王若是他，也會選擇繼續攻城。可是……」

沈傲的臉色更加嚴肅起來，狠狠地道：

「本王偏偏不讓他完顏阿骨打如願，想繼續攻祁津府？沒這麼容易！無論如何，也要完顏阿骨打率軍回師不可，只要把完顏阿骨打的大軍吸引到大定，這場仗就多了幾分勝算，否則一旦讓女真大軍拿下了祁津府，整個燕雲就土崩瓦解了。」

沈傲說出了自己的打算，在他看來，拿下大定府固然能儘量地切斷女真人的補給，可是現在的祁津府已經岌岌可危，一旦讓金軍攻入城中，那麼好不容易搶過來的戰場主動權極有可能又要落回完顏阿骨打的手上。既然如此，那就一定要想辦法把女真大軍從祁津府吸引過來，無論使用任何方法！

周處抱著手，努力看著地圖，慢慢消化沈傲的話。

沈傲說的並沒有錯，完顏阿骨打這般的梟雄是絕不可能被人牽著鼻子走的，女真人素來剛烈，難保他們不會破釜沉舟，到時候反而讓他們一鼓作氣，一舉拿下祁津府，那麼位於大定府的宋軍便處在祁津、臨璜之間，孤立無援，眼下好不容易創造出來的優勢極有可能逆轉。

只是要把女真人吸引到大定府來，讓他們捨棄祁津府，又該使用什麼辦法呢？周處海盜出身，攻城掠地的事畢竟不是強項，雖說這幾年受到薰陶，可是一時之間也想不到更好的主意，眼睛落在沈傲身上，道：「殿下莫非已經有了主意？」

沈傲哂然笑道：「沒有主意，本王說這麼多做什麼？你當本王吃飽了沒事做？」

殿中的人一起哄笑，氣氛也從方才的緊張變得活潑起來。

笑過之後，沈傲雙眉垂下，手指狠狠地落在臨璜府方向：「要吸引女真人，最好的辦法只有一個，直搗臨璜府！」

臨璜府……殿中的軍官、博士一時愕然，臨璜府不是大定府，既是長途奔襲，那麼只能借助騎兵，水師的騎兵不多，以這一點兵力去偷襲金國的巢穴，這已經和送死沒有什麼分別了。這麼做，風險實在太大，兵出大漠，千里無人，四處都是敵軍，只要女真人稍有察覺，屆時鐵騎四出，便是想逃也沒法逃了。

沈傲的眼眸中閃過一種躍躍欲試的光澤，掃視處在震驚中的諸人，厲聲道：「臨璜府乃是金人巢穴，金人的宗室貴族都聚集於此，四處劫掠的財物也都存放在這兒。這裏是天下最大的寶藏，也是金人的命根，只要拿下臨璜府，金人必然軍心動搖，此役必敗！本王臨危受命，統帥水師軍馬橫渡汪洋來此是爲了什麼？你們真當本王是來援救遼國……」沈傲笑得有些冷，斷然道：「遼國是死是活和我們有個屁關係……」

殿中的遼人頭目一時尷尬地低垂下頭，不過沈傲能開門見山，他們雖有些意外，倒也不敢腹誹什麼，宋遼本就是世仇，你硬要說人家爲了救你而千里迢迢趕來，再說什麼兄弟情深，鄰里相幫，人家也不會信。

沈傲繼續道：「本王來就是來殺韃子的，女真人野心勃勃，想氣吞山河，本王就殺一個是一個，臨璜府韃子最多，女真人最多，這一次進兵臨璜，完顏阿骨打必然大驚失色，也必定會捨棄祁津府北上，所以……」沈傲的手指重新抵在了臨璜府的位置，道：「本王率軍奇襲臨璜府，周處……」

「在！」周處正色挺胸道。

沈傲繼續道：「你率軍屯駐大定府，迎擊完顏阿骨打的大軍，給本王爭取時間，待本王破了臨璜府，再提兵回師，就在大定府與完顏阿骨打決一死戰！」

周處的臉頰不由地抽搐了一下，惡狠狠地道：「周處在大定府，專候殿下回師。」

沈傲哈哈一笑道：「就是要這個樣子，守住了大定府，就是大功一件。」

站在角落裏的一個博士臉上帶著幾分憂心，道：「殿下，水師騎兵不過一萬，而據情報顯示，女真人關外的軍馬足有七八萬之多，便是臨璜府一側，也有五萬餘人，以一萬擊五萬，只怕……」

沈傲笑起來，道：「誰說本王只有一萬人？本王有十萬鐵騎。」

「十萬……」所有人倒吸了一口涼氣，頗有些摸不著頭腦。

沈傲的目光落在了地圖的西夏位置，心想，這個時候，李清和烏達只怕已經出兵了吧，鬼智環呢？她的橫山鐵騎在哪裡？今日，本王再與你們並肩作戰，去開創不朽的偉業。

「咦……外頭的雨停了。」沈傲瞥眼看到窗外竟是晴空萬里，不禁朝窗邊走去。

第一七九章 大漠禿鷹

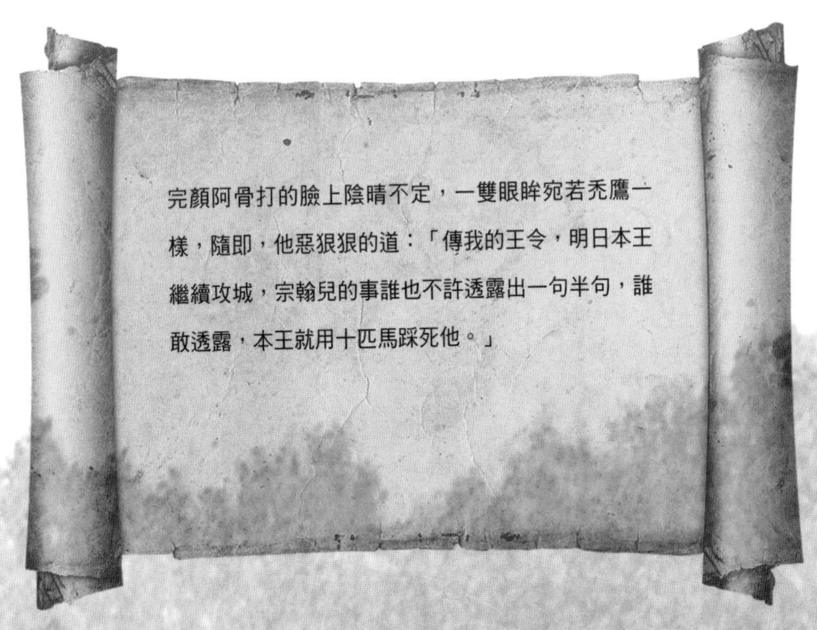

完顏阿骨打的臉上陰晴不定，一雙眼眸宛若禿鷹一樣，隨即，他惡狠狠的道：「傳我的王令，明日本王繼續攻城，宗翰兒的事誰也不許透露出一句半句，誰敢透露，本王就用十四馬踩死他。」

一場雨後，突然間，天空閃耀著萬道霞光。殿外的花園生機盎然，連空氣都變得清新無比。

沈傲佇立了一會兒，含笑道：「這麼好的天氣，豈能待在屋裏？實在是暴殄天物，來人，去準備幾個炭盆來，咱們索性就在這外頭一起燒烤吃，宰一隻羊羔吧。對了，把這殿裏不必當值的侍衛都叫來，再去溫些酒，就當是讓大家提前為本王送別。」

一個遼人頭目舔舔嘴，笑道：「好極了，若說燒烤，我們契丹人倒是有幾手秘而不宣的絕技，殿下要兵出大漠，按照我們契丹人的規矩，是該讓大家陪殿下喝上一夜的酒才算是盡歡。」

沈傲嘿嘿笑道：「啊……原來契丹還有這個規矩，本王為什麼不知道？我們大宋倒不知有什麼規矩，周處，本王問你，大軍出征，按規矩該怎麼樣？」

周處想了想，道：「殺牲畜，祭天！」

沈傲不禁咋舌，道：「老天和本王不對盤，這就免了吧。不過話說回來，在本王的家鄉，人將要遠行時倒也有些規矩。」

眾人聽了，情緒歡快起來，紛紛道：「殿下不是汴京人嗎？汴京的規矩似乎並無特別。」

沈傲正色道：「誰說本王是汴京人？其實本王的祖籍是洪州。」

大家才恍然大悟，其實大多數人都不知道洪州在哪裡，反正殿下這麼說，大家跟著喳呼一下，表示一定牢記在心就是。周處多嘴道：

「殿下，那麼洪州那邊送行有什麼規矩？」

沈傲有些不太好意思地道：「真的要說？」

幾個遼人便鼓噪：「殿下什麼都好，就是爲人太謙虛謹慎，有什麼話說出來便是，我們契丹的男兒絕不會遮遮掩掩的。」

謙虛謹慎……沈傲真不知道這幾個契丹人是故意諷刺自己還是馬屁拍在了馬腳上，沈傲若是謙虛謹慎，那這世上就真沒幾個皮厚大膽的人了。

沈傲哈哈一笑，道：「說得也是，男子漢大丈夫，有什麼話當然說出來才好，其實在本王的家鄉洪州，給人送行時都是要派發紅包的，哈哈……這鄉俗真古怪，別人是互訴衷腸，或是相敬一杯美酒，到了洪州，就成送錢了。」

聽到紅包兩個字，幾乎所有的人都面面相覷，周處心裏後悔莫及：我是豬啊我，偏偏哪壺不開提哪壺，早知不該接他的話，現在倒好，人家都「謙虛謹慎」的提出來了，還能無動於衷嗎？

那幾個鼓噪的遼人也被大家橫眉冷對，這幾個傢伙也覺得自己錯了，一個個耷拉著腦袋，心裏有點兒發虛。

一個博士乾笑，道：「殿下的鄉俗裏，一般送友人遠行要多大的紅包？哈哈……卑下只是隨口問問……」

沈傲厚顏無恥地道：「這個嘛……也是分人的，比如是個尋常的百姓，大多百文錢也就差不多了，若是個士紳秀才，多少也要一兩貫，若是個七品縣尊，這就不得了了，沒有十貫二十貫是拿不出手的，若是到了知府……」沈傲很嚴肅的道：「沒有五十一百貫那是不成的……可要是……」

開始聽到百八十文，大家心裏頭還鬆了口氣，可是聽到知府都到了五十一百貫，所有人臉都綠了，知府是什麼？不過是個五品官，可平西王是什麼身分？這不是喝人血嗎？

其實殿裏的大多數人說窮談不上，但要說家資殷富那也不可能，水師督察得嚴，俸祿雖然極高，身爲將佐和高級軍官、博士，一年下來怎麼說也有五六百貫，像周處這個級別，一年一千五百貫也是有的。至於那些契丹的頭目，那就慘了，這些人原本都是貴族，是契丹軍中的高級將領，可是那是從前，後來女真人入關，四處燒殺搶掠，家業早被女真人搶空了，不得已才帶著殘兵四處躲藏、遊蕩，混得好的，勉強能混個溫飽，一些混得不好的，躲在大山裏足足半年多沒見過天日，直到大定府頒佈告中國百姓書才衣衫襤褸的來投奔，平素都是面有菜色，淒淒慘慘切切極了，哪裡能湊得足這紅包。

按沈傲的意思，你不拿出個一千貫來都不好意思和平西王打招呼，這不是坑人嗎？誰吃得消？

「咳咳……」周處乾咳，好不容易才道：「殿下，咱們先吃了燒烤和美酒再說。」

「對，對……哈哈，洪州的風俗真是有趣，難怪如此人傑地靈，能出殿下這般不世出的奇才……」有人乾笑著道，其實在心裏，早就把洪州罵開了，該死的洪州，混帳的洪州……

沈傲便笑著帶大家到了這行宮的一處花園，就在涼亭下叫人堆了火，去尋了柴火，又叫人宰了一隻羊羔，拿了一些其他的菜色，溫了酒，侍衛們也紛紛來了，足足百來個人，濟濟一堂，很是熱鬧。

不過也有大煞風景的事，比如沈傲總是感嘆，道：「在本王的家鄉……」

一聽到家鄉，大家臉上的笑容就不自然了，笑得比哭還難看。

「鄉愁就像一壺酒，藏的越深，就越發纏綿回腸。」沈傲大言不慚的喝了一口酒，很是惆悵的樣子撥了撥腦袋，唏噓長嘆。

「……」

一夜宿醉，沈傲被周恆喳喳呼呼的叫起床來，洗漱之後，才想起今日出征，事不宜遲，奔襲臨璜府自然是越快越好，水師騎兵已經在城外待命，沈傲看了看天色，才發現天已經大亮，便懊惱昨夜不該吃這麼多酒，心裏便唏噓：「人思起鄉來果然是像黃河氾濫一樣，本王一向沒心沒肺，怎麼突然就思起鄉來呢。」

他稀里糊塗的亂想一通，胡亂吃了點東西，便精神奕奕打了馬，帶著周恆眾侍衛趕赴大定府北門。到了北門，水師騎兵已經一溜兒列好了隊，磨刀霍霍，旌旗招展，大定以北是一望無盡的原野，從門洞出來放眼看過去，彷彿可以看到天邊的盡頭，被大風吹拂的半人高水草高低搖曳，起伏不定，策馬其間，讓人生出幾分江山多嬌的豪氣。

沈傲四處張望，卻是滿腹疑竇，對周恆道：「為何只見騎兵，沒有人來給本王送行，周處那小子在哪裡？還有那些水師的將軍，還有契丹的傢伙都躲哪裡去了？真是太可惡了，居然比本王起得還遲，就算是昨夜喝了酒，也不該這樣。」

周恆苦著臉道：「殿下，周大人清早就叫了人來傳報，說是他昨夜酒喝多了，傷著了胃，已經叫護理校尉去看過，說是要調養幾日，不能來相送了。」

沈傲的臉色有點兒僵：「其他人呢？」

周恆尷尬的道：「劉博士染了風寒，朱指揮昨夜打馬回營的時候摔著了腳，楊將軍犯了舊疾，還有……」

沈傲一時無語，這些人實在無恥，居然裝病，不過眼下出發在即，原本就耽誤了太多時辰，也顧不得修理他們，只好打斷周恆道：「罷了，他們不來就不來吧，誰叫本王人緣不好呢，走，向臨潢府出發！」

一聲令下，傳令兵飛馬將沈傲的命令傳遞下去，萬餘騎兵撥馬北行，向著曠野深處前進。

女真大營。

朔風習習，到了傍晚的時候，天空陡然驟變，鵝毛大雪紛紛揚揚自黑暗的天穹飄灑下來，夜風呼號著灌入帳中，女真人被這突如其來的寒氣一吹，便是平素習慣了風雪的他們這時也有些吃不消了，不得不熄滅了帳外的篝火，將帳篷捂了個嚴實，縮在帳中喝酒取暖。

祁津府破城在即，可是越是在這緊要關頭，契丹人反而更加頑固，白日的時候，完顏阿骨打親自督戰，如流水一般的金軍發瘋似的攻城，眼看祁津府南門已經告破，大量的金軍湧了進去，卻最終還是被擋了回來。

女真人其實早已疲倦到了極點，他們所擅長的是曠野逐殺，策馬提韁、呼喝一聲如潮水一般衝殺敵軍，攻城的戰役實在不是他們的強項，若不是女真人天性勇猛，再加上完顏阿骨打不斷鼓舞，只怕這時候早已堅持不下去。

初冬未至，大雪終於提前到來，這就意味著，未來幾日的攻城戰將更加艱難，因此城外的大營總是瀰漫著一股蕭索的氣氛，許多人悶著頭坐在帳中喝酒，比起從前少了歡笑，多了一點凝重。

不知是什麼時候，鼓聲突然傳了出來，咚咚的聲音彷彿在演奏一首蒼涼的曲調，帳中的女真人都在凝神細聽，手鼓是女真人的樂器，也是薩滿巫師的工具，這首曲子耳熟能詳，講的是一個叫女丹的女真女人在丈夫死後，學習薩滿後，駕著鼓飛去給首領治病的故事。這故事雖然簡陋，可是在這夜半時分用手鼓敲打起來，卻有一種濃濃的思鄉之意。

狂風還在呼號，與大漠遼東的風雪相比雖算不得什麼，可是卻顯得尤其的刺骨，在那金軍的大帳，幾團炭火在帳中生起來，地上鋪了虎皮的毯子，使得整個大帳溫暖如春，金軍的將軍早在一個時辰前就已經到了，各自席地坐在毯上，悶頭喝酒，誰也沒有說一句話，就是喝酒時都刻意的壓制住咕嚕的聲音。因爲他們的首領，完顏阿骨打橫刀坐在首位，陰沉著臉，始終不發一言，也只顧埋頭喝酒。

通常這時候，完顏阿骨打一定是在思考，將軍們雖然不知道完顏阿骨打在思考什麼，可是看他表情凝重，雙目赤紅，心裏已經料定一定出了什麼事，大王只有在盛怒之下才會表現出這樣的神態，若只是單純的生氣，早就提了鞭子尋了個奴才來鞭撻了。

眼見完顏阿骨打如此，將軍們自然是一個個屏住呼吸，躡手躡腳，生怕觸怒到了這白山黑水的王者。

完顏阿骨打又是將牛角杯中的烈酒喝乾，臉上早已生出醉紅之色，拿手肘抹了抹嘴角鬍鬚上的酒漬，完顏阿骨打終於抬起頭來，他的眼睛通紅，佈滿了血絲，這銅鈴大的眼睛，突然微微闔起，露出一絲凶殘，隨後，狠狠的將牛角杯擲於地上。

牛角杯在地毯上翻滾幾下，連聲音都沒有發出便躺下不動，可是這一下卻讓所有將軍更加提心吊膽起來，紛紛停止動作，不解的看向完顏阿骨打。

完顏阿骨打突然狂笑，這洪鐘般的笑聲霎時將帳外的風聲壓了下去，隨即用手狠狠壓在桌案上，撐著有些搖搖欲墜的身體站起來，大口的噴吐了兩口酒氣之後，才道：「我的侄兒，我的宗翰兒，白山黑水的巴圖魯死了！」

帳中譁然，所有人露出驚訝之色，完顏宗翰率五萬鐵騎北上救援大定府，現在，宗翰將軍居然死了，那麼五萬鐵騎在哪裡，大定府出了什麼事？

完顏阿骨打大吼道：「宗翰兒幼時隨我起兵，強壯的像一頭小牛犢一樣，比白山上最凶猛的海東青更加勇敢，可是現在，漢狗殺了他！那個叫沈傲的，先是殺了我的兒子，用奸計俘虜過我的母親，現在，他又殺死了宗翰兒！」

帳中更加躁動，所有人皆是駭然，呼吸都變得急促起來。

「除了宗翰兒，還有我大金國的五萬兒郎，五萬勇敢的戰士，都被那沈傲用奸計誆騙到了大定，將他們活活燒死！」

完顏阿骨打的眼睛像是要滴出血來，每一句話，每一個字都是攥著拳頭，像是用盡了全身的力氣發出來的：「就在一個時辰之前，消息才傳遞過來，宗翰兒全軍覆沒，一個人也沒有逃出，所有人全部死在了大定府，除此之外，完顏宗雋也落入了那沈傲的手裏，宋軍截斷了我們的後路。」

將軍們倒吸一口涼氣，終於爆發出低吼，七嘴八舌的道：「報仇！」「殺死沈傲。」

完顏阿骨打任憑將軍們叫喊，無動於衷，壓了壓手，才讓將軍們重新安靜，完顏阿骨打厲聲道：「我們女真人的仇敵，早晚有一日會用我們的弓箭，會用我們的戰馬去報答。不殺沈傲，我完顏阿骨打又有什麼面目對得起自己的族人，又有什麼面目給我的兄長一個交代。」

一名將軍道：「請大王立即下令，我們這便殺回大定去，爲宗翰將軍報仇！」

「報仇！」帳中傳出一陣低呼。

完顏阿骨打的臉上陰晴不定，一雙眼眸宛若禿鷹一樣，隨即，他惡狠狠的道：「傳我的王令，明日本王繼續攻城，宗翰兒的事誰也不許透露出一句半句，誰敢透露，本王就用十匹馬踩死他。」

將軍們霎時鼓噪起來，先前說話的將軍道：「大王，宋軍截斷了我們的退路，現在軍中的糧食至多堅持一個月，再加上寒冬將至，許多勇士的冬衣都沒有備齊，祁津府再不能打了，現在趁著這個機會殺回大定府去，既可以爲宗翰將軍報仇，又……」

完顏阿骨打厲聲打斷道：「胡說，女真的男兒哪裡有前功盡棄的道理，先拿下祁津府，再回去收拾沈傲，這就是本王的命令，誰也不許再勸！」

他的眼眸閃動一下，昂首道：「這時候就算是回去攻打大定府，也需要糜費時間，與其如此，倒不如全力拿下祁津府，現在契丹人已經人困馬乏，破城只是時間問題，只要我們徹底消滅了契丹人，再以祁津府作爲後路，慢慢收拾漢狗不遲！」

眾人見完顏阿骨打態度堅決，也都默然。

完顏阿骨打顯然不是個容易被憤怒蒙蔽理智的人，他當然清楚，自己的選擇是正確的，正如那女真將軍所說，大軍的糧食至多堅持一個月，若是大軍去大定府，沿途就要耽擱半個月的時間，半個月之內若是拿不下大定府，女真大軍就要被活活困死餓死，與其如此，倒不如將賭注放在祁津府上。

打發走了眾將，完顏阿骨打整個人像是癱了一樣坐在椅上，大帳之中空無一人，只剩下一罈罈空空如也的酒罐，起兵到現在，完顏阿骨打只吃過兩次虧，一次是沈傲，第二次還是沈傲，這個沈傲，就像是他的剋星一樣，讓他不得安生。

雖然從來沒有與沈傲正面較量過，完顏阿骨打已經深信，此人必將是自己最大的對手，自己雄心萬丈的最大絆腳石，可是完顏阿骨打卻也不斷的在告訴自己，現在還不是報仇的時候，要忍耐，不管發生了什麼事，都要先拿下了祁津府再說。

沉思了良久，完顏阿骨打突然又坐直了身體，鐵塔般的身軀像是重新爆發出無窮的力量，一雙黯淡無光的眼眸閃動著比任何時候都閃亮的光輝，他惡狠狠的獰笑起來，遊戲才剛剛開始，宗翰兒會麻痹大意，女真鐵騎會中沈傲的奸計，可是完顏阿骨打深信自己不會輸，這個自信來源於他自己，他才是草原上最強大的梟雄，是天下的主宰，既然別人對付不了這沈傲，那麼早晚有一日，完顏阿骨打會親自去收拾這個難纏的對手，就像當年他帶著幾千人去對付十萬遼軍，去直搗黃龍府一樣。

「我，完顏阿骨打，有海東青一樣的敏銳，有惡狼一樣的機智，有猛虎一樣的力量，不管是任何敵人，都將死在我的弓箭之下，那些不服從我的女真酋長是如此，遼國的天祚帝是如此，下一個，就是你這漢狗了！」

完顏阿骨打心中道出一句誓言，隨即，他低呼一聲：「來人。」

帳外一名親兵踱步入帳，躬身道：「大王……」

完顏阿骨打慢吞吞的道：「去洗乾淨本王的鎧甲，餵飽本王的戰馬，明日清晨，本王要親自攻城！」

女真大營一如既往的平靜，彷彿什麼事都沒有發生，除了少數的將軍知道來自大定府的消息，大多數人仍然蒙在鼓裏，一夜過去，到了第二日拂曉時，完顏阿骨打披掛上陣，出現在陣前。

他穿著古樸的皮甲，整個人如鐵塔一般坐在馬上，一雙眼眸延伸到了祁津府的城頭，這座堅固的城池已經露出了不少破綻，現在完顏阿骨打所要做的，就是將這破綻不斷擴大，再以勝利者的身分打著馬走進城去。

女真大軍已經開始在城下列陣，一眼看過去，滿山遍野，完顏阿骨打一聲令下，繡著狼頭的王旗在他身後打了出來。

完顏阿骨打蔑視地看了城上的遼軍一眼，隨即道：「阿保，帶著你的部眾上去。」

一名將軍躍躍欲試，應承一聲，撥馬回到本隊，抽出長刀朝天一指，爆喝一聲，身後響起如山的喊殺，無數的健馬脫韁而出，越過這阿保朝祁津府城牆飛馳而去。

密密麻麻的女真騎兵迎著朔風，在曠野下疾馳，待到了城下，又如旋風一樣調準角度橫跑起來，馬上的騎兵紛紛抽出弓箭，朝城上的遼軍飛射。

這是女真人攻城的慣用手法，不過這般飛射，其實真正的作用更多只是打擊城牆上的守軍士氣，殺傷力卻是低得嚇人。

城上的遼軍被這飛矢亂射，不少人躲到了女牆之後不敢冒頭，也有不少步弓手飛射還擊。

恰在這時候，城下傳出隆隆的鼓聲，完顏阿骨打勒著馬，飛馳到密密麻麻的步卒陣前，抽出了腰間的佩刀，高呼一聲：

「城裏有數不清的財富，有抹了胭脂的女人，有最醇香的美酒，你們還願意在這城外被大風吹，吃著沒有鹽巴的肉脯，住著遮不住風雪的帳篷嗎？」

密密麻麻的步兵陣多是些衣衫襤褸的配軍，這時也變得士氣如虹起來，一齊喝道：「搶掠他們的金銀首飾，吃他們的美酒，睡他們的女人！」

完顏阿骨打熱血沸騰起來，虎目之中掠過一絲猩紅，長刀向天，道：「那就殺進城去，我……完顏阿骨打今日在這裏許諾，這裏的一切都是你們的賞賜！」

配軍們爆發出一陣歡呼，隨即，如潮水一般越過完顏阿骨打，提著刀劍，架著雲梯朝城牆快速移動，人群宛若瘋狂了一樣，爭先恐後，宛如雨林中的行軍蟻，密密麻麻而浩浩蕩蕩。

完顏阿骨打駐馬而立，闔著眼，注視著戰場，飛射的騎兵從某種程度上壓制住了城頭上的守軍，事實上，女真人在攻城方面也已經有了一些經驗，就比如這種先讓騎兵飛射的做法就是其中之一，所謂壓制，其實就是爲這些配軍做掩護，讓城頭上的守軍分心，令他們不能專心致志打擊攻城的步卒。

大雪雖是停了，可是護城河仍然結了冰，這讓配軍少了一重麻煩，頃刻之間，已經有跑得快的抵達了城牆之下，七手八腳地架起了雲梯，隨即，又如沾了方糖的螞蟻一樣密密麻麻的向城上攀爬。

長達十里的城牆，此刻已經歪歪斜斜地掛起了數百雲梯，無數人攀爬，接著被城上的飛矢射下，也有熱油、巨木、石塊滾下，城上城下都是哀嚎陣陣，無數人發出絕望的淒吼，與那興奮的喊殺聲一道，成爲了攻城的主旋律。

遼軍顯然也明白女真人的意圖，立即放棄了對女真射手的回擊，專心致志地對付攀爬上城的配軍。

這時，終於還是有配軍攀上了城牆，雖然大多數剛剛冒頭便被長槍刺了下去，可還是有倖存的跳上了城牆上的甬道，城牆上，無數人拿著長刀、長槍鏖戰在一起，又一日的攻城徹底拉開了帷幕。

攻城的戰鬥早已讓完顏阿骨打生出厭煩，可是他知道，他必須比守軍更有耐心，他的一雙虎目一絲不苟地盯著城牆，不斷地計算著什麼，當看到有配軍殺上了城牆，身後的侍衛一陣歡呼，可是完顏阿骨打卻只是冷冷一笑，這笑容不帶任何表情，眼睛裏流露出來的是失望。

果不其然，反應過來的遼軍大量地出現，只消片刻功夫，便將登上城牆的配軍清理了個乾淨，隨後，遼軍開始潑下火油，用火箭引燃，一時之間，不少雲梯燃燒起來，無數個火人自攀到一半的雲梯上嚎叫著摔落下去，有的直接砸入那城下蜂擁的人群，立時引起城下配軍的混亂。

完顏阿骨打不由地冷哼一聲，配軍就是配軍，若是登上城的是女真人，效果可能不一樣，可是女真人只擅長騎馬，讓他們攀爬城牆，損失是完顏阿骨打不可以接受的，他壓抑住這個瘋狂的念頭，繼續冷眼觀看著戰局。

無休止的戰鬥一直持續到了晌午，一波又一波的配軍如潮水一般衝上去，又如喪家犬一樣沒命奔逃回來，反覆幾次之後，配軍的士氣跌落到了谷底，一次又一次的進攻，攻勢卻越來越微弱起來。

而城上的遼軍也是疲態盡顯，甚至連射下來的飛矢也變得無力起來，完顏阿骨打心想，給本王半個月，只要半個月，本王一定能拿下城。他的目光極爲敏銳，若說方才慘烈的攻城，其實在他看來不過是一次預先的排演而已，那城下一地的屍首，無非是完顏阿骨打估量遼軍實力的墊腳石。

金軍的攻勢終於隨著完顏阿骨打的命令而停止了，金軍退回營中，開始埋鍋造飯，到了下午，攻城仍然繼續，而完顏阿骨打下達了命令，凡是後退的，殺無赦！

在屠刀之下，配軍又打起了精神，全力攻城，隆隆的戰鼓和喊殺、淒吼匯在一起，與那凍成了紫紅的大地和漫天的血腥一起交融。直到天色黯淡，完顏阿骨打才下令收兵。

今日一戰，又是無功而返，這讓整個金軍都變得垂頭喪氣，但完顏阿骨打卻是渾身輕鬆，到了第二日，第三日，仍是督促配軍攻城，一直到了第四日下午的時候，完顏阿骨打卻一反常態，這一次不止是出動了配軍，還讓不少女真人混雜在配軍之中，一道向祁津府發起了進攻。

完顏阿骨打的新辦法起到了極大的成效，遼軍對攻城的配軍已經越來越熟知，幾日攻城不下，也讓遼軍滋生出了一些信心，突然之間，攀爬上城的不再只是配軍，多出了一些悍不畏死的女真人時，遼軍一時疏忽，居然讓攻城的軍馬占住了一段半里長的城牆，大量的攻城軍馬登上城，眼看上城的人越來越多，若不是後來一支精銳遼軍及時趕到，勉強地將這些登城的金軍趕了下去，其後果只怕不堪設想。

傍晚，完顏阿骨打仍舊下令收兵，今日的攻城辦法明顯起到了不小的成效，不過要拿下城池，這還只是開始。當日夜裏，完顏阿骨打顯得興致勃勃，召集眾將來大帳中聚飲。

在搖曳的燭火下，這個身軀如虎豹的男人虎目四顧，勉強擠出幾分笑容，舉起了牛角杯，道：「遼人堅持不了多久了，明日之後，定要再接再厲，拿下了祁津，本王重重有賞！」

將軍們見完顏阿骨打興致高昂，歡笑聲一團，紛紛道：「早晚將耶律大石的狗頭獻於王帳之下。」

完顏阿骨打大笑，一口將酒飲盡，還想再說些什麼，帳外卻傳出窸窸窣窣的聲音，完顏阿骨打皺起眉，露出不悅不色，平時他召集眾將，是不允許人打擾的，這時候是誰在外頭胡鬧？

一名侍衛捲簾進來，納頭便拜，道：「大王，大定府送來的消息。」

聽到「大定府」三個字，完顏阿骨打的煞氣更濃，放下牛角杯，冷言冷語地道：「念。」

「宋軍在中京道招募流民、潰兵，聚眾二十餘萬屯駐於大定，與此同時……與此同時……」

「說！」完顏阿骨打見對方遲疑，不由大喝一聲。

「是，與此同時，有一萬宋軍騎兵朝臨璜府方向去了。」

大帳之中所有人的笑容都僵硬起來，有一名將軍甚至驚得連杯盞都掉到了地上。完顏阿骨打冷若寒霜，整個人像是僵住了一樣。

一名將軍見狀，道：「大王，不過是一萬騎兵，算不得什麼，臨璜府一帶，有我女真鐵騎六七萬之多，宋軍當真敢去，定讓他們有去無回。」

完顏阿骨打卻是冷笑，道：「你們當沈傲會做這種蠢事？他既然敢拿出一萬騎兵去臨璜府，就一定有必勝的把握。」

「難道是沈傲那漢狗故意作出一副北去臨璜府的姿態，是要擾亂我們的軍心？」一名將軍小心翼翼地道。

其實在所有人看來，一萬的宋軍騎兵實在不堪一擊，只要有五千女真鐵騎，就足以將他們徹底擊潰。更何況，臨璜府的金軍以逸待勞，人數更是宋軍的六七倍之多，雖然宋軍的舉動在乍聽之下顯得有些讓人驚愕，可是很快，大家便鎮定下來，在他們看來，宋軍這樣的舉動和送死實在沒有太多的區別。

完顏阿骨打卻是出奇地認真，他絕不相信沈傲會做這種蠢事，驟然間，他的眼眸閃過一絲駭然，隨即道：「不，沈傲那狗漢人有的不是一萬鐵騎，而是十萬雄兵，十萬人奇襲臨璜府……」

第一八〇章 捷報頻傳

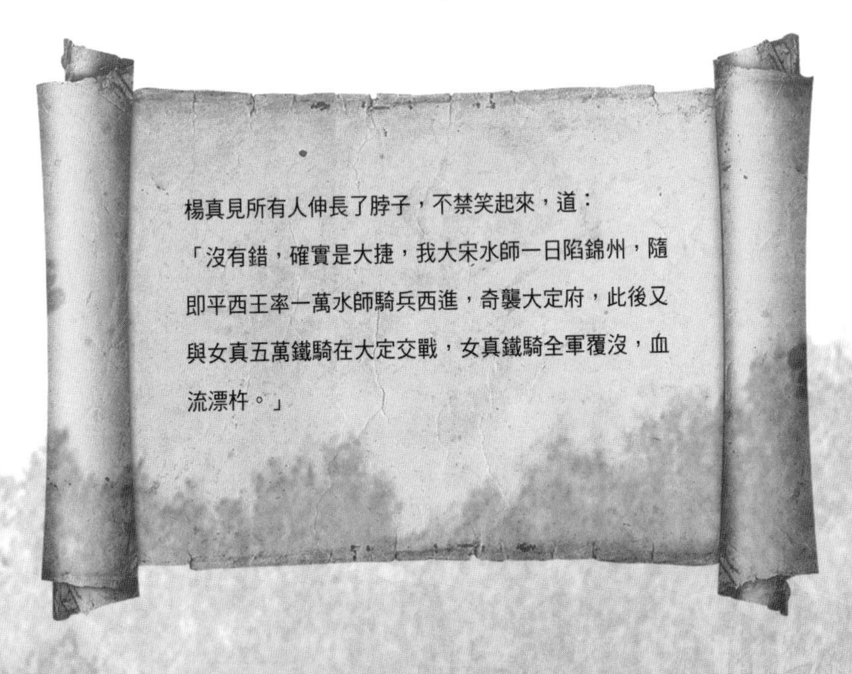

楊真見所有人伸長了脖子，不禁笑起來，道：

「沒有錯，確實是大捷，我大宋水師一日陷錦州，隨即平西王率一萬水師騎兵西進，奇襲大定府，此後又與女真五萬鐵騎在大定交戰，女真鐵騎全軍覆沒，血流漂杵。」

將軍們被完顏阿骨打的話嚇了一跳，卻都露出一副不相信的神色，十萬人是斷不可能的，臨潢與大定相隔七八百里，這麼長的距離非動用騎兵不可，宋軍水師有十萬大軍沒有錯，可是要說有十萬鐵騎，那簡直就是笑話。

完顏阿骨打已經意識到了危險的臨近，他大吼一聲：「以沈傲那漢狗的身分，爲何會親自帶騎兵去臨潢府？只有一種可能……」完顏阿骨打深吸一口氣，才繼續道：「西夏鐵騎兵出祁連山，與宋軍騎兵在臨潢府會合！」

一語驚醒夢中人，帳中的金國將軍霎時臉色驟變，西夏騎兵的厲害，他們並不是沒有領教過，雖然女真鐵騎仍是天下第一，可若是對方有十萬人，而突然奇襲臨潢府，臨潢府自然岌岌可危。

臨潢府對於完顏阿骨打，對於整個金國意味著什麼？再愚蠢的人都知道，一旦陷落，金軍就算拿下了祁津府也變得毫無意義，那裏才是女真人的根本，只要宋軍拿下祁津府，再分兵入遼東黃龍，完顏阿骨打手裏的十五萬女真鐵騎，立即會陷入有家不能歸的尷尬境地，而且那十萬配軍也必然反戈，十五萬入關的金軍將陷入西夏、大宋、契丹的合圍之中，直至被徹底消耗掉最後一點力量。

「大王，不能再打了，再打下去，若是臨潢府有失，我們就要做喪家之犬了。」

「大王，勇士們的親眷都在臨潢，一旦有失，必然軍心動搖，到了那時候，後果不堪設想，還是立即回師，與沈傲決一死戰。」

「宋軍拿下了臨璜，必然會西進攻取遼東，黃龍府若是有失，我們大金的國本就徹底葬送了啊。」

「隨我們來的配軍都是大漠各族抽調來的，一旦讓宋軍出現在關外，配軍還肯為我們效力嗎？」

將軍們的意見出奇的一致，大家的家眷都在關外，現在宋軍與西夏鐵騎出關，在這種情況之下，誰還有心思去攻奪祁津府？祁津府對大金國來說，不過是一塊肥肉。也只是一塊肥肉而已，若是讓他們拿著身家性命，放任自己的老巢而去吃下這塊肥肉，對所有人來說都是得不償失。

完顏阿骨打的臉色陰晴不定，深吸一口氣，道：「你們說的對，臨璜府絕不容有失，本王的母親，本王的妻子、兒女都在那裏，我們大金國的基業也在那裏。」

不過讓完顏阿骨打痛下決心，顯然還有些不容易，他沉吟了片刻，如禿鷹一般的眼眸微微閃爍，終於，他抬起眸來，正色道：「傳本王的命令，將這個消息立即散佈出去，告訴我們的勇士，明日夜間，拔營向大定府進發！」

「喳。」將軍們紛紛應命。

打發走了這些將軍，完顏阿骨打的眼中閃過一絲冷意，道：「去，將斡離不叫來。」

斡離不也就是完顏宗望，乃是完顏阿骨打的次子，作戰最是驍勇，統帥著女真鐵騎的精銳之一拐子馬軍，金國鐵騎橫掃八荒，其中以鐵浮圖軍和拐子馬軍最為精銳，鐵浮圖軍披重甲，而拐子馬軍善騎射，每每曠野對陣時，金軍用鐵浮圖重甲軍正面衝擊，拐子馬軍配置在兩翼。當吹響女真軍隊特有的羊角軍號聲後，鐵浮圖軍就會發瘋似地衝向敵陣，猶如一面鐵牆鋪天蓋地而至，給敵人以極大的震撼力。此時，拐子馬軍在兩翼奔射馳殺，所遇敵軍大多聞風喪膽，一觸皆潰。

這拐子馬軍以速度著稱，反應極快，或騎射，或近身格鬥，驍勇無比，戰功彪炳。過了一會兒，身材矮小卻很是精悍的完顏宗望踏入帳中，朝完顏阿骨打行了個禮，道：「父王。」

完顏阿骨打雙目闔起，淡淡道：「今日夜裏，帶著你的拐子馬軍出動，在祁津五十里外埋伏，若遇到遼軍，力求殲滅。」

完顏宗望一臉狐疑，想說什麼，完顏阿骨打卻不給他說話的機會，冷冷道：「去吧。」

完顏宗望還是忍不住道：「父王，遼軍只怕不敢出城追擊。」

完顏阿骨打眼中閃過一絲嘲諷，道：「耶律大石會的。」

宋軍奇襲臨璜府的消息已經傳開，整個金營已是炸開了鍋，一時之間人心惶惶，當日夜裏，便有不少金軍打點行裝，到了第二日清晨，金軍拔營而起，浩浩蕩蕩地撤離祁津府。

城中的遼軍見女真人突然撤離，一時之間也是滿腹疑惑，不得已派出斥候出去打探，才得知了消息，整個祁津府亦是一片劫後餘生的歡呼。

到了晌午的時候，遼軍三萬騎兵齊出，開始追擊。在遼人看來，這一次宋軍直搗臨璜府，金軍必然大亂，倉皇北返，趁著這個時候追擊一下，總能撿一點便宜。

其實之所以如此冒險，也是沒有辦法的事，耶律大石也算是一個梟雄，篡了皇位後，一直以堅韌不拔的姿態君臨大遼，而遇到金人卻是處處挨打，聲望早已跌落到了谷底，甚至在遼軍軍中，對這篡位的皇帝也頗爲不平，如今好不容易有了一個機會，豈能錯失？若是能大敗金軍一次，多少能挽回一點頽勢。

三萬遼軍日夜兼程，可是到了祁津府向北五十里處，前方的地平線上，突然出現了一支軍馬，一萬餘拐子馬騎兵列成一字長蛇等候多時，遼軍雖有三萬，可是當看到拐子馬軍時，霎時大亂，甚至已經有不少騎軍返身便逃，喝止不住。

一萬餘拐子馬軍放馬馳騁，地動山搖，宛若一柄柄尖刀，迅速將遼軍分割，不斷驅殺，遼軍大敗，血流成河，拐子馬軍一直追逐到祁津府城下，那數千遼軍潰兵想要入城，可是遼軍守將卻不敢開城，於是在這祁津府城牆下，一場驚心動魄的屠殺就這樣在守軍眼睜睜看著的情況下進行，這一日，天空彷彿都染了一層血色，朔風中隱隱伴隨著撕心裂肺的哀嚎。

汴京連續下了幾日的雨，氣溫也開始急轉直下，一份急報傳來送至門下省，看了奏報的書令史不由拍案而起，喜氣洋洋地道：「好……」

所有人側目過來，便是坐在上首的楊真也露出了不快之色，楊真的京察雖然暫時停止，可畢竟這位老頑固的餘威還在，尤其是在門下省，平素便是交頭接耳都是禁忌，大家各忙其事，各司其職，都是在默默中進行。

那書令史居然一點都沒有露出歉意，立即拿了奏報離座，徑直到楊真這邊，喜氣洋洋地道：「大人請看，平西王殿下送來的報捷奏疏，水師破錦州，一路西進，拿下了大定府，殲女真鐵騎五萬人之多，旗開得勝，真是可喜可賀。」

楊真聽得心裏砰砰亂跳，這消息來得太倉促，令他始料不及，從水師出發到現在也不過兩個月的光景，兩個月對一場大戰役來說可謂短促得很，依著兵部和樞密院的估計，沒有個一年半載這場戰爭也不會見分曉，一年半載還算是少的，便是打個兩三年也是常有的事，所以這捷報突如其來，楊真失態也是正常的。

楊真也是個急性子，立即搶過這捷報，放在案上仔細端詳著看了幾遍，等他抬起眼時，才發現整個門下省的書令史、錄事都沒有了辦公的心思，眼睛紛紛朝他身上看過來，不少人已經露出了狂喜之色。

這一戰與越國之戰不同，越國之戰和朝中的袞袞諸公一點兒關係都沒有，是勝是敗對他們都沒有影響，甚至有一些巴不得平西王大敗一場，好打消一下他的囂張氣焰。

可是女真之戰就不同了，這關係著整個汴京所有人的身家性命，一旦水師大敗，女真人拿下祁津府，汴京就完全暴露在金國鐵騎之下，連不可一世的遼人都是一敗塗地，祁津府都被金人攻破，汴京能堅持多久也只有天知道。

所以捷報傳來，所有人的心情都輕鬆起來，這緊張兮兮的汴京，膽戰心驚的文武們總算能鬆一口氣，日子照舊還能繼續混下去，總而言之，歌可以照唱，舞可以照跳，心裏落下了一塊大石，連精神都愉快起來。

楊真見所有人伸長了脖子，不禁笑起來，道：「沒有錯，確實是大捷，我大宋水師一日陷錦州，殺賊三千餘，隨即平西王率一萬水師騎兵西進，奇襲大定府，梟首三千二百級，此後又與女真五萬鐵騎在大定交戰，女真鐵騎全軍覆沒，血流漂杵。」

聽到楊真的確認，門下省難得傳出一陣歡呼，一個滿面紅光的錄事道：「這捷報會不會作假？」

門下省裏又安靜下來，假傳捷報是大宋的潛規則，邊軍那邊也不是一次兩次這麼做了，對這些武夫，大家心裏跟明鏡似的，說是殲賊五萬，那大致能殲賊一萬就算是了不起了，說是潰敵，還不知道誰潰了呢，所以這錄事提出這個擔心，倒也情有可原。

楊真捋鬚沉吟，最後道：「平西王不會假傳捷報，這捷報一定是真的。」

楊真的話頗有點兒強詞奪理，可是他一錘定音，再加上平西王以往還真沒有這個劣跡，這也是朝中公認了的，在泉州的時候，就曾鬧出這麼個誤會，後來還不是澄清了。

門下省的諸位大人們這時都沒有辦公的興致了，連楊真那刻板的臉上也煥發出笑容出來，朝胥吏吩咐道：「快，上茶，再叫個人去通知各部堂，各院寺，樞密院、三司也要有人去叫，趙錄事，煩擾你去東宮一趟，給太子報喜，這是天大的喜事，要大張旗鼓的鬧出點響動來。」

眾人紛紛應諾下來，幾個年輕的書令史也快步跑到臨近的中書省、尙書省那邊報喜。

其實大家都知道，這位楊門下如此大張旗鼓，不止是要慶功，真正的用意是安撫人心，自從女真的鐵蹄越來越近，整個汴京的謠言怎麼也壓不下去，再加上皇上撒手不管，太子又曾力倡議和，做天子和監國的都是這個軟弱樣子，還有誰對這大宋有信心，因此在這汴京舉家南逃的可謂不計其數，便是一些朝臣，也早就給親眷們安排好了後路。不止如此，平時繁華的市集也漸漸蕭條，不少奸商趁機哄抬物價，便是先散佈出流言出去，說是祁津府已經被女真人攻破，惹得百姓們紛紛囤積糧食，米價日漲。

對於這個局面，三省六部雖然勉力支撐，京兆府也儘量維持，可是人心這東西卻不是說彈壓就能彈壓的下來，再這麼下去，那女真人還沒來，整個汴京也要完了。

如今這一場大捷對汴京無疑來說是一針強心劑，五萬鐵騎灰飛湮滅，攻奪錦州、大定府，錦州在哪裡？大定府在哪裡，那都是女真人的大後方，水師如此驍勇，難道還不足夠讓人心安嗎？

過了一會兒，石英便坐了轎子來，中書省離門下省並不遠，幾步路就到，可是這位石中書下了轎子，卻還是撒著腿飛跑進來，撞到了一個胥吏，啊呀一聲，差點兒沒摔個半死，那胥吏也嚇了一跳，連忙要攙他，石英卻是捂著額頭道：「無妨，無妨，做你的事去。」接著又跌跌撞撞的衝進去。

「尚之，捷報的消息可是真的嗎？是風聞還是確有其事，那捷報在哪裡？」一進門，石英直接稱呼楊真的字，張嘴便問。

此時楊真正在整理衣冠，撣了撣身上的灰塵，抬眼見是石英來了，便苦笑：「自然不敢有假，老夫正要入宮上奏太后娘娘，若不是確有其事，豈敢入宮奏陳。」

石英呼吸加快，漲紅著臉道：「有此大捷，女真人再不敢南顧了。」

他這句話雖有誇張的成分，可是宋軍表現出來的戰力，足以讓女真人生出忌憚之心。這一戰，可以算是保全了汴京，壓住了局面。

楊真喜道：「公爺不必多說什麼，不如隨老夫一道入宮面見太后吧，讓太后娘娘也高興高興。」

石英連連點頭，道：「我隨尙之一起去。」

二人一道整冠，出了門下，各自坐上轎子，到了宮外一面叫人稟告，一面直接進去，殿前衛要攔，楊真昂首闊步的道：「中京大捷了。」

他這沒頭沒腦的一叫，先是讓殿前衛一頭霧水，隨即醒悟過來，中京大捷，難道是水師大捷？這可是天大的好消息，難怪這兩位大人如此失態，便一面放他們二人進去，一面飛報禁衛武官，這消息隨著這些殿前衛和門下省的書令史傳得極快，只用了半個時辰，便如長了翅膀一樣傳遍汴京的各處角落。

於是整個汴京驟然熱鬧起來，據說只一個時辰不到，各大酒肆沽出去的酒比平時十天半個月沽出去的還多，那賣鞭炮的鋪子更是被擠破了門檻，平時不太出門一臉陰鬱的讀書人，這時不少出現在大街上，邀上好友放浪形骸的四處慶祝。

宮外的爆竹聲源源不斷的傳入宮中，景泰宮雖在宮苑深處，可是大宋的皇宮規模上不是很大，所以這麼大的動靜，景泰宮也聽到了。

太后本是午後小憩的時間，被這聲音吵醒，顯得心情有些不好，冷聲道：「敬德，外頭是什麼聲音，鬧哄哄的，像是打仗一樣，怎麼不叫個人來問問。」

敬德連忙道：「奴才也不知道，奴才這就去問問殿前衛。」

太后想了想，抿嘴道：「罷了，說不準是哪家的富戶結親呢，哀家記得皇上剛剛即位的那一年，內城也有個人結親，據說結親的人家還是個什麼尚書是嗎？那動靜真大，比皇家還氣派。」

敬德心想，這個時節，汴京危如累卵，哪家吃飽了沒事做結親啊。再者說，能辦出這個場面的，整個汴京滿打滿算也不會超過二十家人，沒聽說過哪家人裏頭有人要結親。不過太后這般猜測，他也不好反駁，只是訕訕笑道：「這些人實在太大膽了，這般篡越，居然和皇家比富貴。」

太后卻朝銅鏡淡淡一笑，眼睛落在自己兩鬢間的白髮處，隨後又顯得鬱鬱寡歡起來，道：「由著他們去吧，連皇上都不管，哀家管個什麼。」

正說著，外頭有內侍匆匆進來，道：「楊真、石英兩位大人求見。」

太后抿了抿嘴，道：「叫他們等著，哀家要梳頭。」

「是……」那內侍退出去，可是過了一會兒，外頭便傳出楊真的聲音：「微臣楊真見過太后娘娘。」

太后的臉拉了下來，心裏想，這般沒有規矩，還沒叫進，人就來了後宮，怎麼這麼放肆，外頭的人說得果然沒有錯，這楊真的性子毛毛躁躁的，哪裡像個首輔。

他朝敬德努努嘴：「叫他們在外頭候著。」

敬德低聲道：「楊大人這般心急火燎，莫不是出了什麼大事，會不會和外頭的聲音有關。」

聽敬德這麼一說，太后也變得緊張起來，心說，莫不是女真人殺來了，這時候再沒有梳頭的心思，便叫梳頭的內侍直接給她挽髮，連珠花鳳釵都不插，長身而起，作出端莊的樣子，道：「請二位大人進殿說話。」

她從寢臥直接穿過內廊到了正宮，坐在帷幔之後的榻上，隔著紗帳，便看到楊真、石英二人一起進來，納頭便拜：「臣見過太后。太后安好。」

太后淡淡道：「起來說話，出了什麼事，讓楊愛卿和石愛卿這般心急火燎？」

楊真道：「門下省剛剛接到水師的捷報，平西王殿下率水師破錦州，一路西進，拿下大定府，殲女真鐵騎五六萬有餘，大勝金人！」

這個消息，真如晴天驚雷，太后先是愕然，隨即顫抖著聲音道：「你再說一遍。」

石英道：「水師大捷，大敗金國。」

太后已經站起來，拖著長長的絲裙，帷幔邊的內侍見太后要出來，立即將帷幔捲起，用銀鉤勾住，太后從紗帳之後出來，定睛看著楊真道：「千真萬確嗎？」

楊真不敢直視太后，仍然跪拜在地，道：「千真萬確，捷報是平西王殿下手書，洋洋三千言，事無巨細，都說的清清楚楚；若是假傳捷報，豈會說的如此仔細？再者說，平西王殿下乃是人中君子，更不會做出這等顛倒是非的事來。」

沈傲若是在這裏，聽到楊真對他的評價是人中君子，多半要淚流滿面不可。

太后卻不計較楊真的話，這幾個月壓在她心頭的陰霾，因爲楊真這一句篤定的話霎時掃了個乾淨，她不禁喃喃道：「曠世奇功，曠世奇功是不是？」

石英想了想：「此戰拱衛住了京畿，令我大宋宗社再無傾覆之危，說是曠世奇功也不爲過。」

太后激動的道：「哀家總算有個好孫婿，好，好得很，這才是國之棟梁，是擎天之柱，國之將傾，總會有忠臣、能臣的，這件事東宮知道不知道？」

楊真道：「已經叫人去知會了。」

太后喜滋滋的道：「哀家是個婦道人家，你們男人的事，哀家不懂，可是哀家知道，這一戰咱們大宋的社稷就算保住了，前方的將士在鏖戰，平西王在外頭飽經風霜，都很辛苦，立即命東宮進來，該賞賜的都要賞賜，還要叫人去泉州知會皇上，今兒個哀家就做一回主吧，這麼大的一樁功勞，該厚賜，哀家就在這兒等東宮進來，和他商議一下賞賜的事。」

太后的話有點兒語無倫次，可是楊真和石英卻聽明白了，太后這是要論功行賞，而且看樣子，是要厚賜。

其實說起來也能理解。這位太后娘娘最心疼的便是晉王，晉王沒有子嗣，只有一女，便是清河郡主，清河郡主嫁給了沈傲，如此說來，現在的沈傲是晉王一脈的嫡系，現在平西王立下曠世奇功，名正言順的也該給予厚賜。再者說，當年太祖皇帝在的時候，就曾許諾復幽雲者爲王，也就是說，誰能收復幽雲，就可以晉升爲王，不管你是阿貓還是阿狗，姓張還是姓王。現在，平西王一路拿錦州，破大定，等於是拿下了中京道，中京道雖然不是幽雲，可是比幽雲還要深入，若是不給予賞賜，實在有點說不過去。

可是話又說回來，如今沈傲已是親王之尊，又是西夏攝政王，手掌水師，武備學堂，便是說節制天下一半兵馬也不爲過，到了他這個地步，已經是升無可升，再升，就到天花板了。

現在太后突然說要厚賜，還要親自和太子商量，這就讓楊真和石英有點犯迷糊了，這句話的言外之意，是太后要向太子討賞，只是這個賞，該賞些什麼？若只是賜予金帛，那簡直就是笑話，平西王的家產雖然大家不知道有多少，可是上億貫還是有的，皇家能賜多少？至多也不過百萬而已，這點小錢還需勞動太后親自出面？

至於什麼賞賜美女之類那更是扯淡，太子就算想賜，太后也非擰下他的頭來不可。官位就更不必說了，平西王已經身兼數個職事，你若是讓他再去兼個官那只能算是委屈了他，堂堂親王，兼一個尚書侍郎本來就是辱沒，總不能把門下省給這位王爺吧。

唯一的可能就是爵位，可是親王之上就是天子，這似乎也很是不妥。

想來想去，楊真就越發糊塗，太后這是要做什麼？到底有什麼用意？

石英雙目低沉，閃動著一絲疑竇，朝楊真看了一眼，才發現楊真也是用大惑不解的眼神看著他，石英不禁苦笑，心裏說，我還要問你，你倒是想問我來了。

太后這才意識到自己略有幾分失態，定下了神，便又旋身回到帷幔中去，叫人撤下帷幔，坐在榻上，喝過一口茶，終於道：「敬德，去請太子。」

巨大的鞭炮聲劈里啪啦響個不停，東宮這邊也有點不安生，一開始也當是誰家結親或是辦什麼喜事，只是驚駭於動靜這麼大，可是這喧鬧沒有停止的跡象，才讓坐在殿中與李邦彥閒談的趙恆雙眉緊鎖起來。

身爲監國太子，外頭鬧成這個樣子，居然也沒人來知會一聲，三省六部那邊，確實過分了一些。不過趙恆心裏也知道，楊真如今和他時時唱反調，自從議和的事反目之後，就更加破罐子破摔了，尋常的政事，楊真就以首輔的名義直接處理，趙恆倒也挑不出個錯來，畢竟趙佶在的時候，門下省確實有獨立署理政務的權力，無非是動用一下中書省監督而已。可是遇到了大事，楊真也不尋他，而是直接去找太后，這就讓趙恆有點下不來台了，偏偏他是有苦說不得，若是自己因爲這個發脾氣，太后會怎麼想？天下人會怎麼想？

被這些朝臣們當成了菩薩一樣供起來，趙恆是打不得罵不得，還得陪著笑，這才知道這些仕宦們的險惡。放眼看過去，人人都是人精，一個個都不好對付。

事情鬧到這個地步，趙恆只好選擇沉默，既然他們自己把事情攬下來了，趙恆索性就作壁上觀，每隔幾日的朝議，也只是隨便應付似地聽一下，反正朝臣的奏疏就算他不恩准，多半人家又尋到太后那邊去，最後的結果是太后覺得妥當便擬准下來，他這做監國太子的反而成了笑柄。

趙恆心中雖恨，李邦彥卻是時常勸說，慢慢地，趙恆反倒釋然了，他們既然要攬事，那就讓他們攬去，正如李邦彥所說，事情這東西，做得越多錯得就越多，今日且讓他們放手去做，有朝一日還怕挑不出錯來？眼下暫時隱忍才是上策。

趙恆是忍慣了的，居然真的灑脫起來，作出一副悠遊南山的姿態，每日只知請客對弈喝茶，有時叫上舍人們一起說些閒話，頗顯自在。

那源源不絕的鞭炮聲讓趙恆的心情又變壞起來，他的雙目閃過一絲冷然，抱著茶喝了一口，壓住了心中的火氣，眼睛才落在李邦彥的身上，道：「李舍人，今天是什麼日子，怎麼這般熱鬧？」

李邦彥靠在檀木雕花椅上，氣定神閒地道：「今日不是什麼吉時，既不是節慶，也不宜婚娶，這麼大的動靜，莫不是出了什麼變故？」

趙恆陰冷地笑起來，道：「有變故又如何？有人巴不得本宮是聾子是瞎子。」

李邦彥哂然一笑，道：「殿下言重了。」

趙恆也覺得自己有點兒沒事找事，便端起茶來掩飾自己方才沒來由的火氣，喝了一口茶，抬頭道：「李舍人，那叫劉文靜的還沒有傳回消息嗎？」

李邦彥眼眸中閃過一絲憂慮，道：「至今還沒有消息，殿下放心，到了金營，肯定有許多不方便的地方，再者說，讓人送書信回來風險也大了一些，劉文靜最是謹慎不過，多半是不敢假手於人，金人那邊又挽留，脫不得身才遲遲不歸。」

李邦彥雖是這樣說，心裏卻有點兒七上八下。

趙恆放寬了心，便道：「那便好，本宮擔心的就是這個。」

正說著，一個內侍走進來，道：「殿下，門下省來了個錄事，說是水師傳來了大捷，特來知會殿下。」

「大捷……」

殿中的兩個人眼中都閃出駭然之色，趙恆幾乎是撐著椅柄站起來，道：「什麼大捷？」

「說是水師破錦州，取了大定府，殲滅女真鐵騎五萬人……」

「住口！滾出去！」趙恆咆哮一聲，那內侍再不敢說下去，連滾帶爬的倉促出去。

趙恆的一雙眼眸滿是狐疑地看向李邦彥。

李邦彥期期艾艾地道：「怎麼會是大捷？是不是假傳捷報冒功？怎麼會……」

趙恆在盛怒之中這般盯著自己，讓李邦彥的心裏也生出一點寒意，消息都已經透露了出去，女真人難道一點準備都沒有？難道……

趙恆陰惻惻地看著李邦彥：「李舍人，本宮只問你，這大捷是哪裡來的？」

李邦彥定了定神，只好道：「這件事還要先問清楚再說。」

「已經夠清楚了，水師攻錦州是既定的方略，這個方略在沈傲的奏疏裏寫得明明白白，本王寫給女真人的信裏也是清清楚楚，完顏阿骨打一代梟雄，既然事先得了消息，爲什麼會一點準備都沒有？放任水師偷襲了錦州，又奇襲了大定府，這件事有蹊蹺，那劉文靜……」

李邦彥道：「劉文靜絕對信得過……」

趙恆冷哼道：「信得過，信得過爲什麼傳來的是捷報？李舍人誤本宮了。」趙恆的臉色變得蒼白，繼續道：「莫不是劉文靜拿了本宮的信去投了沈傲狗賊？」

李邦彥心中黯然，知道這時候強辯再多也沒有用，趙恆這般說，心中已經對他生出了芥蒂，只好道：「眼下當務之急還是亡羊補牢的好，若是那封書信落在沈傲的手裏，公佈天下，殿下的清譽……」

趙恆咆哮道：「清譽……什麼清譽？本宮身爲監國，卻還要遮遮掩掩地與金人議和，這就是本王的清譽。堂堂太子，上不能一言九鼎，下不能節制百官，要這清譽有什麼用？」

他的臉色變得煞白起來，李邦彥說的情況，他不是不清楚，一旦公佈天下，他這太子廢黜只是遲早的事了。

趙恆惡狠狠地道：「事到如今，只有一個法子了。」

李邦彥眼中閃過一絲駭然，道：「殿下當真要破釜沉舟？」

趙恆的臉頰不斷抽搐，眼眸中閃出一絲冷冽之色，道：「左右是個死，現在有把柄落在沈傲的手裏，那就索性拼一拼，本宮已經受夠了，只要登上了大寶，沈傲手裏便是有十份百份這樣的書信，又能奈本宮何？」

請續看《大畫情聖》第二輯 十三 驚天巨變

大畫情聖II 十二 傾國一戰

作者：上山打老虎
發行人：陳曉林
出版所：風雲時代出版股份有限公司
地址：105台北市民生東路五段178號7樓之3
風雲書網：http://www.eastbooks.com.tw
官方部落格：http://eastbooks.pixnet.net/blog
Facebook：http://www.facebook.com/h7560949
信箱：h7560949@ms15.hinet.net
郵撥帳號：12043291
服務專線：(02)27560949
傳真專線：(02)27653799
執行主編：朱墨菲
美術編輯：吳宗潔

法律顧問：永然法律事務所 李永然律師
北辰著作權事務所 蕭雄淋律師

版權授權：蔡雷平
初版日期：2015年4月
初版二刷：2015年4月20日
ISBN：978-986-352-028-3

總 經 銷：成信文化事業股份有限公司
地　　址：新北市新店區中正路四維巷二弄2號4樓
電　　話：(02)2219-2080

行政院新聞局局版台業字第3595號 營利事業統一編號22759935

定價：280元　特惠價：199元

國家圖書館出版品預行編目資料

大畫情聖II／上山打老虎 著. -- 初版. -- 臺北市：
風雲時代，2014.04 -- 冊；公分

ISBN 978-986-352-028-3（第12冊；平裝）

857.7　　103003450